ダッシュエックス文庫

異世界に来た僕は器用貧乏で素早さ頼りな旅をする

紙風船

序章◆店員、死す。そして丘に立つ

その日も僕は収入源であるアルバイトをしていた。もうかれこれ1年と半年程勤めている駅前のコンビニの深夜勤務である。22時から始まる仕事内容は至《いた》って簡単。お客さんの相手は勿論《もちろん》のこと、主にやるのは掃除だ。床や棚、トイレ、その他色々な機械掃除も念入りにやる。長く続けていると体が仕事を覚えてしまい、簡単な作業は比較的すぐに終わってしまう。

1年半続けてきた仕事だ。いつもと変わらない光景。

深夜を過ぎた駅前からは人の気配が消える。あるのは信号の三色の光と、時々少しスピードを出し過ぎた車の吹かした排気音だけだ。僕は店内である程度の掃除を終えると、今度は店外の駐車場へと出る。目に見えるゴミを火ばさみで摘《つま》んで拾う作業を繰り返すのだ。煙草《たばこ》の吸い殻《がら》や、お菓子やパンの袋を求めてウロウロする。

店内は大丈夫かって？

問題ない。お客さんはいない。夜中の3時も過ぎれば本当に人は少なくなる。2時頃ならまだ新しく発売された週刊誌を立ち読みに来る人もいるけれど、今日は火曜日。それほど熱心に読む雑誌も発売されない日だ。

ある程度のゴミを拾い、曲げていた腰をグイ、と伸ばして空を見る。ナントカの大三角《だいさんかく》っぽい位置取りの星が輝いていた。今日は晴れか、なんて深夜に生きる僕はやけに月明かりが眩《まぶ》しい空から視線を戻し、拾い忘れがないか辺《あた》りを見回す。

其処《そこ》で視界に入ったのは電柱の陰《かげ》に立ち、街灯に照らされた怪《あや》しい人の姿だった。

こっっわ!!　え、見間違いじゃないよね……?

慌《あわ》てて視線を逸《そ》らし、店に向かって歩き出す。しかしやはり気になるのでちら、と振り返って見た時には人の姿はなかった。それが余計に恐怖心を加速させる。

店内に入ると一直線にレジ横から繋《つな》がるバックヤードに潜り込んで、防犯カメラのモニターの前に座る。マウスを操作して駐車場を映すそれを全画面にして眺《なが》める。しかし怪しい人影は映らない。

しばらく眺めながら休憩《きゅうけい》していると歩道の端から歩いてくる人の姿を見つけて思わずガタリと椅子《いす》から立ち上がった。

目を凝《こ》らさずともわかる。さっき見た奴《やつ》だ。向きからしてこれは確実に来店コース。画面を4分割の店内も映すモードに切り替えると確かに入店する姿が映し出された。どんな怪しい奴でもお客様はお客様だ。

「いらっしゃいませー、こんばんはー」

震える足をどうにか動かしていつもの挨拶《あいさつ》。深夜は眠気MAXの人か夜のお仕事をして苛《いら》ついてる人の来店が多い。ハキハキした挨拶より緩《ゆる》く間延《まの》びした挨拶で刺激しないようにするのがコツだ。しかしそれが気に食わないという人もいる。とはいえ、経験上そういう人間は何をしたってブチ切れるタイプなので緩い挨拶が当社比では効果ありなのだ。

恐怖心を掻《か》き消すためにそんな関係ないことを考えながらレジの前に立つ。例の怖いお客さんは来店からレジ直行のコンボをキメた。こういう場合、色々あるがパターンは絞《しぼ》られる。探し物がある人。レジ前の商品が欲しい人。そして、

「死にたくないなら黙って言うことを聞け。レジの中、金庫の中の金を出せ」

まさかのコンビニ強盗である。

思考が完全に停止する。ショートしてしまった。

え？　なんだって？

「聞こえないのか？　金を出せ」

喉《のど》が詰まったように声が出ない。先程抑えた震えが足のみならず、背中、腕、手、そして脳をも侵食する。

「あ……の……、なん、え……？」

「金だ。そのレジとバックヤードから持ってこい。此奴《こいつ》で傷つけられたくないなら早くしろ」

そう言われてお客様から強盗に一気に変貌《へんぼう》してしまった男の手を見る。其処に握られていたのは大きなナイフだった。まだ拳銃とかなら現実味がなく、震えは治まってその男の肩でも叩《たた》いて馬鹿《ばか》笑いできたかもしれない。しかしナイフは店内の照明を反射させて鈍《にぶ》く輝いていた。夢でもドッキリでもないのが如実《にょじつ》にわかる。

どうしようもない。こんなの逆らえるわけがない。僕はただのアルバイトなのだから。

殺されたくない。その一心で、店員として守らねばならないレジを震える手で開く。中にある紙幣《しへい》を3種類全《すべ》て掴《つか》み出し差し出した。

「バックヤードに金庫があるだろう。それもだ」

しかしそんなことを言われても、流石《さすが》に金庫の番号は店長しかわからない。

「ば、んごうは……店長、しか……わから、なくて……」

「チッ……どけ」

上手《うま》く舌《した》が回らない僕を押しのける強盗。押された勢いで背後の煙草の棚にぶつかり、尻餅《しりもち》をつく。陳列《ちんれつ》したばかりの新品が床に散らばった。

強盗はバックヤードへと侵入し、乱暴にその辺の引き戸を開けたり金庫周りのファイルや何やかんやを床にぶち撒《ま》けながら何かを探す。多分、番号が書いてある書類なんかを探してるのだろう。それをレジの前で眺めながら呆然《ぼうぜん》とする僕。

あまり時間をかけられないのだろう。僕を見る強盗はその目に殺意めいたものを宿らせて向かってくる。怖い、怖い、怖い！

「クソが……もういい。お前はもう用済みだ」

逃げようと、起き上がった僕だったが、一瞬、何が起こったのかわからなかった。最初に気づいたそれは熱だった。腹が、焼けるように熱い。視界は白とも、黒とも呼べない色のない世界へと反転し、目の前に立つ強盗の顔を見ると、強い殺意の籠《こ》もった目と下卑《げび》た笑いを浮かべていた。ハッとしてゆっくり視線を下げる。

熱源にはナイフが突き刺さっていた。

「あ……、ぐ、ぁ……うそ……だろ……」

「顔を見たんだ。死ね」

血に染まる制服。座り込む僕の肩を掴み、グリグリとナイフを弄《いじ》る強盗犯は、その顔に浮かべていた悪魔のような笑みを引っ込め、鋭い前蹴《まえげ》りを放つ。

「ぎゃぁあっ!!」

反射的に声が出る。この野郎……ナイフの柄《え》を蹴りやがった……。

為《な》す術《すべ》もなく再び床に倒れる。その際に引っ掛けた右腕が更《さら》に煙草をぶち撒ける。

「チッ……邪魔だな」

強盗は僕を床のように踏んでレジ前へ逃げる。それを追う力もなく、僕は煙草に埋もれながらゆっくりと腕を動かし、ナイフの柄に触れる。そっとお腹《なか》まで下ろすが、先程見たヒルトと呼ばれる、指をガードする部分の感触がない。どうやら腹にめり込んでるみたいだ。

こりゃもう、助からねぇな……。

諦《あきら》めに似た感情が身体《からだ》を支配する。そうなればもう終わりだ。何もする気が起きなくなる。

抵抗を諦めた瞼《まぶた》がゆっくりと下がり、視界は黒一色になる。

こんな、こんな最期《さいご》なのか。高い金出して通った専門学校で頑張るも碌《ろく》な仕事に就《つ》けず、深夜のバイト生活。昼間は寝て、奨学金とか支払いながら過ごす日々。情けねぇよなぁ……もっとこう、いろんなことができると思ってたのに……あんなことやこんなこと、挙げればキリがない。

もっと、良い人生になると思ってた。学生の頃に諦めた陸上を続けていたらこうはならなかったかもしれない。あの頃は何もかもが嫌で、全部を投げ出してしまったけれど、思えば其処から僕の人生の歯車は狂ってしまったのかもしれない。

だんだんと意識が曖昧《あいまい》になっていく。手足の感覚やあんなに熱かった刺された痛みも感じなくなっていった。

そんな、死の間際《まぎわ》、最後に、声が聞こえた。

『召喚《しょうかん》対象の希望を確認。ユニークスキル《器用貧乏》を付与《ふよ》。更にステータス値を修正します』

なんだって……？　今誰かすっごく失礼なこと言わなかった……？

あぁ……もう、駄目だ。意識が……

誰か……

□　□　□　□

深夜の駅前の空気に似た冷たさが肌《はだ》を刺す。何だろう、肌がしっとりしている。しっとりするが、チクチクもする。なんだろう?

夢現《ゆめうつつ》の中、目を開くと草が見える。草? 意味がわからないまま、ゆっくりと体を起こし、周囲を見回す。

気づいたら其処は霧《きり》煙る緑の丘だった。

「なん……だ、これ。何処《どこ》よ此処《ここ》……?」

そう、さっきまで僕はコンビニにいたはずだ。しかも強盗と一緒に。ハッとして慌てて制服を捲《まく》り上げて腹部を見る。しかし其処に存在するはずのナイフはなく、おまけにそれが貫《つらぬ》いた制服にも傷はなかった。あんなに溢《あふ》れた血の汚れも一切なかった。意味がわからない。わからない、が……思い当たる節《ふし》がある。さっきの声だ。召喚対象って言ってたあの声だ。

つまり僕は何か、何者かなのか何物なのかはわからないが、何かの意思によって召喚されたことになる。専門学校時代に読んだ小説で見た。

異世界転移。

これはそういうことなんじゃないか？　強盗に刺された可哀想《かわいそう》な僕を大いなる意思的な何かが哀《あわ》れんでくださり、この世界へ転移させてくださったんじゃ……？

まぁ此処が日本のド田舎《いなか》でしたーなんてことだったら恥《は》ずかしいが。でも、それはそれでホラーではあるが……。

ひとまず、何か行動せねばならない。時間は早朝だろうか……この感覚だと朝っぽい。とりあえずいつまでも此処にはいられない。幸いにも霧がだんだんと晴れてきた。

「朝の霧か……」

何の因果《いんが》だろうか、この僕、『上社《カミヤシロ》　朝霧《アサギ》』の名と同じロケーションに放り出されたわけだ。因果か陰謀《いんぼう》かわからないがこうしていても仕方がない。僕は丘を下り、低い草の生《は》え揃《そろ》った平原に降り立つ。その場で周囲を確認すると、視線の先に森が見えた。

「森か……」

森。食物とかありそうなのは平原より森だろうなぁ……思えば夜勤中、休憩はしたが、何も胃に入れていない。木の実とか、果物とかあればいいんだけどな。

でも、もし此処が本当に異世界なら、奴らがいるはずだ。

魔物。

もし奴らに襲《おそ》われるとするなら僕はそれに抵抗しなきゃいけない。ならば必要なのは武器だ。

何か使える物がないかと自身の体を弄《まさぐ》ってみたところ、幸いにもポケットには納品された雑誌を纏《まと》める紐《ひも》を切るためのカッターナイフがあった。携帯電話は事務所に置いてきてしまったようだ。ちくしょう。だがこれで木の先を削《けず》って尖《とが》らせれば槍《やり》になる。使い捨てだけどな。

よし、そうとなれば早く動いた方がいい。相手と時間は待っちゃくれないからな。

指針を決めた僕は誰にともなく頷《うなず》き、早速《さっそく》森へと歩を進めた。

□　□　□　□

森を目指すあいだの短い時間ではあるが、自分の状況を改めて確認する。

僕はいつものように勤め先であるコンビニで深夜バイトをしていた。そしたらコンビニ強盗に刺された。以上。

「って阿呆《あほ》か」

まずやることを決めて行動を開始したはいいが、現実離れした状況は頭痛に加えて目眩《めまい》がバリューセットで付いてくる。異世界転移だと、キャパオーバーな脳が咄嗟《とっさ》に判断したが、それだって本当かどうかはわからない。ただ、確かに僕は刺されて気絶した。薄れ行く意識の中で聞いた召喚対象という言葉。それを考えれば異世界転移だと思い込んでも仕方ない。もうそういうものだと決めて取り組んだ方が建設的だ。

視界に広がっていた緑の森は段々と明瞭に見え始め、葉の一枚一枚が風に揺れているのがわかる。あれを見て夢だと信じ込むのはちょっと難しい。

「そういえば……」

状況に後押しされて自分の体のことを疎《おろそ》かにしていたが、随分《ずいぶん》と調子が良い。何だか妙に体が軽く感じるのだ。これが、この世界特有のものなのか、はたまた異世界転移による主人公チートに拠《よ》るものなのか。僕自身は常々《つねづね》自分に主人公補正というものはないと思っているので、とりあえずチートのようなことはないと切り捨てる。であればこの体の軽さは何由来《ゆらい》なのか。

「うーん、足取りも軽い……」

歩くスピードがいつもより速いのは足が軽いからか。

「部活やってた時にこれくらい体が軽かったらなぁ……」

なんてぼやいても仕方ない。本当に仕方ないんだ。

高校生の頃、僕は陸上部だった。短距離を選び、それなりに走れていたのだが、不運にも靭《じん》帯《たい》を損傷《そんしょう》してしまった。最後の大会になってしまったあの日。本当ならあの皆が並んでいるスタートラインにいたはずなのに、僕は外側からそれを見ていた。あれが僕の人生の分岐点《ぶんき》だったように思う。

それ以来、何に対してもやる気が起きなくなり、学校に通うことすらおざなりになっていた。母親に叩き起こされて登校するも、正門を潜《くぐ》るのが午後になっていたりなんてザラだった。それでも卒業できたのはそれまでしっかり学業に勤《いそ》しんでいたからだと、後で担任の先生に言われた。

進路だって適当だ。やりたいことがなくなった僕が唯一《ゆいいつ》できたことは暇潰《ひまつぶ》しのゲームくらいだった。遊ぶのが好きだから、作る側に回ってみようかな、なんて適当もいいところな理由で選んだ専門学校だって、本気で学んでいる人間の努力と技術には敵《かな》わなかった。敢《あ》えなく就職活動を敗戦で終え、僕はコンビニでの勤務という終点へと辿《たど》り着いたのである。

走ることもできない。ゲームも作れない。そんな何の努力もしていない人間に進路も就職先もありはしなかった。そう言うと語弊《ごへい》があるかもしれないが、それでも僕はコンビニで働くことは好きだった。深夜の一人の時間帯を任されていることに対して少なからず誇りも持っていた。働いていると面白《おもしろ》いお客さんもいたし、逆にやばいお客さんもいたけれど、そんな小さなスリルが楽しかった。それを最悪の形で潰されたことに腹が立つ。だけど、この世界にいる僕には何の手出しもできなかった。思い残すことは家族と世話になった店長のことだろうか……。

「お母さんには迷惑ばかりかけてきたけど、こんな親不孝な終わり方なんてな」

帰れるなんて思っちゃいない。帰ったって今更《いまさら》、何をどうしたらいい？

僕にできることなんて何もなかった。バーコードを読み込んで、品物を袋に詰めてお金を受け取る。それと掃除くらいだ。そんな僕を雇《やと》ってくれた店長には恩を感じている。腐っていた僕を雇って、一人の時間帯を任せてくれたことに対して、恩返しをしようと思っていた。でも、それもできない。

「あぁぁぁ、駄目だ駄目だ。暗い考えばっかり湧《わ》いてくる……」

嫌な思考を頭《かぶり》を振って霧散《むさん》させる。それでも頭の片隅《かたすみ》には薄暗い思考が鳴りを潜《ひそ》めて残っていた。どうやら一人というのは存外寂《ぞんがいさび》しいものだと、初めて僕は知ったようだ。

□　□　□　□

いつの間にか止めていた足を再び動かす。そうそう、体が何となく軽いって話だった。

「何となくだけど陸上をしてた頃くらいの身軽さだな」

冷静になって確認してみると、本当に体がよく動く。流石に起きてバイトして寝ての繰り返しだった生活では当時のような運動量もないし、体は衰《おとろ》える一方だった。それでも頑張れていたのは若さというものからくる力のお陰《かげ》だったが。今動けるこの力の源《みなもと》は何だろう。と、考えたところで意識を失う直前の出来事を思い出す。

「ステータス値を補正……」

ステータスというのが、俗《ぞく》に言うSTR《筋力》やVIT《体力》等といったものであるならば、また、それらが自身の体に依存《いぞん》するものであるなら、そしてあの時願った『走り続けていれば』という言葉が叶《かな》っていたとしたら、それは自身のAGI《速度》が補正され、伸びているということになる……んじゃないだろうか。それっぽく考えてみたけれど自信がない。なんてったってそんな主人公補正、あるはずがない。でもちょっとはあってほしい。そんな乙女《おとめ》心、わかっていただきたい。

「兎《と》に角《かく》、常時寝起きのようだったあの気怠《けだる》さはもう感じない。これならなんとかなるかもしれないな」

楽観的すぎるかもしれないが、でもまぁ、人生なんてそんなもんだ。僕に言わせれば、死なければ人間、生きていけるのだ。なんて、今更ではあるが人生を振り返ってみた僕は、改めて森へ向かって歩く。視界いっぱいに広がる森は、もう目の前だった。

□　□　□　□

ふかふかとした落ち葉の上を歩く。途中、角の尖った石を拾い、適当な細い木を探す。

しばらく歩いているとちょうど良いサイズの木が生えていた。握れば手の中に収まる程度の太さの木。その根本を石で叩く。ガツン、ガツンと音が木々に反射して森へ響く。本当に魔物がいるかもしれないと思うとちょっと緊張するな……。

何度か打ちつけると木はゆらゆらと揺れ始め、慎重に押すとあっさりと折れた。

次はカッターを手に邪魔な枝を切り落とす。何度も線を引くように同じ場所を切るのがコツだ。ある程度切れ込みが入ったら剝《は》ぐように折る。それからカッターの背を立てて切り口をヤスリがけするように擦《こす》る。滑らかにはならないけれど、持ちやすくはなるだろう。その後は木の先端を、刃を折らないように慎重に削る。これで棒は槍に生まれ変わった。

「よし……できた」

手にした槍を見て我ながらやけに上手くできたなと思った。死の間際に聞いた言葉通り、付与されたユニークスキル《器用貧乏》。それのお陰で僕は木工が得意になったのだろうか。それともステータスの補正？　ま、考えても仕方ないか。試しに槍を構えてみよう。

「えっ……!?」

その時、頭の中で自分が槍を鋭く突き出すモーションが浮かんだ。それはまるでバックヤードで見た防犯カメラのモニターのように、４分割されたそれぞれの動き。僕はそのうちの一つのイメージが槍を突き出す動きだったのでそれを真似《まね》て、足を踏み込み、槍を突き出す。

「ふっ……！」

空気を裂くような音とともに鋭い突きが放たれた。これだ、と思った。僕は槍なんて持ったことがない。もう一度力強く突き出す。真っ直《まっす》ぐに、振れのない攻撃。

これこそが、ユニークスキルの能力だと確信した。

《器用貧乏》は手にした物を、それが初めてでも上手く扱えるようになるスキルなのだろう。

なら〝器用〟でもいいんじゃないだろうか？　〝貧乏〟の部分が気になる。ひょっとして一応使えはすれど、上達するわけじゃないとか？

だったら悲しすぎる。スキルがあるんだ。いや、もしかしたら気づいてないだけで魔法なんかも使えるのかもしれない。頭の中で思い浮かべてみるが、特にそういうのは表示されない。なら、なんかそういうのが調べられる所に行きたいな。

そう、町だ。町を目指そう。此処が異世界なら多分、冒険者的な方々の組合的な施設もあるだろう。完全に妄想《もうそう》だが。ていうか食物にしてもそうだけどまずは町を目指すのが普通じゃないか……いかんいかん、ちょっと舞い上がっていたみたいだ。ここは一旦《いったん》戻って現状の再確認を……。

なんて、行動の指針を修正しようと思っていた時、背後でがさり、と音がした。動物か？　いや……魔物か？　恐る恐る、ゆっくりと振り返る。

「グギュルル……」

「うわぁ!?」

其処に立っていたのは小柄な人型の魔物だった。肌が薄い緑。尖った耳まで裂けた口から乱杭歯《らんぐいば》が覗《のぞ》いている。手足は短いが、爪《つめ》は鋭い。下半身は申し訳程度の腰巻きで隠されている。

わかるぞ、此奴は……ゴブリンだ！

「は、はろー？」

「グギャアァア!!」

雄叫《おたけ》びをあげ、手にしたボロボロの鉈《なた》を振り上げるゴブリン。勿論、言葉は通じない。

「わ、わわっ……！」

僕は手にした槍を構える。走り込み、勢いのままにゴブリンは鉈を振り下ろす。慌てて横っ飛びでそれを躱《かわ》すが、足に痛みを感じる。

「う、そだろ……」

ズボンの裾《すそ》が中途半端な位置で切られている。その内側からプツリプツリと赤い雫《しずく》が溢れてきていた。かすり傷、とはわかっていても、痛い。

「くそっ!!」

足から視線を外し、ゴブリンを見ればニヤリと笑う顔が見えた。獰猛《どうもう》で、僕を餌《えさ》としか思っていない顔だ。ちくしょう、こんな所でまた殺されてたまるか！

「ギャギャギャギャギャ!!」

「食らえ!!」

再び鉈を振り上げて走ってきたゴブリンに向かって槍を突き出す。スキルによる脳内でのイメージ通りの動きだ。真っ直ぐその先端が、走ってきたゴブリンの腹に突き刺さった。自身も腹を刺されておきながら真っ先に腹を狙《ねら》うのが何とも言えない。我ながら八つ当たりだと思う。

素早く刺し、素早く抜く。顕《あらわ》になった木槍《きやり》の先端はゴブリンの青い血で濡《ぬ》れていた。

「ハ……ギャ……ッ」

振り上げた手から鉈が落ちる。それを槍でゴブリンの手が届かない場所へと弾《はじ》く。落ち葉の上を滑った鉈は木の根にぶつかって止まった。

どくどくと流れるゴブリンの血を見ながら油断なく槍を構えていると、ゆっくり、ゴブリンは膝《ひざ》から崩《くず》れ落ちた。そのまま流れるように顔から倒れたのを見て、今がチャンスとばかりに其奴《そいつ》のうなじに槍を当てる。

「これで……終わり……!」

ずぶ、と首を貫通する槍。踏んで押さえつけた足の裏と、突き立てた槍でゴブリンの最期の脈動を感じながら力尽《ちからず》くで引き抜く。一瞬、水鉄砲のように血が噴《ふ》き出すがそれもすぐに終わり、背を押さえていた足を青く斑《まだら》に染めた。

「はぁ、はぁ……」

は、初めての殺し、だな……。何とも言えない気持ちになる。『正当防衛』だと思い込もうとしても、やっぱり思うところはある。動物の命すら奪ってこなかった人生だ。いきなり魔物の命を奪うのは結構、くる。

　しかし僕も一度は殺された身。もう一度殺されてやれるほどお人好《ひとよ》しでもない。此処は割り切って生きていくしかない。僕は頭を振ってネガティブな思考を霧散させる。

　ふと、ゴブリンが鉈を持っていたことを思い出した。確か……あったあった。木の根の傍《そば》に落ちていた。

「よっこいしょ……うわ、汚いな。……え？」

　それを拾った瞬間、脳内にまた例のイメージが映る。４分割で振り上げて振り下ろす映像が再生されている。まぁ、それ以外に攻撃手段がないから１カメ、２カメ、３カメ、４カメと角度を変えて映しているだけだが。それもそうだ。剣のように突けるわけじゃない。これが剣鉈《けんなた》とかなら話は変わるのだが、今はいい。ボロボロで僕の血付きの鉈とカッターナイフで削った木の槍を手に、僕は森を進んだ。心許《こころもと》ねぇ……。

□　□　□　□

　しばらく歩いた僕は現在、茂みの裏に隠れていた。何故《なぜ》隠れているのかって？　理由はこの茂みの向こうにある。草を掻き分けて状況を確認してから小さく溜息《ためいき》を吐いたのだった。

「ギャッギャギャ、クギュゥゥゥゥ！」

「ゲギャギャギャギャ！」

「ギャッギャッギャ！」

先程倒したのと同じゴブリンが現れたのだ。それも群れで。見た限り10匹はいるんじゃなかろうか……。

最悪だ。いくら槍と鉈が少し使えるようになったからってあの数は無理だ。どうしようもない。何とか過ぎ去ってもらうのを待つしかなかった。

しかし、そう簡単にはいかない。最悪なことに、1匹のゴブリンが僕が隠れている茂みに近づいてきた。鼻をひくひくさせてだんだん近寄ってくる。何だ？　もしかして匂《にお》いか……？

あ！　この返り血……！　このゴブリンの血が引き寄せてるのか！　それにもしかしたら僕自身の血の匂いも感じ取っているのかもしれない。身につけていたネクタイを包帯代わりにしたとはいえ、血の匂いはするだろう。

「くそ……！」

口の中で悪態《あくたい》をつきながら慌てて後ずさる僕。どうする……もうゴブリンは目の前。為す術は殆《ほとん》どなかった。

時間にしてみればそれは数秒だったかもしれない。しかしどうするか決めた僕は、意を決してじっと待つ。

嗅覚《きゅうかく》を頼ってやってきたゴブリンが茂みの前に立った瞬間、槍をそのゴブリンの細い喉に向けて突き出す。実力かまぐれかはわからない。しかし綺麗《きれい》に喉の真ん中を貫かれたゴブリンは断末魔《だんまつま》の悲鳴すら上げられず、命を落とした。僕は素早く死んだゴブリンの体を茂みの中に引きずり込む。群れは9匹になった。

よし……何とかこの方法で少しずつ削っていけば……なんて上手くいくはずがない。それくらい僕にもわかるさ。何故ならば、こうしてゴブリンの血が流れれば……

「グギャア！　グギャギャ！」

奴らにバレるからだ。しかし其処は想定済み。僕は槍を引き抜き、ゴブリンの足を掴んで引きずって逃げる。方向は群れの反対側だ。全力で引き離し、奴らの姿が見えなくなったところでゴブリンの首を鉈で落とす。溢れる血を地面に撒き散らし、辺りを血の匂いで充満させてからまた走る。なんだかアルバイト時代に万引きを追いかけたことを唐突《とうとつ》に思い出した。思えば、あの頃よりも速く走れている感じがする。それこそ、陸上部時代の全盛期のようだ。

しかしそんなこと思い出している時間はない。僕は鉈で土を掘り返す。ふわふわの腐葉土《ふようど》は掘りやすくて助かる。その土を返り血を浴びた足にかけ、匂いを消す。さらにその場に寝転がって左右に往復して体臭も土の匂いで消す。これならば奴らの鼻も騙《だま》せるだろう。ついでに血で汚れた槍も捨てる。色々助かったよ。ありがとな。だが鉈、お前は続投だ。

僕は逃げる方向を変えて最初の平原へ向かう。森の反対側に出ればいくら何でも大丈夫だろう。下った先で別の魔物に遭《あ》わないことを祈りながら、僕はまた走り出した。

しばらく走り続け、捨てた槍の代わりの棒も手に入れた。今は鉈があるから切るのも簡単だ。しかし先端の加工までは移動しながらではできないので、棒のまま歩く。

それから更に行ったところで森が途切れ、あの丘の麓《ふもと》に広がる平原に出た。後ろを気にしながら僕は丘を目指す。また此処に戻ってくるとはな……行く時と帰ってきた時の自分の姿が全然違う。初めは丸腰で綺麗な姿だったが、今は棒と鉈を携《たずさ》え、土に塗《まみ》れた姿。太陽の位置を見る限り今は昼頃。それにしても5～6時間程度しか経《た》ってないんだな……。こうして生きていることを思うと案外、適応力というものがあるのかもしれない。

最初に降り立った場所に座り、少し休憩。結局食う物も飲む物もない。魔物の命を奪い、汚い鉈を拾っただけだった。

「疲れたなぁ……」

しかしそうも言っていられない。息を整える程度で休憩を切り上げ、僕は辺りを見回す。今は霧が全くなく、見晴らしは最高だった。言い換えれば隠れる場所がないとも言えた。しかしそれも今だけで、丘を下れば森からは見つけられない。もう怖いもんなんてないね。

森を背に、丘を下る。しばらくは平原が続くみたいだ。これはこれで隠れる場所がないなぁ。敵を見つけやすいとはいえ、敵からも見つかりやすいのは如何《いかん》とも し難《がた》い。はてさて、どうしたものか……。

そんな折に僕はあるものを見つけた。二本の線と、その間を何かが踏み締めた跡。

これ、馬車の轍《わだち》じゃないか？　車があるとは思えないし、ゴムタイヤの太さじゃない。平原に引かれた土色の線は、森を背に左右に伸びている。森の周辺をなぞるように、避けるように。

此奴は僥倖《ぎょうこう》だ！

何故ならば、この跡を辿れば町に着く。行き来した跡があるなら左右どっちに行っても町があるはずだ。

ただ、どっちが近いのか、近くてもどれだけの距離があるのかがわからない。そういう意味では此処は正念場だな。んー……悩む。

５分程悩んだが、一か八か俺はこの左の道を選ぶぜ！　というわけで歩きだす。踏み締められて草の上よりはましな道だ。平原を歩くよりはスピードも上がるってもんだ。何だか最初より更に歩く速さが増した気がする。何だかんだ言って気が急《せ》いているのかもなぁ。

□　□　□　□

あれから休むことなく歩き続けている。太陽はだんだんと傾き、僕の後ろに落ちていく。つまり僕は東に向かって歩いていたというわけだ。この世界でもちゃんと太陽が西に沈むのならば。ということを前提に考えると……丘を中心に森は北に広がっているのだな。脳内マップに刻《きざ》み込みながら、ひたすらに歩く。

ただただ歩いているうち辺りはもう夕方になっていた。そろそろ休もう。と言っても僕は鉈と棒しか持っていない。恐らく完全に日が落ちれば魔物の動きも活発になるだろう。さてさてどうしたものか……。

いや、実は選択肢《し》は一つしかない。今も視界の端に広がる森。その森に生える木の上。見た限り其処しか安全な場所ってないんだよなぁ。何となくもう森には入りたくないんだけれど、かと言って平原に寝転がって朝を迎えるわけにもいかない。むしろ朝を迎えられる気がしない。

そうと決まれば行動は早い。何事も素早くがコツだ。僕は森に向かって走る。辺りを見回し、ゴブリンがいないことを確認して、目についた木に巻きついている蔓《つる》を鉈で切り取る。それを何本か手に入れてから適当な石を服で包んで体に巻きつけた。蔓を使い、棒と鉈も体に縛《しば》りつける。後は一夜を共にする相方《あいかた》を見つけるだけだ。できるだけ平原と森の境目の適度な高さに太い枝の生えた木を探す。

ウロウロと見回して、漸《よう》く発見。拙《まず》い、辺りはもう暗い。僕は慌てて木に登る。幼い頃はこれでも木登りが得意だった方だが、《器用貧乏》のお陰か素早く、特に滑ることもなくお目当ての枝まで到達した。

それから慎重に巻きつけた蔓を解く。鉈を木に叩きつけて固定し、棒は木と背中で挟《はさ》む。石は太腿《ふともも》で挟みながら、数本の蔓を捩《ねじ》って合わせる。此奴は天然のロープに加工するのだ。1本じゃ心許なくても、3本程捩り合わせればなかなか強靭《きょうじん》になる。その先端に先程の石を括《くく》りつけて、準備完了。僕はそれを勢い良く真横に投げる。蔓ロープで繋がれたそれは木をぐるりと回って僕の下へ返ってきた。

よっし！　成功だ！　これでしっかり体を結べば僕は木に固定されて落ちることはない！

体を揺らして蔓ロープが解けないのを確認してから安堵《あんど》の息を吐く。辺りはもうすっかり闇《やみ》に包まれていた。もう何も見えない。

そして思い出す。今日あった出来事全《すべ》てだ。強盗に遭遇《そうぐう》し、殺されて、気づけば異世界だ。ゴブリンになんとか勝利したかと思えば、群れにぶち当たり、土に塗れて遁走《とんそう》。ひたすら歩いて今は木の上だ。

まったく、冗談じゃない。異世界転移ってのはもっとチートチートしていて、特に理由もなくハーレムが出来上がるものなんじゃないのか？　それに比べて僕のこの不遇さったらない。可哀想だ。

「はぁ……」

でも、これからだ。町へ行きさえすればきっとどうにかなる。せっかくの異世界、楽しまなきゃ損だ。

僕は東の空を見つめ、胸に希望を抱きながら異世界最初の夜を木の上で迎えた。

□ □ □ □

ふと、目が覚めた。まだ周りは暗闇《くらやみ》だ。しかし空には先程にはなかった月が浮かんでいた。3つ。青い月、赤い月、黄色い月。それぞれ大きさの違う3種の月が森を照らしている。その月光に照らされた森を見回す。別に何か敵意とか、嫌な予感がして起きたわけじゃない。この寝方、マジで辛《つら》い。ギュッと結んだ蔓ロープが腹に食い込むんだよ……。

何もすることがない。今、此処を動くわけにもいかないので、木に食い込ませていた鉈を取り、手の届く範囲の枝を刈《か》り取る。そして、それを体全体に巻きつけるようにする。即席ギリースーツだ。普通に違和感しかないが姿を見られるよりはまだマシだろう。鉈を先程の場所により強く食い込ませる。ついでに棒もカッターナイフで削って槍へと加工しておく。さて、こんなものかな……再び背中と木の隙間《すきま》へ差し込む。これでできることは全部やっただろうか。

ふぅ、と一息。

眠れないからといって起きていると、明日の行動に支障が出る。寝なきゃと思うと自然と欠伸《あくび》が出てきた。疲れからか、睡魔《すいま》が足音も立てずにやってきた。僕はそれに抗《あらが》うことなく身を委《ゆだ》ね、気づけば夢の中に旅立っていた。其処で夜勤中の常連さんと会話した夢を見たような気がした。

□　□　□　□

「ん……あぁ、朝か……」

木漏《こも》れ日が僕を照らす。木々の隙間から見上げた空は青く澄《す》み渡っている。今日は晴れだ。雨よりはマシではあるが、日陰《ひかげ》のない平原を延々《えんえん》と歩くのに晴天は少しきついものがあるな。できれば曇《くも》りが良かった。ま、ぼやいても仕方ない。僕を支えてくれていた蔓ロープを解いて腰に巻きつける。もし今日も町に着かなかった場合はまた木の上で野宿だ。無駄にはできない。

カムフラージュしていた枝を外して周りを確認する。どうやらゴブリンはいないようだ。いそいそと降りる準備を始める。腰の蔓ロープに鉈を巻きつけて槍は降りる際に邪魔になるので下に落とす。ゆっくりと木に足をかけて地上へ降り立ち、ぐぐ、と背中を伸ばすとバキポキと骨が鳴る。うーん……体に良くない音だが清々《すがすが》しい。すっきりした気持ちで槍を手に僕は平原へと戻った。

轍に戻った僕は昨日同様に歩き出す。今日こそはと気合いを入れて。しかし腹の中には何もない。空腹だ……倒れる前に何とか辿り着けばいいんだが……。

立ち止まると動けなくなってしまう。まるで疲労感から逃げ出すように前へ進む。そんな僕の耳にさらさらと何か清涼感のある音が飛び込んでくる。この音は……水だ！

轍を逸《そ》れて草むらを掻き分ける。その先にあったのは幅が30㎝程の小川だった。這《は》うように僕は川に擦《す》り寄り、まずは汚れた手を綺麗にする。それから、澄んだ綺麗な水を両手で掬《すく》い、一気に飲み干した。

「……っああ！　旨《うま》い！」

冷たい水が喉を通るのがわかる。良い感じだ。満足するまで水を飲んでから足に巻いたネクタイを解き、傷口を洗う。幸いにも何かに感染した様子はない。熱もなければ膿《う》んでもいない。ネクタイを綺麗に洗い、再び傷口に巻いてから顔を上げた。小川は進行方向である東へと流れていたが、上流は西ではなく南西の方に逸れていた。なるほど、此処が轍との合流地点だったのか。なんとも運が良い。小川とはしばらく共に旅をすることになるだろう。あとは食料さえあれば文句はないいんだけどな。

小川の流れる音を聞きながら歩くこと数時間。太陽が頂点を越えて地平線に向かって下りだした頃、妙な気配を感じた。何だ？　そっと耳を澄ませる。小川の流れる音。風が平原を撫《な》でる音。遠くで揺れた木々が撓《しな》る音。そして……何か、がさがさと、草を掻き分ける、音。

何か、いる。

ゆっくりと槍を片手に構え、鉈に手を伸ばす。音はどうやら南。小川の向こう側からしているらしい。ならば、と僕は小川から離れて平原の草の陰に身を潜める。

それから暫《しばら》くして現れたのは犬……いや、狼《おおかみ》だった。それもまだ小柄で若い。薄茶色と灰色の混ざったような毛を風に揺らしながら狼は小川の水を舐《な》め始めた。あれは……動物か？

それとも、魔物なのだろうか。判断がつかない。しかし、今の僕に一つ言えるとすれば其奴は、食料になりえる存在だということだった。目の前に現れた肉。狼を見て肉が来たなんて思えるとは我ながら順応し過ぎだと思う。しかし背に腹は代えられない。お腹空《す》いた。だから、狩るぞ、僕は。

ゆっくりと観察する。風向きは幸いにも風下。僕の土臭い匂いは届かない。だが用心するべきだ。何せ相手は嗅覚最強のわんころだ。何がきっかけで僕の位置がバレるかわかったもんじゃない。

槍を手にゆっくり、ゆっくりと草を掻き分けて近づく。奴はまだ水分補給に御執心だ。今なら晒《さら》した脳天を突き穿《うが》てる。ゴブリンの時のようにまぐれじゃないことを祈りつつ、槍を握り締め、眉間《みけん》に向かって突き出した。瞬間、顔を上げた狼が僕を見る。その所為《せい》か、突き出した槍は眉間ではなく喉へと突き刺さった。一瞬、目が合った気がする。野生を生きる存在と、野生に放り出された僕。一瞬の邂逅《かいこう》だった。けれど、何かが僕の中を駆け抜けていったような気がした。

喉を貫かれ、鳴き声一つ上げられないまま、ぱたりと倒れた狼を引き摺《ず》り寄せて鉈で喉を割《さ》く。そのまま小川に沈めて血抜きを始めると下流が真っ赤に染まる。しばらくは此処で水分補給するしかないな……しかし肉だ。此処に来て初めての食料にテンションが上がる。しかし肉を食うには火が必要だ。だが都合よくライターを持っているわけでもない。僕はあの時煙草に埋もれて死んだが煙草は吸わない。ならもうあれしかないな……。

小枝と、棒を用意しなければ。


火は何とか熾《おこ》せた。手のひらの線がなくなるかと思ったが、これもスキルによる補正なのか、昔、テレビで見たものの見様見真似《みようみまね》だった火起こしは成功した。血抜きをし、冷えた狼肉の皮を鉈で割く。勿論、綺麗に洗いました。ぶっちゃけ物凄《ものすご》く切りにくいが、皮付きで美味《うま》いのはジャガイモだけが僕のモットーだ。時々貫通させながら数十分、漸く皮と肉を切り離した。後は部位《ぶい》分けだがその辺の知識はまるでない。適当に足と胴体を切り分けるくらいしかできないな……。

切り離した後ろ足を焚《た》き火の側《そば》に立てかける。焚き火は万が一にも燃え広がらないように小川の側だ。パチパチと枝の爆《は》ぜる音と肉から滴《したた》り落ちる油を見ながら溢れ出る唾液《だえき》を飲み込む。

あー、すっごく良い匂いがしてきた。獣《けもの》臭いが生臭《なま》くはない。狩りとかに憧《あこが》れた中学時代の知識が活《い》きた。部位分けまで学習しなかったのは失敗だったが何、切れれば食える。残った部位は蔓ロープに繋いで小川に沈めてあるので腐る問題はない。

さて、そろそろ良い頃合いだろう。ていうかもう我慢《がまん》も限界だ。僕は脛《すね》の部分を掴み、フライドチキンを数倍大きくしたような形の肉を見る。良い焼き加減だ。肉はしっかり火を通すのがコツだ。

「では……いただきます！」

ぶじゅ、と肉汁《にくじゅう》が溢れ出る。顎《あご》を伝って体を汚すが全く気にならない。肉はなかなかの固さで歯に抵抗してくるが、それを押し通して噛《か》み千切《ちぎ》る。1日ぶりにかぶりついた肉は最高だった。夢中で齧《かじ》りつき、引き千切り、咀嚼《そしゃく》して、飲み込む。塩や胡椒《こしょう》もない、肉本来の味というやつだ。深夜バイトしてた時に給料日に奮発《ふんぱつ》して肉を買って朝から焼き出したけど塩も胡椒も忘れた時の味に似ている。あの時は『味しねぇ！』ってがっかりしたけれど、今はこんなにも美味《おい》しい。空腹がスパイスとして機能しているのか、単にこの狼肉が旨いのか。理由はわからないけれど、ひたすら旨い。気づけば足は骨だけになっていた。

はぁ……僕、満足……。ゆらゆらと揺れる火を眺めているとじわじわと睡魔がやってくるが、今は寝るわけにはいかない。色々とやることがある。満腹になって冴《さ》えてきた頭で考える。まずしなければいけないこと。それはこの焚き火を消すことだ。脱いだシャツを小川に浸《ひた》し、焚

き火の上で絞《しぼ》るとびちゃびちゃと水が流れ落ちて火が消える。その燃え滓《かす》に砂をかけて完全に鎮火《ちんか》させた。次は小川に沈めていた肉を取り出して濡れたシャツで包んで背中に背負う。早く此処から離れないと。

僕が慌てていたのは単純な理由だ。同じ轍《てつ》を踏まないようにしていただけだ。前回、はぐれたゴブリンを狩った所為で浴びた血の匂い。あれの所為で酷《ひど》い目にあった。お陰で僕は今も土臭い。

今回僕が狩った狼。あれも多分はぐれだろう。狼みたいな生き物が単独で行動してるのはおかしい。一匹狼とかならわかるがそう都合の良い展開なんてないだろう。絶対に群れがいるはずだ。そうじゃなくてもいるという前提で動けば失敗はない。あれだけ良い匂いがしたんだ。それが狼の胃袋を刺激するかはわからないが、不審《ふしん》に思うのは間違いないだろう。確認しに来るだろうな。

だから僕は此処を急いで離れる。食後の休憩はできないが仕方ない。狼の群れなんか現れた日には死ぬ未来しか見えない。

準備を終えた僕は腰を低くしながら辺りを窺《うかが》い、耳を澄ませる。ガサガサという音はしない。今がチャンス！

小川を後にして轍に出る。間違えないように東を向いて其処からしばらく小走りで移動だ。

うぅ、腹に積もった肉が暴れる……。

第一章 ◆ 森の街 フィラルド

それから少し時間は流れる。幸いにも魔物に遭《あ》うことはなく、僕は狼《おおかみ》の肉を喰《く》いながら東にあるであろう町を目指した。途中、小川がカーブを描いて僕から離れていった。さらさらと耳に優しい音がしなくなると何となく寂《さび》しい。一人だった僕はいつの間にか二人旅をしているつもりだったようだ。結局一人旅は一人旅でしかない。僕はひたすら一人の道を行く。

2日間歩いたが森は全く途切れない。なかなかに広大なようだ。常《つね》に木々の隙間《すきま》から見られているような錯覚《さっかく》がして嫌だったが、夜は木の上に行くのだから僕は現金な奴《やつ》だ。まぁ、何だかんだ言ってこの生活にも慣れてきたのかもしれない。夜なんかぐっすりだし、朝の空気が旨《うま》いとすら感じていた。

5日目になった今現在、見慣れた景色は遂《つい》に変化する。左側で存在を主張していた森が僕の正面へと侵食してきたのだ。今まで避けるように伸びていた轍《わだち》は真《ま》っ直《す》ぐに森を目指している。

「ふむ、どうしたものか……」

わざわざ避けていた理由。それは恐らく森のゴブリンだろう。ゴブリン以外にも何某《なにがし》かの魔物もいるかもしれない。それならば何故此処《なぜここ》に至《いた》って森を避けずに突っ込むのか。これも単純に、町はこの先にあるということだろう。それならば僕はこの森を突っ切るしかない。今もあのゴブリンの群れの姿が脳裏《のうり》に浮かぶ。あんなのにまた出くわしたら……くそ、冗談じゃない。

でも此処で油を売っていても仕方ない。行くしかない。決めたら素早くが生き抜くコツだ。槍《やり》と鉈《なた》を一旦《いったん》降ろす。狼肉は食べきったから今は身軽だ。言い換えれば後がない。ベルトを締め直して気合いを入れ、槍と鉈を拾った僕は森へと歩を進めた。

森へ近づいてみてわかったことがある。轍はただ無謀《むぼう》に森へ突っ込んでいたわけではなかった。轍を中心に木々が刈《か》られていたのだ。遠くまで見ても木が行く手を塞《ふさ》いでいる様子はない。どうやらある程度人間の手が入っているらしい。これはいよいよ町が近いぞ。

辺《あた》りを警戒《けいかい》しながら森の入り口に立つ。ぺろりと舌《した》で唇《くちびる》を湿らせながら森の中へ踏み込む。あとは何事も起きず、此処を抜ければ町は近い。はず。

……なんてことはあるはずがなかった。やはり、僕には主人公補正など存在しないのだ。今、僕は視線を感じている。左右から複数のだ。歩く足は止められない。止まったところを襲《おそ》う気配がぷんぷんする。

くそ、何なんだ……気配だけはするのだが……。久しぶりに怖い。段々と息が荒くなる。心臓の鼓動《こどう》を制御《せいぎょ》できない。速度を上げる体のリズムに足が釣られる。次第《しだい》に早歩きになり、そして小走りになった。視線が途切れることはない。森の出口はまだか……!?

そしてそれはついに僕の視野に映る。木々の隙間。其処に見えたのは狼だ。それが数匹。何で、と思った。痕跡《こんせき》は完全に消したつもりだ。でも、おかしい。今見えた狼。体毛が薄い緑だった。食った奴とは別種の個体か……?

頭を振って考えることをやめる。何がどうなっているのかわからないが、今は逃げることが大事だ。顔を上げて小走りから速度を上げる。自分でも知らないうちに相当焦《あせ》っているのだろう。体力の消耗《しょうもう》を抑えて走っているつもりだが速度が調整できない。速度が出過ぎだ。しかし不思議と疲れない。此奴《こいつ》はあれだ、アドレナリンパワーだな。今のうちに距離を稼《かせ》ぐしかない。狼との距離じゃない。出口への距離だ。

ハァハァと息を吐く僕の耳に遠吠《とおぼ》えが聞こえた。狼どもが痺《しび》れを切らしたのだろう。走りながら振り向くと5匹程の狼が僕の後ろを走っていた。

「うわぁぁああ!!!」

こ、怖すぎる!! 昔おばあちゃんが飼ってた犬に追いかけられたのとはわけが違う。彼奴等《あいつら》、完全に僕のこと殺す気だ！

前を見て全速力で走る。遠すぎて交じっているようだった左右の木が離れて出口が見えていた。よっし！ 駆け抜ければ僕の勝ちだ！ 町があれば、だけど。

更《さら》に必死で走る。えぇい、槍が邪魔だ！　其奴《そいつ》を当たればいいや程度の気持ちで後ろに投げる。

「ギャンッ！」

おっほ、マジか？　振り向けば狼が1匹転がってる。ラッキー！　でもない。1匹減ったはずなのによく見たらさっきより増えてやがる……！　総勢15匹くらいがガウガウ吠えながら走ってきてる。やばい、ちびりそう。だが耐える。出口はすぐ其処だ。あと10メートル……5メートル……抜けた!!

瞬間、長いトンネルを抜けたような眩《まぶ》しさが視界を奪う。しかし足は止めていられない。真っ白な世界を走りながら視界が戻るのを待つ。数秒もなかっただろう。目の前に広がっていたのは待ち望んだ光景。

町の門だった。

「たすけてえええええええ!!」

恥《はじ》も外聞《がいぶん》もない全力のヘルプミー。門を見て1秒も経《た》たずの大音量。それは町の入り口付近に人がいることを願っての絶叫。今にも襲いかかってきそうな狼を背に門へと走る。

願いは届いたのか、門の内側から槍を持ったおっさんが飛び出してきた。この世界で初めての人間。第一町人発見！

「なんだ!?　どうした!?」

慌《あわ》てすぎてちゃんとした言葉にもならない。しかしその単語だけでおっさんは察してくれたのか、すぐに首から下げた笛《ふえ》を力強く吹いた。すると、門の向こうから更に6人のおっさんたちが現れた。六つ子だろうか。いや違う。

「フォレストウルフの群れだ！　旅人が襲われてるぞ！」

「おいお前！　こっちだ！　門の中へ！」

言われずともそのつもりだ！　とガクガク頷《うなず》き、全力で走る。狼の声が少し後ろに遠ざかった気がする。そのままの勢いでおっさんの群れを抜けて文字通り門の中へ転がり込む。

み、水が欲しい……！　張り付く喉《のど》で無理矢理息をしながら振り向く。槍を構えたおっさんたちが狼……フォレストウルフを通すものかと3人と4人で2列に並ぶ。フォレストウルフどもは怯《ひる》むことなく突撃してくる。ハッと息を呑《の》んだのも一瞬。すぐに槍と牙《きば》がぶつかり合い、戦闘が始まった。しかしいくらおっさんたちが槍を持っているといっても多勢に無勢だ。息を整えた僕は相変わらず刃毀《はこぼ》れ気味の鉈を手に加勢に向かう。が、その瞬間、何者かが僕の肩を摑《つか》んで地面へ引き倒す。おい、誰なんだ。今忙しいんだ。

「よう、ビビリは其処で座ってな」

見上げると厳《いか》つい顔したおっさんがニヤニヤと笑っていた。革《かわ》の鎧《よろい》を身に着けて手には抜き身の両刃剣《りょうようば》。本当に誰だ此奴。

「狼!!　狼ぃぃ!!」

「くはは、さっきの駆け込み具合は最高だったぜ！　まるで兎《うさぎ》が逃げてくるみたいだったな！」

今度はひょろい体つきに何かムカつく顔した奴が短剣を手にしながら現れた。第一印象最悪だな……。

「何なんだあんたら……今大変なんだよ。行かせてくれ！」

「だーからお前ぇみたいなビビリが行って何ができんだよ？　そのボロボロの鈍で、何をどうしようってんだ？　あ？」

「そんなのあの狼を退治《たいじ》してるおっさんたちの加勢に決まってんだろ!?　狼の数やばいだろあれ！」

そう言うと厳つい男とひょろい男が顔を見合わせる。からの大爆笑。

「ぶはははは!!　おま、お前！　たかがフォレストウルフ相手に焦り過ぎだろ！」

「何なんだお前！　ひょっとして旅芸人か!?　笑わせてくれるなぁおい！」

意味がわからない……あの数を見て何とも思わないのか？　それとも、もしかしてこれが普通、なのか？

「じゃ、じゃああんたらは何しに……？　その武器は何のためなんだ？」

「何のって、そりゃあ、お前のためだよ」

そう言って剣を僕の喉元に突きつけた。二人の雰囲気《ふんいき》ががらりと変わる。

「妙な動きすんな。もしお前が兎みたいなビビリを装っただけの危ない奴だった場合、殺さなくちゃあなんねぇ」

「そういうことだ。そのきったねぇ鉈も、渡してもらおうか？」

なるほど、あの門番らしきおっさんたちがフォレストウルフの相手をしなくちゃいけなくなったから、此奴等《こいつら》が代わりに僕を監視するってわけだな。

「悪かったよ。事情は把握《はあく》した。鉈は渡す。この場も離れない。だから剣を下げてくれ」

「わかりゃいいんだ。お前ぇは黙って大人しくしてろ」

無言で鉈を受け取るひょろ男は刃毀れした鉈の刃を見つめる。

「なぁおい、これ、こんなの持って森を抜けてきたのか？」

「あぁ。ゴブリンから奪ったんだよ」

「はぁ？　ゴブリンから？」

「丸腰だったからな」

訝《いぶか》しむように見つめてくるひょろ男。

「じゃあお前、どうやってゴブリンから鉈奪ったのよ？」

「木を削《けず》って作った槍で刺したんだ。腹を刺して倒れたゴブリンに止《とど》めを刺して奪ったんだよ」

「お前ぇは原住民か何かかよ……」

黙って聞いていた厳つい男が呆《あき》れたように僕を見る。そんなこと言ったってしょうがないじゃないか！　丸腰だったんだから！

「本当に何なんだこの黒兎《くろうさぎ》は……」

「黒兎？」

「お前の髪。黒いだろ？　んでもってビビリの兎。ぴったりじゃないか、黒兎！」

兎は可愛《かわい》いが良い意味こもってねーじゃねーか！　ふざけんな！

そんなやり取りをしてる間にフォレストウルフの群れは殲滅《せんめつ》されていた。どうやら本当に何でもないことらしい。この世界の水準は高いのだろうか。それとも僕が弱いだけか？

「いやぁ、久しぶりの群れだったな。疲れた疲れた」

「すみません、助かりました！」

戻ってきた門番のおっさん方に頭を下げる。本当に助かった。この人たちがいなかったら僕は死んでた。喉笛を噛《か》み千切《ちぎ》られて森へお持ち帰りされていただろうな……。

「あぁ、いいんだ。普通群れに襲われることなんてないしな。びっくりしただろう。ガルドたちもありがとうな」

ガルド？

「いや、暇《ひま》だったからな。別にいい」

厳つい男が返事をする。此奴がガルドか。

「行くぞ、ネス」

「あぁ。じゃあな黒兎」

ニヤニヤと笑いながらネスと呼ばれたひょろ男がついていく。何か変な奴らだったな……。

また会うことはあるのだろうか。あっても黒兎はやめてほしい。

「お前、よく見たら土まみれじゃないか。怪我《けが》はないか？」

「あぁ、これは匂《にお》いを消すために付けただけなので怪我はないです」

そう言うと『マジか此奴』みたいな目で見られる。

「そ、それならいい。其処の詰め所の裏に井戸があるから綺麗《きれい》にしていったらどうだ？　手荷物もないようだし替えの服もないだろう。余ってるのがあるから用意してやる」

良いおっさんだぁ……！　僕はお言葉に甘えて井戸へ向かい、借りた布で体を拭《ふ》いて麻《あさ》のシャツに袖《そで》を通した。ふむ。まぁまぁの着心地。脱いだ服は貰《もら》った布の袋に詰める。貰いっぱなしだな……何か悪いね。

「さて、人心地《ひとごこち》ついたろう。俺の名前はラッセル。お前さんは？」

門番のおっさんはラッセル。外国っぽい名前が多いな。なんて恩人の名を頭に刻《きざ》んでから自己紹介をする。

「僕は上社《かみやしろ》 朝霧《あさぎ》……あ、アサギ＝カミヤシロです。助けてくれてありがとうございました」

外国人っぽいから名前も外国っぽく言い直す。

「アサギか。そのことは気にするな。では改めて、ようこそ。フィラルドへ！」

まぁそれはともかく、異世界を彷徨《さまよ》って６日。漸《ようや》く僕は初めての町、『フィラルド』へと辿《たど》り着いた。

□　□　□　□

ラッセルさんに色々と話を聞く。

「さっきガルドたちと話してたみたいだが、問題はなかったか？　彼奴等、口が少し悪くてな……流れの冒険者で、悪い奴等《やつら》じゃあないんだ」

「少しからかわれましたが、ラッセルさんのために動いてたのはわかったから大丈夫でしたよ」

変なあだ名を付けられたけど、まぁ、問題って程でもない……と、思う。

そんなことより、だ。

「町とか初めてなんだけど泊まる場所とかありますか？」

「町が初めて？　お前さん、どっから来たんだ？　あんな格好《かっこう》で森を彷徨《うろつ》くなんて正気の沙汰《さた》じゃない。何かあったのか？」

じぃ、と見つめてくるラッセルさん。なんて答えればいいんだろうか。異世界から来ましたーなんて言って信じてもらえる気がしない。ラッセルさんには悪いけれど、此処は適当に嘘《うそ》を言うしかないな。

「結構遠くです。途中でゴブリンに追いかけられて荷物は全部なくしちゃって……無我夢中で走ってて気づいたら丘にいました」

「丘ってーとこの辺りなら……霧ヶ丘《きりがおか》しかないな」

霧ヶ丘？

「平原の真ん中にぽこっと出た丘があっただろ。あるんだよ。其処は変な場所でな、冷えてもないのに朝方は霧に包まれる。丘と言えば其処しかないが違うか？」

「まさに其処です。辺り一面真っ白でした」

「はは、やっぱりな。其処から徒歩なら結構かかったろ。今日はゆっくり休め」

そう言ってラッセルさんが小さな布の袋を渡してくる。受け取るとチャリ、と音が鳴る。これは……開いてみると案の定、お金と思われる物だった。

「ラッセルさん、受け取れません。助けてもらった上に服まで用意してもらって更にお金なんて……」

「馬鹿《ばか》野郎、アサギ、俺が宿紹介して休めって言ってんだ。それに其奴がなけりゃ休めないだろう？」

「でも……」

「あぁ、勘違《かんちが》いするなよ？　其奴はお前さんにやるんじゃあない。貸しだ。稼いで返せよ？　いつでもいい。支払える余裕ができたら返してくれりゃいいさ。それで宿屋はこの通りを真っ直ぐ行って二つ目の角を曲がってすぐだ。俺の名前を出せばある程度融通《ゆうずう》してくれるだろう」

「へぇ、ラッセルさんって偉《えら》い人なんですか」

「馬鹿野郎、俺は衛兵《えいへい》隊長だぞ」

普通に偉い人だった。自慢げに胸につけた星型のバッジを見せてくる。それが隊長の証《あかし》、なのかな。ていうか隊長が真っ先に出てきてくれたのか……有り難いな……。

「隊長さんだったんですね」

「はっは、まぁな！」

「ラッセルさん……何から何まで、本当にありがとうございます」

「いいさ。気にすんな。ついでに冒険者登録してこい。稼げるぞ！」

ラッセルさんが言うには魔物退治や遺跡探索を生業《なりわい》とする冒険者という職業があるそうだ。

とは言っても僕にしてみればよく知る話だ。ギルドへ行って冒険者登録すればそれだけでいいとの事。勿論《もちろん》、こういった場合の例に漏《も》れずランク制で初心者は最下位ランクのGランクから始まるようだ。Gランクは通称『石』だそうだ。其処ら辺の石と変わりない程度の価値という か、強さという意味だ。

「掃《は》いて捨てる程有り余ってるって意味もあるらしいけどな！」

とはラッセルさんの談である。

「しかしな、石ころの中にも宝石の『原石』ってのはある。磨《みが》けば其奴は石から立派《りっぱ》な宝石に変わるのさ。アサギ、お前さんが宝石になれることを祈ってるぞ」

バシン、と僕の背を力強く叩《たた》く。肺の中の空気は押し出されたが、代わりに気合いが沢山《たくさん》注入された。

「ありがとうございました、ラッセルさん。そろそろ行きます」

「おう、行ってこい！」

僕はラッセルさんに手を振り、まずは紹介された宿へ向かった。

□　□　□　□

紹介された宿は『春風亭《はるかぜてい》』という2階建てでそれなりにランクの高い宿らしい。ところで、さっきから気になってしょうがないんだが、普通に文字が読める。言葉も通じる。まるで昔から親しんできた言語のように耳に馴染《なじ》む。ラッセルさんと話してる時から何でだろうと気になっていたが答えは出ない。気にしてもしょうがないということだろう。僕は考えるのをやめた。

「すいませーん。誰かいますか？」

「はいよー。客かい？」

奥から現れたのは体格のいいおばさんだった。カウンターの向こうに立って僕を見る。

「えっと、ラッセルさんの紹介で来たんですけど」

「おや、ラッセルの紹介かい？　ならサービスしないとね！」

ラッセルさんの名前を出した途端《とたん》、笑顔になるおばさん。ラッセルさん効果は伊達《だて》じゃないらしい。

「あたしはマリス。あんたは？」

「アサギといいます。とりあえず1週間……このお金で足りますか？」

そう言って先程借りたお金を布袋から取り出してカウンターに並べる。そう言えばちゃんと確認してなかったが銀貨と銅貨が入っていた。どう見ても銅貨より銀貨の方が多い。ラッセルさん……。

「これだけあればお釣りが出るね。よし、アサギは2階の角に泊まりな。食事は朝昼晩と出る。其処の奥に食堂があるから行けば出してもらえるよ。食事料金はサービスだ！」

「いいんですか？　1週間だから21食分くらい浮いちゃいますよ？」

「ラッセルの紹介で来た客なんだから甘えときな。美味《うま》いもん食わせてやるよ！」

本当にラッセルさん効果は凄《すさ》まじい。感謝してもしきれないな……。

「ではお言葉に甘えて……マリスさん、しばらくよろしくお願いします！」

「あいよ！」

気前のいい女将《おかみ》さんで良かった。

僕は紹介された部屋に荷物を置いてからギルドへ向かった。ちなみに部屋は僕が住んでた部屋より広かった。

大通りに出てお上《のぼ》りさんよろしく、辺りをきょろきょろと眺《なが》める。やはり森の中の町ということもあってか、木造の建物が多い。通りを挟《はさ》んで対面で商店が並ぶ町並みは長閑《のどか》で、とても気持ちが安らぐ。

青果店で声を張り上げるおじさん、肉を並べて腕を組む肉屋の青年、あと花屋なんかもある。生き生きした町だ。途中、武器屋も並んでいた。男の子としてはウズウズするものがあるが、今は我慢《がまん》だ。まずは冒険者にならねば。逸《はや》る気持ちを抑えてギルドへの道を進む。

ギルドは簡単に見つかった。でかい建物だ。それにちょっと荒々しい男たちが頻繁《ひんぱん》に出入りしてる。彼らが冒険者だろう。剣や槍を持っていた。

開かれた門扉《もんぴ》を通り、屋内に入ると右手にカウンターが並ぶ。看板《かんばん》には『登録受付』『クエスト発行』『報酬《ほうしゅう》引渡』『質問・その他』と書かれている。正面には2階へと続く階段と地下へ降りる階段。左手には併設《へいせつ》された酒場があった。其処では昼間にも拘《かか》わらず男どもが酒を飲んで騒いでいる。

「よう、見ろよ。なっさけねぇ格好の兄ちゃんが来たぜ」

「はっはぁ、良い服着てんなぁ！」

テンプレ乙《おつ》って感じだ。やっぱ絡《から》まれるんだな……これに関しては言い返しても無視しても酷《ひど》いことになる。目に見えるような展開だ。

「いやぁ、さっき町に来たんですよ。冒険者になりたくて！」

僕はアルバイト用の外面《そとづら》をかぶる。

「ぁあ？　んじゃあお前が黒兎か！」

なんだと？

「おい見ろよ！　噂《うわさ》の黒兎様が来たぜ！」

「黒髪のビビリ兎か！　俺にもよく見せてくれよ！」

「ぶはははは！　なんて格好だよ！　イカしてるなぁ！」

浴びせられる嘲笑《ちようしよう》。差される指。酔っぱらいどもはとても機嫌が良いらしい。

どうやら僕は歓迎はされていないらしかった。

ゲラゲラ笑いやがって。何なんだ此奴等。気分が悪い。

無視して『登録受付』のカウンターへ向かう。すると酒場から出てきた奴が僕の行く手を塞《ふさ》ぐ。

「まだ、何か？」

営業スマイルで対応すると胸ぐらを掴まれた。

「生意気に無視しやがって。黒兎如《ごと》きが何様だ？」

「何様も何もただの冒険者志願者ですが？」

あくまでも営業スマイルは崩《くず》さない。心は冷えていく一方だが、こんな奴相手に怒るのもくだらない話だ。

鋭く睨《にら》む冒険者の男。細めた目で見つめる僕。その間にヌッと太い腕が割り込んだ。

「おいおいおい、何してんだよ。ギルドで暴れちゃあ拙《まず》いだろ」

「ふん……余所者《よそもの》にはわからんかもしれんがな、新参《しんざん》のくせに舐《な》めた態度の奴は……」

「舐めようがしゃぶろうが此処はギルドだ。いい加減にしとけよ」

太くて硬《かた》い指で僕の胸ぐらを掴む腕を握るガルド。男は痛みに顔を歪《ゆが》めているのだろう、不《ぶ》細工《さいく》な顔を更に不細工にしながら僕を解放する。一睨みしてから無言で酒場に帰っていった。

「悪かったな。酔ってるみたいなんだ」

「あんた等《ら》が黒兎だなんて言うからだ。勘弁《かんべん》してくれ……」

「其奴はネスに言ってくれ。お調子もんだからな……面白《おもしろ》いことがあったらすぐ喋《しゃべ》るんだ」

「僕にとっては一つも面白くない」

気拙《きまず》そうに頭を掻《か》くガルドを見ながら溜息《ためいき》をついた。冒険者という輩《やから》は娯楽《ごらく》に飢えているのだろうか。面白半分で僕の評判を下げないでほしい……。

「まぁ、その……なんだ。ネスにはきつく言っとくからよ。許してやってくれや」

「周りの冒険者にも釘《くぎ》刺しといてくれよ……苛《いじ》められそうだ」

「そうならないようにするさ」

そう言って酒場に帰っていくガルド。話しぶりからして結構ランクは高いのだろう。流れの冒険者だったか……実力があるからああして仲裁《ちゅうさい》はできたが、後のことまではどうだろうか。余所者扱いされているみたいだし、あまり期待し過ぎるべきではない、かな。

僕はそのでかい後ろ姿を見送ってから今度こそ『登録受付』のカウンターへ向かった。

カウンターには大人しそうな女の子が座っていた。文学少女って感じだ。

「すみません、冒険者登録したいのですが」

「は、はい！　ではこの冒険者登録書に記入を」

そう言って一枚の紙を渡してくる。何だろう、さっきのやり取りを目にしたからか怖がってるように見えた。

カウンターに備え付けてあるペンを取って名前、年齢、使用武器、使える魔法、前衛《ぜんえい》希望か後衛《こうえい》希望か等を書いていく。ていうかやっぱりこの世界、魔法とかあるのな。ちょっとワクワクしてきた。武器はどうしよう。一応ユニークスキル《器用貧乏》のお陰《かげ》で何でも使えそうだが……んー、此処は使ったことのあるものだけ書いておこう。槍と鉈……片手直剣か。ちなみに年齢は22だ。

「はい、書けました」

「あ、ありがとうございます……ふむ、アサギ様ですね。えっと、前衛希望とのことですが、戦闘経験はありますか？」

「ゴブリンと平原の狼を。どちらもほぼ奇襲《きしゅう》みたいな形ですが」

「わかりました。戦闘経験……ゴブリン、狼……と。魔法欄《らん》は空白ですが？」

「はい、魔法は使えません。正確には使えるかどうかすらわかりません」

「そうですか。ではこのステータスカードでご確認頂いてから使用できる魔法があれば再度ご記入を」

　やっぱりステータスカードとかあるんだ！　いいね！

「わかりました」

「そのステータスカードはまだ個人登録がされていないものなので、『ステータスオープン』と言えばステータスが表示されます。後ほど登録の際にアサギ様の血液をこのカードに垂《た》らしてもらいます。それで個人登録は完了になります。ステータス表示は登録してもしなくても変わりません。ただし、個人登録前のカードはこのギルドの外ではステータスが表示されなくなりますので持ち逃げはご遠慮ください。ちなみにこの空間内でないと登録はできませんので」

　つまり此処で登録すれば何も問題ない、ってことだな。

「なるほど……では、ステータスオープン」

　そう唱《とな》えるとステータスカードに、ホログラムのように僕のステータスが表示された。ステータス初お披露目《ひろめ》だ。気になる僕のステータスは……

名前：上社　朝霧
種族：人間
職業：旅人
ＬＶ：３
ＨＰ：１２０／１２０
ＭＰ：50／50
ＳＴＲ：40　ＶＩＴ：30
ＡＧＩ：１５０　ＤＥＸ：70
ＩＮＴ：30　ＬＵＫ：10
所持スキル：器用貧乏
所持魔法：なし

◇　◇　◇　◇

これが僕のステータスらしい。やけにＡＧＩが高いのはやっぱり陸上をしていたことと転移の際の願いが影響しているのだろうか。歩いたり走ったりする速度が何となく上がった気がしてたのは気の所為《せい》ではなかった……？　フォレストウルフに追いかけられた時もなんだかんだで追いつかれることはなかった。ていうか使える魔法ないし。がっかりだ。

「ＡＧＩが極端に高いですね」

冷静にステータスを覗《のぞ》くギルド員さん。

一緒にカードを見ていると酒場から誰かが吹き出す音がした。

「ＡＧＩだけ高いとか……くく……やっぱ兎じゃねーか……」

「おい……言ってやるなって……ぷくく……っ」

ムカつく奴等だなぁ本当に。ガルドは何してんだ。

「お前ぇら……あんま人のステータス笑うんじゃねぇよ……」

一応注意はしてくれてるみたいだ。その隣には大人しくネスが座っている。

お調子者どうした？　ガルドに怒られたか？

「気になるのはこのスキル……ですかね」

其奴は僕も気になってます。

「このスキル……ユニークスキルですね」

そう言った途端、酒場の連中がドタバタと転がるように僕の下《もと》に集まってきた。酒臭い！

「ユニークスキルだと⁉」

「黒兎のくせに!?」

「おいお前ぇ等！　他人のスキル覗きはご法度《はっと》だろうが!!」

ガルドがなんか騒いでるが周りの連中は引く気はなさそうだ。

「スキル……《器用貧乏》？」

「あ？　《器用貧乏》だ？」

しん、と周りが静まる。え？　何、凄《すご》いスキルなん？

いいや、そんなことはなかった。

「あはははは！　器用貧乏!!　名前からしてハズレじゃねーか！」

「駄目だあははは！　俺ぁもう駄目だ！　腹が千切れそうだ！」

「きよーびんぼー!!　何でもできるけど何もできねーじゃねーか！　ぶはははは!!」

「最高だぜ黒兎！　前衛と後衛頼むわ!!」

辺りは鳴り止まない爆笑の渦《うず》に包まれた。オロオロしたガルドとネスの姿が視界の端に見える。くそ、何の役にも立たねぇな……。

一体僕が何したっていうんだよ。こんなのあんまりじゃないか？

強盗に刺されて、平原に放り出されて、ゴブリンに襲われて、狼食いながらひたすら歩いて木の上で寝て、大量の狼に追いかけられて逃げ込んだ町で嘲笑《ちょうしょう》されて……。

久しぶりに心がやられそうだ。どんどん冷えていくのがわかる。早くこの空間から離れたい。

僕は無言でカウンターのペンに手を伸ばし、それを手のひらに突き立てた。

「アサギ様!?」

ギルド員さんが声を上げる。流れ出る血をステータスカードに垂らして顔を上げる。

「これでいい？」

「は、えっ……？」

「登録」

「あ、はい……大丈夫です……」

ステータスカードの個人登録は完了した。今はただ、この空間から離れたかった。

第二章 ◆ 始まった日常

冒険者登録した日から2週間が過ぎた。

相も変わらず黒兎《くろうさぎ》と小馬鹿《こばか》にされる毎日が続いている。あの後、何処《どこ》から聞きつけたのかネスが宿屋に来た。

「アサギ、その……悪かったな……俺よう、こんな大事《おおごと》になるなんて思ってなくてよう……」

「いいよ。誰だって何がどうなるかなんてわからないしさ」

「そうだけどよう……」

申し訳ないと本気で思っているのだろう、頻《しき》りに頭を下げている。僕にはその姿を見て更《さら》に怒鳴りつけることはできなかった。初めて黒兎と呼んだネスの顔に悪気なんて見えなかった。小馬鹿にしている感じはあったけどな。

これは周りが馬鹿みたいに騒いでいるだけだ。ギルドにガルドたちがいる時は比較的大人しいが、いない時はこちらの気分が最悪になる程に囃《はや》し立てる。

そう、ガルドとネスはギルドにいない日がある。むしろいない方が多いとわかったのは最近のことだ。彼らはコンビでの冒険者で結構難易度の高いクエストをこなしているのだ。この間は村の南……僕が来た門とは別の門から出た先にある森の奥にオークを討伐《とうばつ》しに行っていた。この辺《あた》りの冒険者の殆《ほとん》どは森の奥までは探索しないらしい。なので、ギルドがある程度の間隔《かんかく》でモンスター討伐の依頼をするらしい。

そういうわけでガルドたちは5日程の遠征に出かけたので、その間のギルド内は最悪の環境だった。あれだけ囃し立てて嘲笑《ちようしよう》してきてもギルドは間に立ってはくれない。冒険者同士の怪我《けが》を伴《ともな》う喧嘩《けんか》は止めに入るが、それ以外には干渉《かんしよう》しないのがルールらしい。流石《さすが》に申し訳なさそうな顔はしていたが……。

自分の立場は自分で確立させろ。これが基本らしい。それは偶々《たまたま》『質問・その他』カウンターにいた文学少女に聞いたので間違いはないだろう。彼女の名前は『フロウ』というらしい。自己紹介はされなかったが名札でわかった。その時に登録時の騒ぎ、それとキレた僕がペンで自傷するというショッキングな場面を間近《まぢか》で見せてしまったことについては謝罪した。フロウさんは若干《じやつかん》引きながらも謝罪を受け入れてくれて、今では普通に話せる関係となっていた。

「アサギ様、今日はどうされますか？」

最近行きつけの『クエスト発行』のカウンターの前に立つ。僕はクエスト板と呼ばれるクエスト内容の書かれた紙の貼《は》ってある掲示板から千切《ちぎ》ってきた紙を差し出す。

「はい、本日も『薬草回収』でございますね。では森での活動となります。ステータスカードの提示をお願いします」

僕はすでに手に握っていたステータスカードをカウンターに置く。

「はい、ありがとうございます。少々お待ちください。…………はい、クエスト内容が登録できました。お気をつけて、いってらっしゃいませ」

にこりと微笑《ほほえ》みながらステータスカードを差し出してくるギルド員さん。僕はそれを受け取って此処《ここ》最近で言い慣れたワードを呟《つぶや》く。

「ステータスオープン」

◇　◇　◇　◇

名前：上社《カミヤシロ》　朝霧《アサギ》
種族：人間
職業：冒険者（ランク：G）
LV：10
HP：180／180
MP：70／70
STR：58　VIT：50

AGI：190　DEX：90
INT：44　LUK：11
所持スキル：器用貧乏
所持魔法：なし
受注クエスト：薬草回収
装備一覧：頭－なし
　　　　　体－革《かわ》の鎧《よろい》
　　　　　腕－革の小手
　　　　　脚－なし
　　　　　足－革の靴
　　　　　武器－鉄の剣
　　　　　　　－鉄の短剣
　　　　　装飾－なし

◇　◇　◇　◇

クエストはしっかり受注されていた。それを確認した僕は頷《うなず》き、ありがとうございます、とお礼を言って踵《きびす》を返す。此処でお馴《な》染《じ》みの野次《やじ》が飛んでくる。

「おーう、今日も黒兎さんは草食兎さんか？」

「ぶはははは！　葉っぱ大好きだもんなー！」

いつもの冒険者どもだ。此奴等《こいつら》は昼間から酒場に入り浸《びた》り、いつも酒を飲んでいる。いつ仕事してるかと言うと、代わりの奴等《やつら》が稼《かせ》いだ金で飲んでるのだ。かと言って此奴等が働かないわけではない。此奴等は幾《いく》つものパーティーが集まった『クラン』に所属していて交代で稼ぎに出ているらしい。今いない連中が稼いだ金で酒を飲み、此奴等が稼いだ金で他の奴等が飲む。それが決まったルールらしく、『俺の金だ』などという喧嘩は起きないらしい。よくできた寄り合いだ。寄って集ってクソばかり。僕は此奴等が嫌いだった。

「薬草は何にでもなるし誰の役にも立つ。あって困るものじゃない」

「葉っぱ大好き黒兎さんのお陰《かげ》で助かってますよーう！　ひゃはははは!!」

言い負かすつもりはないが言われっぱなしも癪《しゃく》に障《さわ》る。でも此奴等には何を言っても仕方がない。溜息《ためいき》一つ、僕はギルドを後にした。


僕は最近ずっと通っている薬草回収のエリアへと向かった。冒険者になってからはずっと薬草回収のクエストをやっている。このクエストは地味ながらも割と稼ぎの良いクエストだ。だがやはり地味な所為《せい》か、受注する人間は少ない。僕のような〝石〟がほとんどだ。

しかしこのクエストは森に行く一つの理由でしかなかった。本命はゴブリンである。先程のステータスで確認したらレベルが10に上がっていた。6くらいになった時に『報酬《ほうしゅう》引渡』カウンターの何だか気安い態度のギルド員さんに『なんかやたらレベル上がってますけど？』と問い詰められたことがあったが、僕はゴブリンに出くわしたから已《や》むを得ず戦闘したと報告した。ゴブリン討伐のクエストはFランクから受注可能な物件で、Gランクの僕は本来なら受注制限のかかったクエストだ。

だから森へはゴブリン討伐ではなく、薬草回収のクエストで侵入していた。勿論《もちろん》、薬草もちゃんと回収している。そのお陰で溜《た》まったお金で装備も整えた。鎧は防具屋で売られていた中古品。武器は鍛冶《かじ》屋の見習いが作った試作品を安く買わせてもらった。あの時の鉈《なた》は鋳潰《いつぶ》してこの短剣になっている。片手剣と短剣はユニークスキル《器用貧乏》に物を言わせたなんちゃって二刀流だ。

「よう、アサギ。森か？」

「ラッセルさん」

門の側《そば》にはラッセルさんが立っていた。今日は南側の担当のようだ。

「はい、また日暮れ前には戻ってきます」

「丘から歩いてきたお前さんなら夜も大丈夫だろう？」

くっくっくと喉《のど》を鳴らして笑うラッセルさんに僕は溜息をつく。

「もう木の上で過ごすのは嫌ですよ……」

「くははは！　その話はもう鉄板だな！」

前に宿の食堂で夕食を食べてる時に様子見にやって来てくれたラッセルさんにフィラルドへ来るまでの話をしたら、木の上で寝た話がツボに入ったらしく、その話をすると涙を流しながら笑う。同じ笑われるでも、今の僕には数少ない癒《い》やしの時間だった。

「もう……じゃあそろそろ行ってきますね」

「あぁ、気をつけてな！」

バシン、と背中を叩《たた》かれる。多少の痛みは信頼の証《あかし》だ。黒兎と笑われる僕を見てもラッセルさんの態度は変わらない。本当に良い人だ。宿屋のマリスさんもいつも笑顔で僕を送り出してくれる優しい人だ。1週間経《た》って、宿の延長を頼んだ時は半額にしようとしてくれた程だ。勿論、それは申し訳ないのでお断りしたが……。

ともかく、僕は森へ向かう。薬草回収がてらのレベル上げに。

□　□　□　□

森に着いた。とは言っても此処は殆ど入り口付近だ。奥の奥まで行くとオークが出たりする。

オークと言えば数々の女騎士を〝くっ殺《ころ》〟してきた魔物だが、この世界でも繁殖《はんしょく》のために近隣の村から女を攫《さら》い、男を殺すことが多々あるらしい。

「オークの巣ってのはいつも悲惨《ひさん》だ。此奴等の餌食《えじき》になった女は死ぬに死ねず、生きたまま性《せい》奴隷《どれい》として屈辱《くつじょく》の日々を過ごすんだからな……」

そして彼女たちは、自我を崩壊《ほうかい》させる。己《おのれ》を守るために。そんな彼女等は医療施設に収容されるそうだ。壊れた心を治すために。

ガルドに聞いた話を思い出しつつ目についた薬草を回収しては布袋に入れていく。この薬草は回復ポーションに使われるもののようで、根に大地から吸った魔力が蓄《たくわ》えられているらしい。万《ばん》能《のう》かと言って葉っぱの部分は必要ないというわけでもなく、これはこれで解熱《げねつ》の効果がある。……に近い草だ。それを袋に入り切らない程に集めればノルマ達成だ。それを目印《めじるし》を付けた木に引っかけて森の中へと進んでいく。

勿論それは、ゴブリンを倒してレベルを上げるためだ。ちなみにこっちの森にはフォレストウルフは出ない。ラッセルさんの話によると、魔物には魔素《まそ》の好みがあるらしく、それが場所によって違うかららしい。代わりにゴブリンが多く住んでいる。僕はその中からできるだけ数の少ない群れを狩るだけだ。

周りを警戒《けいかい》しながら歩くこと数分。見つけた。ゴブリンの群れだ。今回の群れは……6匹。少し多いが奇襲《きしゅう》をかければ何とかなる数だ。

まずは観察する。奴等は手にした得物《えもの》を振り回しながら餌《えさ》を探しているみたいだな……キョロキョロしているが警戒は緩《ゆる》い。自分たちに害を及ぼす魔物がいないからだ。オークは森に出るとは言っても此処から更に進んだ奥の奥だ。だから此奴等は油断している。奇襲は必ず成功する。

まず僕は木の槍《やり》を投げつける。これももう作り慣れたもので、数分あれば出来上がってしまう。残念ながらカッターナイフは刃を使い切ったので宿屋で留守番だ。

その槍が殿《しんがり》にいるゴブリンに突き刺さる。それだけで貧弱なゴブリンは動けなくなり、其奴《そいつ》が倒れるより早く僕は駆ける。僕のステータスはＡＧＩが極端に高い。極振《きょくふ》りと言ってもいいくらいだ。だから速い。短剣で止《とど》めを刺し、次の標的の背中へと短剣を突き立てる。これで２匹。実にちょろい。

此処で漸《ようや》く他のゴブリンは僕に気づく。地に伏した仲間を見て憤《いきどお》り、手にした武器を振り上げる。その手を僕は横薙《よこな》ぎに切り飛ばす。引き抜いた槍で目の前の獲物《えもの》を突き殺し、隣の間《ま》抜《ぬ》けへ突き立てる。そして迫りくるゴブリンの首を切り落とす。残った最後の１匹は背を向けて走り出した。敵《かな》わないと判断したのだろう。僕は短剣を取り、逃げるゴブリンへ投擲《とうてき》した。それは吸い込まれるように其奴の背中に突き刺さる。

これで終わり。簡単なもんさ。ＲＰＧで言えば最弱の魔物代表。僕にかかればこんなもんだ。なーんて、余裕はかまさない。勝って兜《かぶと》の緒《お》を締めよが戦いのコツだ。

周囲を警戒しながら、ゴブリンの武器を回収して即席の蔓《つる》ロープでまとめ上げる。これは鍛治屋のおじさんに鋳潰《いつぶ》してもらうためだ。これもまた小さな小遣《こづか》い稼ぎになっている。馬鹿にはできない。ボロくても鉄は鉄だ。これが巡《めぐ》り巡って僕の武器になるんだ。つまり言ってしまえばタダみたいなもんだ。工賃だけ払ってるようなもんだしな。

纏《まと》めた武器を薬草の布袋を吊《つ》るした木に同じように引っかけてまた獲物を探して森を行く。この日はなかなか順調にことが運んで、計20匹のゴブリンを討伐することができた。武器は鉄の刃物が15本。いいね。これでボロボロになったこの剣と短剣が交換できる。鎧は動きやすさ重視でいいだろう。ＡＧＩの高さを無駄にはできない。此奴《こいつ》を活《い》かさなきゃ僕は多分、生きていけない。

ガチャガチャと鳴る武器を携《たずさ》え、清々《すがすが》しい疲れと共にフィラルドへの帰り道を歩いた。

町に帰ってまずやることは南門近くの鍛冶屋に武器を持っていくことだ。このままギルドに行ったら何を言われるかわからないからな。まぁ、バレてんだろうな……あの冒険者たちに見つからないはずがない。チクられないはずがない。でも言われない限りどうこうするつもりはないね。これで僕は生計を立てているんだからな。大事な大事な生活の糧《かて》なのだ。

「こんばんはー。大将いますかー？」

「おう！　アサギか！」

奥から熱気とともに現れたのはこの鍛冶屋の店長でドワーフのアラギラさんだ。店長と呼んだら『大将と呼べ！』と一喝《いっかつ》されたので大将と呼んでいる。

鍛冶と言えばドワーフだろう。見た目もがっしりしたあのドワーフだ。しかし一般的な彼等《かれら》と少し違うのは背が低くないところだ。大将はドワーフと人間のハーフらしい。筋骨隆々《きんこつりゆうりゆう》とした体軀《たいく》に高い背。迫力の塊《かたまり》だ。ちなみに純血のドワーフはちゃんと背が低いらしい。

「今日も武器持ってきましたよ。よろしくです。あと新しい剣と短剣ください」

「また大量に持ってきたな……よし、武器はこっちだ。好きなやつ選べ」

「またお弟子《でし》さんの試作品ですか？」

「ったりめーよ！　石っころが俺の剣を振るうなんて1万年早いわ！」

一喝されるがこれも最近よくやるやり取りだ。特に意味はない。

木の籠《かご》に入った剣と木箱に並べられた短剣を手に取ってよく観察する。刃の厚さ、鋭さ、持った時の感覚。それらが以前の剣と比べて遜色《そんしょく》のない物を探す。いくら《器用貧乏》の補正があるとはいっても、体で振り方を覚えなきゃいけない。スキルに胡座《あぐら》をかけるのは主人公だけだ。

「ではこの二振《ふたふ》りを」

「かーっ！　まーたおめぇは一番出来の良いやつを持っていくのか！」

「いつもすみませんねぇ」

やれやれと言った風に手を頭にやるアラギラを見てニヤニヤしながらそれを鞘《さや》に収める。同じレベルの品なので鞘と刃のサイズもバッチリだ。これで鞘代も浮く。

ゴブリン産の武器の代金を貰《もら》い、其処《そこ》から武器の代金を支払う。差し引いてもらってもいいのだけど、悲しいコンビニ店員の性《さが》なのか、ちゃんとした手順を踏まないと安心できないのだ。

「また来いよ、アサギよぉ」

「はい、大将。ではまた」

アラギラさんも僕に優しくしてくれる大事な人だ。彼は武器を見て、人を見る。曰《いわ》く、僕は良い奴らしい。基準がわからないが、嬉《うれ》しいことに変わりはない。

僕はほっこりした心持ちでギルドへ向かう。しかし、じわじわと湧《わ》き上がる暗澹《あんたん》とした気持ちに蓋《ふた》はできなかった。


鍛冶屋の前の道を真《ま》っ直《す》ぐ北に向かえばギルドにはすぐに着く。ギルド内の空気を思えば足取りは重くなるが薬草をいつまでも抱えているわけにはいかない。鮮度が大事なのだ。

「あー……怠《だる》い……嫌な時間だ……」

思わずぼやく程には参っていたりする。しかしこの冒険者稼業《かぎょう》は僕の食い扶持だし、生きる上で必要なことだ。

そして何よりも異世界転移した僕の憧《あこが》れの一つでもあるのだ。

勿論、命のやり取りに思うところはある。平和な時間を生きてきた人間だ。争うことに抵抗があるのは当然だ。でもこの世界に来て文明のない森と平原で過ごした僕は割り切ることの重要さを知った。知ったつもりではいる。だからこの生き方をやめるつもりはない。でも、心は擦《す》り減る。

ギルドの前に立つ。屋内の酒場の騒ぎが外にまで聞こえてくる。僕はどうにか心に蓋をして中に入る。

「よう、アサギ。帰ったか」

「あぁ、ガルド。帰ってたのか」

今日はツイてる。ガルドがいる日だったか。周りの冒険者は僕のことを憎々《にくにく》しげに睨《にら》むが無視する。どうやら僕がガルドにフランクに接するのが気に食わないらしい。

「ついさっき、な。お前ぇもか」

「あぁ、薬草採《と》ってきた」

「くくっ、嘘《うそ》ばっかり言いやがってよ」

「嘘じゃないさ。薬草はある」

「薬草は、な」

くそ、ガルドにまでバレてやがる。まぁいいさ。これは必要なことだ。

例《たと》えば純粋に薬草だけ採取して冒険者ランクを上げたとしたら、レベルはランクに伴《ともな》わない。

そんな状態で森や平原に出ても蹂躙《じゅうりん》されるだけだ。なら初めからレベルを上げて戦い方を学んでいれば、それに越したことはない。恐らくこの辺の考え方の相違が〝石〟と〝原石〟を分けることになるんだと僕は睨んでいる。

ガルドに手を振ってその場を離れ、報酬引渡カウンターの前に立って腰に結びつけていた布袋を外してカウンターの上に置く。

「アサギです。薬草回収のクエストから戻りました」

「お疲れ様でしたー。薬草とステータスカードをお預かりしますね」

ポケットからステータスカードを取り出してギルド員さんに渡す。この人、『フィオナ』さんは何か軽いんだよな。

「はい、確かに。しばらくお待ちくださーい」

この後は薬草の状態と相場を調べる時間が発生する。しばらく僕は暇《ひま》になるので酒場で軽く食事をする。奴等の視線は鬱陶《うっとう》しいが、今日はガルドがいるので大人しいもんだ。そういえばネスの姿が見えない。

「すみません、何か軽くつまめるものを」

「あいよ」

バーカウンターに座り、酒場のマスターにつまみだけ頼んで酒場を見る。何人かと視線が絡《から》むが気にはならない。此処にもネスはいないみたいだ。

「ネスならいないぜ」

ガルドがテーブルから言う。僕の様子に気づいたのか。

「そうみたいだな。珍《めずら》しいな」

「彼奴《あいつ》、今日は報酬が多かったからな。娼館《しょうかん》さ」

「ふぅん……そういうのもあるんだな」

「あぁ、彼奴、『今日こそ落とす』って意気込んでたが……まぁそのうち一人で帰ってくるだろうよ」

なるほどな……ネスの御執心の相手には興味はあるが、娼館自体には興味はないな。それに病気が怖い。魔法のある世界だから避妊や回復魔法はあるだろうが信用度低いからな……。何よりもトラブルがありそうだ。異世界転移と巻き込まれ体質は切っても切れないものだからな。念には念を、が異世界を生き抜くコツだ。

「お待ち！」

「どうもです」

マスターからつまみを受け取る。今日は鶏《とり》の香草《こうそう》焼きか……これ、好きなんだよな。骨付きだから食べやすい。狼肉より柔らかくて肉汁《にくじゅう》もたっぷりだ。ピリッとしたスパイスが戦い疲れた空《す》きっ腹を刺激する。あっという間に食べ尽くしてしまった。

「報酬引渡でお待ちのアサギ様ー。いらっしゃいますかー？」

付け合わせのサラダを口に運んでいるとギルド員さんの呼ぶ声が聞こえたので、手と口を拭《ふ》いて代金をカウンターに置いて酒場を後にした。

「アサギ様」

酒場の前でキョロキョロしていたフィオナさんが僕を呼ぶ。その後をついて歩き、カウンターまで行く。

「アサギ様はそろそろランクアップですね」

「そうなんですか？」

その辺の詳《くわ》しい説明は聞いていなかった。あんな出来事があった所為もあるし、それから続く嫌がらせもあって何となく気軽に聞きにくかった。

「はい、Gランクのクエストを15回成功させればランクが一つ上がります。あと…えーっと、6回ですね。まぁもう一つ方法はあるんですけれど」

「次のランクからはどんなクエストが主流になりますか？」

もう一つの方法とやらは気になるが、今はいい。だけどFランクからはより効率良くやりたい。草抜きはそろそろ飽《あ》きた。

「Fランクからはゴブリン討伐が主なクエストになります。ゴブリンは南の森の魔素を好むようなので、アサギ様はより奥深い場所までの侵入が許可されますね」

其処まで言うとちら、と此方《こちら》を見て悪戯《いたずら》っぽく微笑む。可愛《かわい》いけれどこれは『全部知ってるぞ』という意味だろう。何も言えない僕は苦笑しながら頬《ほお》を掻《か》いた。

「ふふ、では報酬をお持ち致しますので少々お待ちくださいね」

「あはは……どうもです」

何とも気拙《きまず》い。そわそわしながら待ってるとフィオナさんが報酬とステータスカードをトレイに載《の》せて戻ってくる。

「はい、こちらが今回のクエストの報酬になります。アサギ様が採取する薬草はどれも状態が良く、薬屋の店主もいつも喜んでいますので、多少の色を付けさせていただきました」

「それはどうもありがとうございます。次も薬草回収をするつもりなので品質には気をつけます」

「助かります。他のGランク冒険者の回収する薬草はどれも強引に毟《むし》り取ってきた物ばかりなので……」

薬草なんか採ってられるか！　って気持ちで回収してるんだろうなぁ……阿呆《あほ》め。こういう地道な仕事をコツコツやるのが大事なことだと気づかないとは。

「本日もありがとうございました。次回もよろしくお願いしますね」

「はい、どうもです」

報酬の銅貨40枚とボーナスの銀貨1枚を布袋に入れてカウンターから離れる。

さて、今日はもう何もすることがない。宿屋に戻ろうかな……と、ギルドを出たところでいつもの冒険者に囲まれた。

「おう、黒兎。てめぇ最近調子に乗りすぎなんじゃあねぇか？」

頬に傷をつけた強面《こわもて》の冒険者が上から見下ろす。

「クエストにも慣れて調子が出てきたところだな。明日も薬草回収頑張るぞ！」

「舐《な》めてんのかてめぇ！」

そのまま掴《つか》みかかろうと腕を伸ばしてくる筆頭冒険者。遅いな。《器用貧乏》は対人戦の体《たい》捌《さば》きも教えてくれる。僕は映像通りに伸ばされた腕を掻い潜《くぐ》り、冒険者の脇《わき》を抜けて後ろから前蹴《まえげ》りを入れて転ばす。その後はくるりと振り返って町へ走り出す。

「待ちやがれぇ！」

「くそ、速《はえ》え……！」

待てと言われて待つ馬鹿は古今東西《ここんとうざい》、存在しない。僕は人混《ひとご》みに紛《まぎ》れながら宿屋へと走った。

途中、ネスが涙目で歩いていたが、恐らく見間違いだろう。

第三章 ◆ 出会いは屋台の前で

「こんにちはー」

「おう、アサギか。また武器か？」

奥から肩にかけたタオルで汗《あせ》を拭《ふ》きながら大将のアラギラさんが出てきた。相変わらずの迫力だ。

「はい。武器くださいな」

「つってもおめぇ、この間買ってってたばっかじゃねぇか」

「そうなんですけれどね……ちょっと酷使《こくし》しちゃって」

ついつい森で張り切ってしまった。ゴブリンを見つける度《たび》に背後から忍び寄って倒してたからな。気づけば刃の部分に小さな亀裂《きれつ》が入っていた。そのまま戦っていたら危なかった。つい昨夜のことだ。

「それに今日で〝水晶〟まで上がったので、記念にちょっと良い武器が欲しくなって」

「はぁ？　〝水晶〟？　おめぇ冒険者になったばっかだろ！」

「ゴブリン倒してたらレベルが20超えたんですよ。それでさっきギルド員さんに『今日からEランクです』って言われて」

あれから何度かクエストをこなし、ついでにゴブリンを倒していたらレベルが21になった。それでギルド員さんが僕をEランクにしたのだ。なんでも、レベリングに拠《よ》るランクアップというものもあるらしい。これがもう一つの方法というやつだ。ギルド判断ではあるが、普段の僕の素行なども鑑《かんが》みてのランクアップだそうだ。期せずして僕はFランク『黒耀石《こくようせき》』を飛ばしてEランク、通称『水晶』となった。

「はー……あんま無茶すんなよ……？」

頑張ったはずが呆《あき》れられてしまった。おかしい……此処《ここ》は褒《ほ》められてもいいはずなのにな。

「それで、記念つったか……しゃーねーな！　俺が武器作ってやる！」

やったぜ！　大将の武器は非常に評判が良いので期待してたんだ。お弟子《でし》さんの武器も値段の割には切れ味が抜群《ばつぐん》だからそれでも良かったが、そろそろちょっと物足りない。

「つってもまだおめぇはEランクのひよっ子だ。あまり良い武器は持たせられねぇ。わかるな？」

「ええ、勿論《もちろん》です」

これは何も意地悪をしているわけではなく、切れ味が最高に良い武器で敵を倒しても自身の経験値にはならないからだ。相手の弱点、切っても刃毀《はこぼ》れしない部分、骨と骨の隙間《すきま》等といった知識はステータスに表れない経験値だ。それを、何もかも無視して甲羅《こうら》や骨を切断していけば本来切るべき部分が理解できなくなる。大将が言っているのはそういうことだった。

「だからおめぇには鉄より硬《かた》い剣をやる。もっと学べ。経験しろ。折れる前に持ってきたら研《と》いでやる」

「大将、いつもありがとう」

そう言うと大将は腕を組んでそっぽを向く。

「けっ！」

僕はほっこりした気持ちで大将から武器制作の予約カードを貰《もら》った。武器が出来上がるのは6日後。それまではお弟子さんの武器を使えとタダで貰ってしまった。勿論、一番出来の良い物をだ。


貰った剣を腰に吊《つ》るしてから鍛冶屋《かじや》を後にして、辺《あた》りを警戒《けいかい》しながらも自然体を装いつつ町を歩く。もう日も暮れて周りは夕闇《ゆうやみ》から星のちらつく夜の闇へと移り変わっている。大通りに面した屋台からは胃袋を刺激する香りが漂い、僕を誘う。たまには屋台飯《やたいめし》もいいかな……。

フラフラと歩きながら夕飯に当たりを付けていると通行人と肩がぶつかった。僕としたことが匂《にお》いに釣られて注意散漫になっていたようだ。

「どうもすみません」

　ぶつかった相手に向き直り頭を下げる。顔を上げると其処《そこ》には仮面をつけた僕より背の高い人間？　が立っていた。仮面の模様は……何だ？　目、か？

「こちらこそすまない。よく見てなかった」

「いえ……それ、見えるんですか？」

　つい聞いてしまった。だってこれ、すごい気になる。口元は解放されてはいるが、目元は完全に覆《おお》われている。

「そういう魔法がかけてある。ぶつかったのは其処の料理が美味《うま》そうだったから……」

　それは僕も気になっていた料理だ。二人してその鉄板の上の何処《どこ》となく焼きそばに似た料理を見やるとクゥ、と仮面の人のお腹《なか》が鳴った。聞いてしまった。

「ん……んんっ……」

　必死で咳払《せきばら》いして誤魔化《ごまか》してる……可愛《かわい》い人だな。

「お腹空《す》きましたね。よかったら一緒にどうですか？」

「いいのか……？」

「ぶつかってしまったお詫《わ》びに、奢《おご》らせてください」

「いや、ぶつかったのは私もだし……」

「いいからいいから」

　普段の僕からは考えられない積極性だ。あの冒険者たちの所為《せい》で心が荒《すさ》んでいて、それで尚《なお》更《さら》こうした出会いが嬉《うれ》しかったのかもしれない。まぁとにかく、此処《ここ》は買ってしまえばいい。奢るか割り勘《かん》にするかなんてのは食ってから決めればいい。そして食って、腹いっぱいになってしまえばそんな話は終わりだ。

「おじさん、それ二つください」

「あいよ！」

料理を受け取ってお金を支払い、少し歩いて通りから外れた公園にやって来た。クエストが早く終わった日なんかは此処で時間を潰《つぶ》していたりする。割とお気に入りの場所だ。

「どうぞ」

「悪いな。ありがとう」

「いいんですよ」

二人してベンチに座って料理を手に取る。

そして気になる。仮面をつけたままでどうやって食べるんだろう？　食べにくくないのかな？

「ん、しょ……」

ゴソゴソと仮面を外し始めた。普通に外すのか……何か、此処に来るまでの間、強すぎる力を抑えるリミッターとか、仮面をつけたまま生活する種族とか、とある絶滅したはずの辺境の部族の証《あかし》だとか、見られてはいけない修行とか、色々妄想《もうそう》してたのが阿呆《あほ》らしくなった。

「ふぅ……。じゃあ、いただきます」

そして仮面の下から現れたのはとっても美しい女性の顔だった。

□　□　□　□

料理はすでに食べ終えている。買う前は美味《おい》しそうに見えた料理の味は結局最後までわからなかった。隣の仮面の人改め、仮面を外した女性はちゅるちゅると麺《めん》を啜《すす》っている。その顔は美味しいものを食べられてとても幸せって表情だ。可愛い。そんな表情をチラチラと見ていると目が合ってしまった。

「ん？　どうした？」

「いや……美味しそうに食べるなぁって」

「あ、あんまり見るんじゃない……」

そう言って頰《ほお》を染めた。可愛い。

それにしても居心地《いごこち》が悪いな……いや、逃げ出したいわけじゃないが僕みたいなのがこんな美人と一緒というのは緊張して息が詰まりそうだ。自分で誘っておいて言うことではないが……。いや、嫌なわけではない。美人は大好きだ。目の保養には、だが。

「ん……ごちそうさまでした」

「美味しかったです？」

「あぁ、また明日も食べたいな」

「ふふ、買って正解でしたね。それじゃ腹も満たしたことだし……」

立ち上がり、ぐっ、と背を伸ばす。

「解散しますか」

「悪かったな。私の不注意だったのに夕飯までご馳走《ちそう》になってしまった」

「いえいえ、誰かと食べる夕飯は格別でした」

「そ、そうか……」

また頬を染めている。キリッとした顔の美人だが照《て》れ屋さんなのだろうか。

「じゃあ僕はこれで」

「あ、あぁ。夕飯、ありがとう。またな」

「ええ。おやすみなさい」

軽く手を振ってその場を後にする。角を曲がって宿へ向かう。勿論、無駄なトラブルを避けるために警戒は怠《おこた》らない。とか言ってさっきまで緊張して油断しまくりだったのだが……。気を取り直して警戒しよう。僕は頭を振って気持ちを切り替え、歩き出す。

しかしその時、耳に小さな声が、確かに聞こえてきた。

「な、なんだお前ら！」

慌《あわ》てて振り返る。さっきの仮面の女性の声だ。公園へ逆戻りして広場へ飛び込む。其処には仮面の女性がつけかけの仮面を頭の横に引っかけながら立ちすくんでいた。いや、手は腰の剣に伸びている。そしてその周りに5～6人の男。

「おいお前ら何してんだ！」

大声を出しながら駆け寄り、腰に吊るしてあった武器に手をかけてキッと睨《にら》む。その僕の声に此方《こちら》を見た男、振り返った男。それはどれもこれも見覚えのある顔だった。

「よぉ、黒兎《くろうさぎ》」

なんで此奴等《こいつら》がこんなところにいやがるんだ？　何で仮面の女性を囲んでいるんだ？

できるだけ冷静に観察しながら僕は話しかける。

「何の用なんだ？　その人を囲む理由は？」

「あ？　お前ぇには関係ねぇよ。帰んな」

「そうもいかない。こんな雰囲気《ふんいき》で、はいそーですかと帰るわけにはいかないな」

もしかして此奴等、僕を陥《おとしい》れるために仮面さんを人質にでもする気なのか？　怪我《けが》したくなけりゃ有り金置いて消えろ、とか。

「おい黒兎、痛い目に遭《あ》いたくなけりゃ金だけ置いてとっとと消えろ。でないとこの女がどうなっても知らねぇぞ？」

うっわ……テンプレ……ちょっと言葉が出てこない。何だろう、台本でもあるのだろうか。

「おら！　とっとと金置いて消えろ!!」

「そんなわけにいくか阿呆野郎！　さっさとその人を解放して消えろ！　ぶっ飛ばされんうちにな！」

「てめぇ……黒兎の分際《ぶんざい》で……ッ」

筆頭冒険者がこめかみに青筋《あおすじ》を立てながら腰に下げた剣の柄《つか》に手をかけた。すると周りの連中もそれに倣《なら》い、下卑《げび》た笑みを浮かべながら剣を抜いた。

こうなってはもう後には引けない。此処まできたら戦うだけだ。しかし人死《ひとじ》にはあまりよろしくない。ラッセルさんに連行される様子を思い浮かべただけで情けなくなってくる。

だから僕は鞘《さや》ごと抜いた。素早く剣帯《けんたい》を鍔《つば》に巻きつけると、その様子を見た筆頭がさらに怒鳴り散らす。

「黒兎ぃ!!　てめぇ舐《な》めてんのか!?」

「舐めちゃいないさ。大将から貰った剣に汚い血を……吸わせたくないだけだ!!」

剣と短剣を左右の手に握る。短剣はボタンで留めるタイプの鞘なので準備に時間はかからなかった。そして走る。勿論全速力じゃない。それはまだだ。

「うおらぁあ！」

筆頭が剣を振り上げる。僕は腰を落とし、振り下ろされる寸前に前転して脇《わき》をすり抜ける。背後で地面を叩《たた》く音がする。正面には仮面さんの前に壁となった腰巾着《こしぎんちゃく》ども。其奴等《そいつら》のうちの見た目がひょろい奴《やつ》に向かって全力で踏み込んでタックルするようにぶつかる。

「ぐほぁ！」

重さはないがＡＧＩ極振《きょくふ》りの鋭さみたいなものはあるだろう。あるといいな。あってほしい。

そのまま相手を地面に突き飛ばし、空《あ》いた壁の隙間を抜けて僕は仮面さんの前に躍《おど》り出て背後の連中へと向き合い、剣を構える。

「大丈夫か？」

「あ、あぁ。君こそ大丈夫か？」

「今のところは、ね。走れる？」

ちら、と後ろの仮面さんを見て尋《たず》ねる。

「問題ない」

「なら南の門の衛兵《えいへい》隊の詰め所まで。其処にいるラッセルという隊長が僕の知り合いだ。助けてくれるはずだ」

「君は……どうする？」

「僕か？　僕は逃げ足だけは自信があるんだ」

そう言っておどけてみせると仮面さんはきょとん、とした顔をしたかと思うとフッと笑った。

「君は面白《おもしろ》いな。名前を教えてほしい。私の名はダニエラ＝ヴィルシルフだ」

「僕はアサギ。アサギ＝カミヤシロだ」

仮面さん改め、ダニエラは頷《うなず》くと走り出した。

「てめぇ……舐め腐りやがって……」

筆頭が壁を抜けて僕の前に立つ。もう完全にブチ切れていらっしゃる。周りの連中も獣《けもの》のように目をギラつかせながら剣を軽く振っている。地面に転がっていた奴も起き上がり、腰の剣を抜いた。もう奴等《やつら》の頭のなかには僕を殺すことしかないようだ。

だから周りが見えなくなる。此処が公園だということさえも。

「悪いがお前らを相手にするつもりはない。僕はもう腹いっぱいで、眠いんだ！」

町は石畳《いしだたみ》だ。だがこの公園は違う。足元は土、それも砂寄りだ。だから僕は剣を地面に突き立て、振り上げる。前方に満遍《まんべん》なく、砂が飛び散るように。

「ぐぁ……ッ！　クソがぁ！」

そのギラついた目に砂はよく入るだろう。お陰《かげ》様で僕は全速力で逃げられる。ダニエラの後を追いかけたのだが、彼女の足もなかなか速いようで、その姿は何処にもない。僕は人混《ひとご》みに紛《まぎ》れるように大通りを意識しながら走る。何事かと振り返る人や迷惑そうに睨む人もいるが、勘弁《かんべん》してもらおう。今は緊急だ。命の危機だ。いのちをだいじにが危機を切り抜けるコツだ。

チラチラと後ろを気にしながら僕は南の衛兵隊詰め所を目指した。

□　□　□　□

屋台の料理が美味しそうだったんだ。思わずじっと見てしまうくらいに。私にぶつかった相手も、そうだった。私の不注意を咎《とが》めることなく、逆に気を利《き》かせてくれて、その実に美味しそうな料理を見てお腹を鳴らしてしまった私にご馳走してくれた。優しい人なのだろう。珍《めずら》しい黒髪は少し長く、一見女性と見間違えそうになる。伸びた前髪の奥で見え隠れしていた瞳《ひとみ》は、優しげに微笑《ほほえ》んでいた。

そんな彼とした公園での食事は静かで、落ち着いたものだった。ずっと一人だった私にはそれが本当に久し振りで、本当に心地良い時間だった。遠くに聞こえる酒場の喧騒《けんそう》や、屋台の店主の呼び込みの声がまるで別世界のように思える。良い雰囲気だ。料理も美味い。私は味わって食べていたが彼はさっさと食べ終わってしまった。美味しい料理だから気持ちはわかる。ただ、手持ち無沙汰《ぶさた》だったのか、私の食べる姿をちらちら見ていたのは恥《は》ずかしかった。あまり女性が物を食べている姿は見るものではない。照れてしまう。

食べ終わり、ちょっとした縁《えん》で知り合った彼は宿へ帰ると言って手を振って公園を後にした。さて、私も宿を探して寝ようかと立ち上がったその時だった。急に茂みから現れた男どもに囲まれたのは。

何奴《どいつ》も此奴《こいつ》も下卑た笑みを浮かべている。思わず驚いて声を出してしまったが、結果的にそれはいい方向に繋《つな》がったらしく、さっきの彼が戻ってきてくれた。様子を見る限り、どうやら其奴等とは知り合いらしい。しかし仲間ではなかったようだ。其奴等は彼を黒兎と呼んだが、彼はいい顔をしなかった。言葉だけを聞けば愛らしいものだが、彼には侮蔑《ぶじょく》の言葉だったらしい。

彼と其奴等のリーダー的存在が剣を取り、一勝負始まるかと思えば彼は軽業師《かるわざし》のように剣を避け、まるで重騎士の如《ご》き突進で私の前にいた奴等のうちの一人を突き飛ばした。その顔に焦《あせ》りの色はなく、どこまでも私を案じてくれていた。本当に彼は優しい。そんな彼を寄って集《たか》って嬲《なぶ》ろうとする連中の気が知れない。怒りがふつふつと湧《わ》いてくるが、彼は私に衛兵隊のところへ向かうよう指示した。助けを求めろとのことだが、どう考えても私を逃がそうとしている。正直に言えば、この程度の連中は私一人でも問題なく蹴《け》散《ち》らせるのだが……町中《まちなか》でそれは拙《まず》いだろう。一瞬、躊躇《ちゅうちょ》したが時間は待ってはくれない。私は彼の名を聞いて、忘れぬように心に刻《きざ》んだ。どんな状況でも気にかけてくれる彼の名をこの胸に。

アサギ。待っててくれ。必ずラッセルという隊長のもとへ辿《たど》り着くぞ。私は風の魔法を使い、壁を越えて屋根伝いに南の門を目指した。

□　□　□　□

走り続けること数分、僕は衛兵隊の南門詰め所の前にいた。数人の衛兵が慌ただしく出入りしているが、ダニエラは無事に辿り着いただろうか。中に入ろうか迷っていると衛兵と共にダニエラが出てきて、その後ろからラッセルさんも出てきた。

「アサギ！」

「ダニエラ、無事に着いたんだな」

「あぁ、ラッセル隊長に事情は話した」

ラッセルさんが頷き、これから冒険者の捕縛《ほばく》に向かう旨《むね》を話してくれた。

「正直、お前さんを馬鹿《ばか》にする風潮には腹が立っていたんだ。俺が助け出した奴を悪く言うのは許せんからな。任せとけ、どんな些細《ささい》な罪でも牢《ろう》にぶち込んでやる！」

「ラッセルさん、気持ちは嬉しいけれど職権濫用《らんよう》は拙いですよ」

「ハッハッハ！」

「ラッセルさん」

スッと目を逸《そ》らして歩き出すラッセルさん。いや本当に気持ちは嬉しいんだけどね。

「アサギ、ラッセル隊長は真摯《しんし》に話を聞いてくれた。きっと大丈夫だ」

「信用はしてるんだけどね……」

ガチャガチャと軽鎧《けいがい》を鳴らしながら町に散っていく衛兵を見ながらポツリと漏《も》らした。僕みたいな脇役《わきやく》人生には無縁《むえん》なはずの大騒動にどこか息苦しい思いをしながらダニエラと二人で立っていると、若い衛兵くんが詰め所内へ案内してくれた。

中は結構物で溢《あふ》れていた。書類やら、謎の箱やら……聞けば押収《おうしゅう》品だとか。何か物騒な物もある。その辺の物に触れないように奥へ進み、四畳程の部屋に通された。椅子《いす》、机、ベッド。窓はあるがご立派《りっぱ》な鉄格子《てつごうし》付きだ。これ、悪いことした人が案内される部屋じゃないの？

「申し訳ないのですが今日は此処で休んでください」

「何か悪いことした気分になりますね……」

「ははは、出ることが難しい部屋は逆に安全ですから」

物は言いようとはまさにこのことだな。だが仕方ない。外にいて奴等に絡《から》まれるのも嫌だし。

しかし一つ問題がある。

「ベッド、一つしかないんですけど」

「すみません、部屋が余ってないんです。申し訳ないですが二人で使ってください」

何言ってんだ此奴……阿呆野郎なのか？　僕は精一杯《せいいっぱい》呆れた視線をぶつけてから椅子に座った。

「余ってないなら仕方ないです。僕は此処で休みます。ベッドはダニエラが使ってよ」

「いいのか？　其処じゃ休むに休めないだろう」

「いや、慣れてるからいいよ」

「慣れてるのか……」

そう、何を隠そう僕は机に突っ伏して寝るのに慣れている。昔、夜勤明けで退勤してからあまりの睡魔《すいま》に事務所の机に突っ伏して寝てしまったことがある。店長がいいよいいよとそのまま寝かせてくれたのだが、それ以来退勤後に机で寝ることが多くなった。だからこうして机で寝るのは慣れてるのだ。

「では解決したようなので自分は見張りに戻ります！」

ビシっと敬礼して駆けていく衛兵くん。何も解決してねーよ！　妥協《だきょう》したんだよ！　と、心の中で叫び、代わりに口からは溜息《ためいき》を漏らす。とりあえず休もう。久しぶりに走り過ぎた。

公園を出た時はあんなに眠かったのに今は眠気なんかちっともない。暇《ひま》だ。

「そういえばダニエラ、足速いんだな。あの後すぐに後を追ったんだけど、姿が何処にもなくてびっくりしたよ」

暇なので話しかけてみた。少し気になっていたのもある。もしかしたらＡＧＩ極振り仲間かもしれない。

ダニエラはベッドに座り、僕の方を向いて話し始める。

「あぁ、それなら姿が見えないのは当然だ。屋根伝いに走ったからな」

「はい？」

屋根の上？　あんな場所に梯子《はしご》なんかあったっけ？

「風魔法でな、体を軽くして、ジャンプ時にブーストをかければあれくらいの高さなら簡単に上れる」

「風魔法……」

魔法の存在を初めて身近に感じた。まさかダニエラが魔法使いだったとは。騎士っぽい雰囲気なんだがな。

「魔法得意なの？」

「そうだな。魔法と剣を使った混成武術が得意だ。あ、魔法が使えるのは内緒《ないしょ》だぞ？　知られると面倒《めんどう》だからな」

「ふぅん……そういうこともあるんだ。でも僕は魔法使えないから羨《うらや》ましいよ」

「アサギは適性がないのか？」

「いや、わからない。調べ方もわからない」

そういうとダニエラは立ち上がり、僕の向かいの椅子に座った。

「適性テストなら簡単だ。体内魔力の色を見ればわかる。ちょっと待て」

懐《ふところ》から出した仮面をかぶるダニエラ。仮面越しに僕を見つめる。ちょっと緊張してきたぞ……この適性テスト如何《いかん》に拠っては僕の人生設計が大きく変わることになるぞ。

「よし、そのまま集中して、自分の体の中を何かが流れて循環するところをイメージしてくれ。そうすると魔力が体内を巡《めぐ》る」

「ん……」

目を閉じてイメージしてみる。すると《器用貧乏》が発動し、魔力を流すという感覚が再現される。魔法の使い方、というか、その具体的な存在についてダニエラに聞かされたことで

《器用貧乏》で行使のイメージが固まったのだろうか。

それに従って僕は力を込める。するとそれは体の中心から始まり、全身へと何かが流れ、巡り巡ってまた始まりの場所へ辿り着く道のイメージとなった。

其処へ、最初はチョロチョロとした魔力の源流を注ぐ。やがてそれは様々な場所を流れ、他の支流と合わさり大河となっていく。体全体を巡る大きな川。

しかしその川の中に異物を感じた。腹の辺りだ。少し考え、理解する。其処は強盗に刺された場所だった。理解した途端《とたん》、あの時の熱が蘇《よみがえ》る。熱い、とても熱い。だがそれは一瞬のことで、あれほど熱かった場所はスッと冷め、どんどん冷めていき、やがて凍《こお》りついた。川の流れが滞《とどこお》る。どうにかこの魔力の流れを止めないようにと、流れを強くしてみる。

すると氷はゆっくりと押し流された。氷河《ひょうが》だ。氷河となった魔力は体を巡る。だんだんと氷は溶けてなくなるが、傷の部分を通るとまた大きな氷の塊《かたまり》が流れ出す。

僕の体を雪解け水のような冷たい清流が流れ巡った。

「よし、いいぞ」

その声に目を開ける。研ぎ澄《す》まされたような感覚は霧散《むさん》し、此処が詰め所であることを思い出す。

「ふぅ……何か疲れた。どうだった？」

問われたダニエラは仮面を外し、腕を組んで思案する。

「不思議な色だった。最初は無色の流れだ。これは誰にでもある魔力、その大本だ。それが一瞬、紅《くれない》に染まった。その後は紺碧《こんぺき》だ。その色が体内を巡っていたが、紺碧の流れが藍色《あいいろ》になったり、また紺碧になったり……非常に不安定だ。けれど、その状態を安定と呼ぶこともできる。不思議な色だ」

先程感じた熱さや冷たさが色として表れているみたいだ。僕のイメージがそのままダニエラにちゃんと伝わった証拠だ。

「なるほどな…それで、属性として使える魔法は？」

「無色は無属性だ。これは誰にでもある魔力そのものの色とも言える。紅は火属性。燃やしたり爆破したり、だな。アサギは見えたのが一瞬だったから使えるが得意ではないと思う」

ふむふむ。盛大に爆破してチートを気取ることはできないと。

「そして紺碧は氷属性だ。いろんな変化があった後は主に紺碧だった。アサギは氷魔法が得意なんだろう。最後に藍色は水属性。氷よりは多少劣るかもしれないが、氷は熱を与えれば水となる。水は熱を奪えば氷となる。アサギの中でこの流れが完結しているんだ。なるほど、そう考えると火魔法は氷魔法と水魔法のクッションとしてアサギの中で存在しているんだな。なので氷と水。これがアサギの得意魔法だ」

なんと、ころころと変わった色にそんな流れがあったとは。自然と笑みが零《こぼ》れる。

ふふふ……くははははは……あーはっはっはっはっは!!!

僕はただの素早い器用貧乏じゃあない！　魔法が使えて素早い器用貧乏だったのだ!!

嬉しすぎて涙が出てきた。朗報だ。上社《カミヤシロ》朝霧《アサギ》は魔法が使える。属性は氷と水。あとちょっと火。やったぞ、此奴は凄《すご》い。僕みたいなコンビニアルバイターでも魔法が使えるのだ。でもどうやって使うんだろう。念じればいいのか？

「魔法に必要なのはイメージだ。心に浮かんだイメージが魔力を糧《かて》として実体化する。詠唱《えいしょう》はそのサポートだな。イメージさえしっかりしていれば詠唱は必要ない。ちなみに私も無詠唱だ」

無詠唱チートはないんだな。魔法使いたちも日々努力しているのだろう。僕もちょっとやってみよう。

まずはそうだな……氷が得意ということだから、空気中の水分を冷やして温度を下げてみよう。

「ん……むむむ……っ」

じわじわと魔力を周囲に放出するイメージ。さらに空気中の水分の熱を奪い、冷やしていく。

「アサギ」

「んん……！」

「アサギ」

「むぐぐ……なに？」

「寒い」

おぉ、息が白くなってる。成功だ。意外とできるもんだな。効果が出るのも割と早い。氷の高速生成とかできるようになったら楽しいかも。

温度を常温に戻るように意識して火魔法を行使してみると、無事に息はまた透明に戻った。暑すぎない温度にして魔法を終えた。しかし冷やすよりも魔力的なものを多く消費した気がする。何となく気怠《けだる》い。

「アサギは飲み込みが早いな。イメージもしっかりしているし、アサギならすぐに沢山《たくさん》の魔法が使えるようになるさ」

「そうだといいな」

実際、この魔法の行使も《器用貧乏》が作用しているはずだ。目に見えない力だからはっきりといつもの4分割された脳内映像は出てこないが、今まで魔法のない世界にいた僕がこんなにあっさり使えるとは素直に信じられない。主人公補正があるわけでもないしな。

なので精々《せいぜい》、平々凡々に魔法が使えるくらいが関の山だろう。でもだからと言って悲観はしない。何せ魔法だからな。夢のようだ。

それからダニエラと魔法について色々話していたら、ダニエラがこっくりこっくりと船を漕《こ》ぎ出したので、ベッドへ連れていき、僕も机に突っ伏してそのまますぐに眠った。何だかんだ言って疲れが溜《た》まっていたのかもしれない。夢は見なかった。

鉄格子越しに見る朝日は良いものじゃない。なんだか気分が滅入《めい》るからだ。身に覚えのない罪で投獄された気分になる。

溜息一つ、立ち上がって体を伸ばす。ダニエラはまだベッドの中で丸まって気持ち良さそうに寝ている。この寝顔を見れただけでベッドを譲《ゆず》って正解だったなと、頬が緩《ゆる》む。凝《こ》り固まった体を解《ほぐ》し、さぁどうするかと思案していると扉がノックされた。

「はーい」

「アサギか。おはよう。よく眠れたか？」

「おはようございます、ラッセルさん。えぇ、気持ちの良い机でしたよ」

「はっはっは、ならいい。聞け。今朝方お前にちょっかいを出していた冒険者どもは全員捕縛した。揃《そろ》って今は檻《おり》の中だ」

「流石《さすが》、ラッセルさん」

「奴等、散々《さんざん》この町を逃げ回ってな。走り疲れたところをはっ倒してぐるぐる巻きだ。ちょろいもんさ！」

豪快に笑うラッセルさん。衛兵隊長は違うな。あの衛兵くんも見習ってほしい。

と、その笑い声にダニエラが目を覚ました。

「ん……なに……うるさい……」

「おはよう、ダニエラ」

「んぁ……アサギか……おはよ……」

どうやら朝は弱いみたい。昨日見たキリッとした美人は何処にもいない。其処には寝癖《ねぐせ》をつけた半眼《はんがん》で緩慢《かんまん》な動きを見せる生き物しかいなかった。

「ほら、起きて。顔洗いに行くぞ」

「ん……」

手を引っ張って立たせて、僕が初めて此処に来た時に借りた詰め所裏の井戸へ向かう。もう此処は慣れたもんだ。

顔を洗ってからラッセルさんの部屋を訪ねて、一度、春風亭《はるかぜてい》へ戻って朝食を食べる旨を伝えてから詰め所を後にした。ダニエラは宿を取っていないらしいので一緒に朝ごはんだ。

「すまないな……あの後、宿を探すつもりだったんだ」

「いや、ダニエラは悪くない。逆に僕のいざこざに巻き込んで悪かった」

「気にしてないさ。お互い無事で何よりだ」

そう言って微笑むダニエラに寝起きの面影《おもかげ》はなかった。

□　□　□　□

春風亭でマリスさんに事情を話した。マリスさんは僕が迫害されなくなったことを大層喜んでくれた。その流れでダニエラを紹介したらダニエラの宿泊先も決まった。

「アサギの紹介なら安くしとくよ！」

安定の知人割りで、ダニエラも即決だった。

その後は朝食を食べてから詰め所へ向かった。先程までいた南門詰め所ではなく、町のほぼ中心にある冒険者ギルドの向かいの中央詰め所だ。其処の地下に筆頭を始め、阿呆な冒険者どもが仲良く相部屋《あいべや》で宿泊しているらしい。その面通《めんとお》しが其処に行く理由だった。

詰め所の事務カウンターで昨晩の騒動の件を伝えると、すぐにラッセルさんに話が通されて奥へと案内された。いくつかの扉を過ぎた後に続く廊下の先の階段を降りると、ひんやりとした空気が辺りを包み込んだ。

「アサギ、此奴等で間違いはないな？」

「はい。全員、僕とダニエラに危害を加えようとした奴等です」

太くて硬い鉄格子の向こうで縛《しば》られ、座らされている冒険者の顔は何奴もふてくされていて、反対に僕の気分は上々だ。いいね！

「まったく、馬鹿なことしやがって……はぁ。此奴等、どうする？」

「どう、とは？」

「俺の権限で縛り首にもできる。此奴等は剣を抜いたんだ。殺す覚悟があったってことは殺される覚悟もあったってことだ」

「あー……」

　正直、殺人未遂《みすい》で死刑は前の世界で培《つちか》った感覚で言えばやり過ぎなんじゃないの？　って感じだ。やるか、やられるかの世界にいるのだが、どうもその辺の感覚がまだ抜けない。

「殺す以外の方法は？」

「犯罪奴隷《どれい》制度がある。南のアレッサ山へ鉱山ツアーだ」

　なるほど、奴隷制度があるのか。それも21世紀の世界を生きていた僕にはうーんといった感覚だったが、殺すよりはまだましな気がする。勿論、僕の中でだ。

「ダニエラ、どうするのがいいと思う？」

「そうだな……私も無闇矢鱈《むやみやたら》に首を落とすのは好きじゃない。アサギが良ければ奴隷堕《お》ちでいいと思う」

「ん、僕もそう思ってたところだ。ということでラッセルさん」

「了解した。彼らは冒険者資格を剝奪《はくだつ》、アサギとダニエラの温情により犯罪奴隷としてアレッサ鉱山での作業10年とする」

　僕とダニエラに向き合い、ビシっと敬礼をして、それから、ふっと微笑む。

「お前さんは優しい人間だ。だがその優しさを利用されないようにな。何かあったらいつでも来い。俺はずっとお前さんの味方だ」

　黒兎騒動は終わった。と、思う。これから向かう冒険者ギルドでの反応次第《しだい》だが。

第四章 ◆ 追われた男は狼を追う

ダニエラとパーティーを組むことになった。

中央詰め所から出た後に話したこの騒動の発端《ほったん》部分、それがきっかけだった。

「初めてこの町に来た時さ、フォレストウルフの群れに追いかけられてたんだ。転がり込むように西門に飛び込んでさ、その様子を見た冒険者が僕の様子と髪の色を見て『まるで黒兎《くろうさぎ》だ』って言ったのが始まりだったんだ」

「群れだと？　大丈夫だったのか？」

「あぁ、僕、あとから知ったんだけどＡＧＩめちゃくちゃ高くてさ。あ、その時はそれほどでもなかったんだけど……兎《と》に角《かく》追いつかれることなく逃げられたのさ。その時に助けを求めたのが……」

「ラッセル隊長、か」

「正解。ラッセルさんが門の近くにいなかったら多分、食い殺されてた」

あの時は本当にやばかった。また死ぬのかと思ったね……。

「なるほどな……。ふむ……アサギ、私とパーティーを組むぞ」

「ん？」

「ん？」

「いや、どうしてそうなった」

「君は見ていて危なっかしい。冒険者としては初心者のくせに無茶なレベルの上げ方をしているだろう？」

鋭いな……僕は居住《いず》まいを正してダニエラをじっと見つめる。

「どうしてそう思う？」

「当時はそれほどでもなかった、ということは今はそれなりに高いわけだろう？　初心者ならまだ戦闘経験も浅いはずだ。なのにアサギ、君は積極的に戦ってるだろう？」

バラしてたのは僕だった。思わず視線を逸《そ》らしてしまう。

「……」

「ふふ、君の話をちゃんと聞いていればわかるさ。それをやめろとは言わない。だが心配だ。なので、一緒に戦おう」

「いいのか？」

「あぁ」

「じゃあ……よろしく、ダニエラ」

「こちらこそ。背中は預けるぞ?」

「はは、まだ早いって」

□　□　□　□

そういう経緯《いきさつ》があった。なんてことはない。ダニエラは僕のことを心配してくれたのだ。昨夜、知り合ったばかりの僕のことを。

この世界に来て、嫌なことは勿論《もちろん》あった。木の上で寝るのも、歩き続けるのも、魔物と戦うのも、黒兎って呼ばれるのも。

でもそれと同時に僕を気にかけて、優しくしてくれる人も多かった。

何だかんだ言って恵まれてるなぁ。人と人との縁《えん》こそが生きる上での大切なコツだと、改めて実感した。


いつものように冒険者ギルドに入ると、其処《そこ》にはガルドとネスが僕を待ち構えていた。

「アサギ、すまなかった」

「本当にすまなかった!」

そう言って二人とも頭を下げる。ギルドの空気がシンと静まり返る。

「ガルド、ネス」

「お前ぇに『釘《くぎ》を刺しておいてくれ』って言われたのに何もできなかった。助けにもなれなかった」

「俺が酔っ払って、吹聴《ふいちょう》しちまった所為《せい》でこんな大事《おおごと》になっちまった。謝るだけじゃなくて、自分でどうにかするべきだったんだ……」

「なぁ、二人とも、頭を上げてくれ」

「だけどよう……」

「いいんだ。もう終わったことだ。騒いだ馬鹿《ばか》な奴等《やつら》は捕まったし、二人も謝ってくれた。それに、これからまた黒兎っていう奴がいても二人が何とかしてくれるんだろう？」

そう言うと二人は顔を上げる。その表情は申し訳なさでいっぱいだった。

「ほら、そんな顔するなよ。二人は此処《ここ》に来て初めてできた冒険者仲間なんだ。あの時も心配して駆けつけてくれたじゃないか。感謝してるんだよ」

「馬鹿野郎……あれは、衛兵《えいへい》の手伝いだ！」

ガルドが顔を背《そむ》けて言う。ネスは赤くなった目を袖《そで》で擦《こす》る。

「アサギ、本当にすまなかった！　これからはもう、仲間だ！」

「あぁ、お前ぇと俺たちは対等な仲間だ！　悪く言う奴はいねぇよな⁉」

ガルドが酒場をキッと睨《にら》む。昨日の騒動には参加しなかったが、僕を黒兎を囃《はや》し立てていた連中はガルドの視線から逃れるようにテーブルを見つめる。

「これで一件落着、かな」

「アサギ、良かったな」

ダニエラが僕の肩にそっと手を置いて言う。

「あぁ、ダニエラもありがとう」

「いいさ。私も君と対等の仲間、だからな」

ふふ、と優しく笑うダニエラに思わず顔が赤くなる。

「ところでアサギ」

「なんだ、ネス」

「其処の美人さんは誰なんだい？」

ネスがいつものヘラヘラ顔でダニエラを見る。立ち直り早いな。

「あぁ、紹介が遅れた。彼女はダニエラ。昨日の騒動に巻き込まれちゃってさ。それから訳あって僕とパーティーを組むことになった」

「ダニエラだ。よろしく頼む」

お互いに手を出して握手するダニエラとネス、ガルド。僕は冒険者としての縁が広がっていくような感覚を覚えた。

□　□　□　□

二人と別れてから、僕はダニエラと二人で登録受付カウンターに来た。今日の担当ギルド員さんはあの時の文学少女、フロウさんだ。

「お久しぶりです」

「あ、アサギ様。お久しぶりです。ふふ、とは言ってもギルド内では見かけていましたが。本日はどのようなご用件で？」

見られていたらしい。まぁ僕が来る度《たび》に騒がしくなるから当然か。

「はい、今日は此処にいる彼女とパーティーを組みたくて」

「はい、パーティー登録ですね。ステータスカードの提示をお願いします」

自分のと、ダニエラから受け取ったステータスカードをフロウさんが手に持つトレーに載《の》せる。

「ありがとうございます。すぐ済みますのでその場で少々お待ちください」

そう言って奥に引っ込むフロウさん。その小柄な後ろ姿を見送ってからダニエラと適当に話していると数分で戻ってきた。

「お待たせしました。パーティー登録完了です。ステータスカードをお返ししますね」

トレーに載せられたステータスカードを受け取り、ダニエラにも渡す。

「ありがとうございました」

「いえいえ、お仕事ですから」

小さな口を手で隠すようにして上品に笑うフロウさん。最初はつまらない奴等の所為で変な感じになっちゃったけれど、今はもう普通に接してくれる。ありがたいな。

そんなフロウさんに礼を言って、ギルド内の酒場に移動した。二人で並んでバーカウンター席に座ってマスターにつまみと果実水を頼む。しばらくして出された料理は川魚のムニエルだった。この酒場、荒っぽい連中が多いのに料理は変に上品で不思議だ。

二人で料理を突っつきながら、今後のことを話す。

「僕はフォレストウルフを狙《ねら》おうと思ってる」

「フォレストウルフか。二人なら多少の群れでも何とかなるだろうな」

小さな骨を皿の隅《すみ》に追いやりながらダニエラが言う。

「フォレストウルフの住む森は北に広がっているんだけど、ダニエラはこの町に来たばかりだっけ？」

「あぁ、商隊と一緒に東の平原を抜けてきた。そちらの平原はグラスウルフばかりだったな」

「グラスウルフ？」

「平原に住む狼が魔物化した奴だ。フォレストウルフと違って黄緑色の体毛だな」

なるほど、じゃあ僕が食った狼はただの狼か。

そんな話をしながら料理を完食した。さて、そろそろ森へ行こう。ダニエラと二人でクエストを受注した僕たちは西の門を抜けて森へ入った。

□　□　□　□

さて、因縁《いんねん》の森へ来た。僕は気配が読める程ベテランじゃない。周りにフォレストウルフはいるのだろうか？

「そうだな…この辺《あた》りにはいないだろう」

「そっか。じゃあステータスチェックしようか…と思うんだけど、パーティー間でのチェックは禁止だったりする？」

「いや、そんなことはない。君のＡＧＩも気になるしな。チェックしよう」

ダニエラからも許可が出たのでステータスカードを取り出す。お互いにいつもの文句を唱《とな》える。

「ステータスオープン」

◇　◇　◇　◇

名前：上社《カミヤシロ》　朝霧《アサギ》
種族：人間
職業：冒険者（ランク：E）
LV：21
HP：236／236
MP：170／170
STR：90　VIT：83
AGI：276　DEX：125
INT：75　LUK：12
所持スキル：器用貧乏・片手剣術・短剣術・槍術《そうじゅつ》
所持魔法：氷魔法・水魔法・火魔法
受注クエスト：フォレストウルフ駆除《くじょ》依頼
パーティー契約：ダニエラ＝ヴィルシルフ
装備一覧：頭－なし
　　　　　体－革《かわ》の鎧《よろい》
　　　　　腕－革の小手
　　　　　脚－なし

足－革の靴
武器－鉄の剣
　－鉄の短剣
装飾－なし

◇　◇　◇　◇

名前：ダニエラ＝ヴィルシルフ
種族：白エルフ
職業：冒険者（ランク：C）
LV：67
HP：689／689
MP：678／678
STR：364　VIT：263
AGI：268　DEX：400
INT：351　LUK：29
所持スキル：新緑の眼・気配感知・細剣術・弓術

所持魔法：風魔法・土魔法・水魔法
受注クエスト：フォレストウルフ駆除依頼
パーティー契約：上社《カミヤシロ》 朝霧《アサギ》
装備一覧：頭－森の民の面
体－森の民の軽鎧《けいがい》
腕－白煙猿《スモークエイプ》の小手
脚－白亜狼《スノーウルフ》のレギンス
足－灰霧蜥蜴《ミストリザード》の革靴
武器－死生樹《シセイジュ》の細剣
－死生樹《シセイジュ》の弓
装飾－森の民のケープ
－森の民のペンダント

◇　◇　◇　◇

速報、ダニエラ、めちゃくちゃ強い。ていうか……

「エルフ？」

「あぁ、白エルフだ。言ってなかったか？」

「うん、聞いてない」

「そうか」

エルフかぁ……ファンタジーだなぁ。確かに耳は尖《とが》ってるけど。まさか、って感じだ。ていうか白エルフってことは白以外にもいるんだろうな。

「こんなに強いならあの時公園で囲まれても問題なかったんじゃ？」

「確かに敵にはならなかったが……町中《まちなか》での戦闘は、な。それに普通、あんなに大勢で囲まれることもない。流石《さすが》に少し油断していた」

「それもそうか……ま、ダニエラには期待だな」

こんなに強いなら筆頭冒険者たちごとき余裕だろう。とは言え、パワーレベリングは趣味じゃない。自分でできることは自分でしよう。そうだな……まずは装備だろうか。見たところ、ダニエラの装備はどれも高レベルな感じがする。魔物由来《ゆらい》の物なのだろう、とても魅力的な装備だった。勿論、見た目も良い。白系で統一されており、袖口などの要所要所が薄い翠《みどり》でカラーリングされていて清楚《せいそ》且《か》つ神秘的だった。各部分で素材は違うが、どうやら染色することができるみたいだな。

「まぁ、本気を出す場面では頑張るが、基本的にはアサギに合わせるつもりだ。それにしてもアサギのＡＧＩは高いな……私より速いじゃないか」

「速いだけだよ」

「いや、速さは馬鹿にできない。想像してみろ。目にも留まらない速さで一方的に攻撃される様《さま》を」

目にも留まらぬ速さで連撃を繰り出されるのを想像してみる……うーん。

「……きっついな」

「だろう？」

想像するだけでチート感が凄《すご》い。もしかして主人公補正なのか……？

「魔法覚えたてにしてはＭＰが高いな……いや、魔力を意識したことで数値が引き上げられた感じか」

「確かに今まで感じなかった自分の魔力を感じるよ」

自分の中に宿る魔力。今までになかった感覚だ。こう、ふわっとした感覚だが……。

自分のふんわりとした感覚より、他人のステータスが気になるお年頃の僕はダニエラのステータスに記載された《新緑の眼》というスキルが気になった。ネーミングからして、ユニークスキルだろう。

「ダニエラのそれもユニークスキルなんだろう？　ユニークスキルって、そんなに珍《めずら》しくないのかな」

「そんなことはない。滅多《めった》にいないぞ。私たちはたまたま二人とも持ってるだけさ」

「なるほど……僕のスキルは手にした物の扱い方や体捌《たいさば》きが頭の中にイメージとして湧《わ》くやつなんだ」

「じゃあ初めて手にした武器でも最善の使い方ができるってことか？」

「まぁ……そうなるな」

「それって、凄いんじゃないか？」

「器用、ならいいんだけどね。器用貧乏ってのが引っかかってる。それにまだ全部わかったわけじゃないんだ」

そう、未《いま》だにこの《器用貧乏》という言い回しが引っかかっている。このスキルに頼って武器を振るっていたら、いつか手痛いしっぺ返しを受けるんじゃないかと戦々恐々《せんせんきょうきょう》としている。いろんな武器が使えるからといっていろんな武器に手を出さないのは其処だ。触ったことのある武器は槍《やり》と片手剣と短剣。その剣術スキルが増えていた。前回のチェックではなかったが……スキルとして把握《はあく》されるレベルではなかったのかな。まぁ、まずは片手剣と短剣をマスターするつもりだ。

今もゴブリンと戦っている時に脳裏《のうり》にふっと体捌きが過《よぎ》る時があるが、其奴《そいつ》をなくすのが目標だ。まずはスキル無しで完全に動きを物にする。ある程度の動きはわかるんだから、それほど時間がかかるとは思っていない。できるだけ早くマスターして次の武器へいきたい。

「ちなみにだが」

「ん？」

「私のユニークスキル《新緑の眼》は森や平原で暮らしている種族に時々発現するスキルなんだが、風の動きや風の精霊が見えるんだ」

「精霊とかいるんだ？」

「いるぞ？　ほら、今、アサギの頬《ほお》を撫《な》でてる」

そっと風が頬を撫でていく。これが精霊さんの仕業《しわざ》なのか。

「ふふ、気持ち良いな」

「アサギは精霊に愛されやすい体質なのかもな」

「是非《ぜひ》とも氷や水の精霊さんと仲良くなりたいもんだ」

ついでに火の精霊ともな。


お互いのステータス、スキルの確認をしてからしばらく歩いた時だった。

「アサギ、伏せろ」

声に出して応《こた》えるより早く森の地面に伏せる。隣でダニエラも身を伏せて目の前の茂みの奥を睨む。

「こちら側は風下だからバレていない。見ろ、フォレストウルフだ」

「どれどれ……」

茂みの隙間《すきま》からその先を見つめると、ふんふんと鼻を鳴らしながら地面を嗅《か》ぐ薄い緑の体毛の狼がいた。忘れるものか、あの姿。僕を好き放題追い回してくれたフォレストウルフだ。あの憎《にく》き狼が茂みの向こう50mくらい先に6匹の群れでいる。餌《えさ》でも探しているのだろう、頻《しき》りに地面を嗅いでは辺りを見回している。

「どうする？」

「風はほんの微風だ。まずはこの距離から弓で射《い》る。どうだ、アサギ、この弓は貸せないが今度やってみるか？」

僕のスキルがどういうものか知っているダニエラが提案する。だが僕は首を横に振る。

「いや、まずは剣の使い方をマスターしてからだ。何でもかんでも手を出すと全部が中途半端になる。それこそまさに器用貧乏さ」

「ふむ、それもそうか。悪かった。スキルに振り回されない考え方は立派《りっぱ》だぞ」

微笑《ほほえ》みながら弓に矢をつがえて弦《つる》を引き絞《しぼ》る。そして前を向いた時には微笑は消え失《う》せ、鋭い視線で狙いを定める。先程見たステータスに表示されていたその弓の名は『死生樹の弓』。白紫色の弓は一切、音がしない。特殊な木で作られたからか、それとも風魔法の効果か。引き絞る音も、放つ際の音も。

その無音の弓から放たれた矢は真《ま》っ直《す》ぐに相変わらず地面を嗅ぐフォレストウルフの首へと吸い込まれた。矢の威力《いりょく》に吹き飛びながら其奴《そいつ》は絶命する。

「よし、行くぞ」

「おう！」

立ち上がり、茂みを越えて走りながら抜剣《ばっけん》し、全速力で接近して一番近い狼の首を落とす。

流石お弟子《でし》さん、相変わらず良い武器だ。大将の武器が楽しみになる。

期待に頬を緩《ゆる》めながら油断なく周りを見る。我に返ったフォレストウルフが吠《ほ》えながら背を向けて走り出す。いきなり2匹が死んで不利と見たか。だが逃しはしない。

その背を追いかけてバッサリとやる。ダニエラを見ると突進すると共に細剣を突き出してフォレストウルフを串刺《くしざ》しにしてる。素早く引き抜いた後の両端の穴から鮮血が吹き出し、倒れる頃にはこちらへ走り寄っていた。

「ふふ、見惚《みと》れている場合か？」

「格好《かっこう》いいぞ、ダニエラ」

「ば、馬鹿なことを言うな！」

自分から言っておいて照《て》れるなんて可愛《かわい》い奴め。

残りの2匹を追いかける。なかなか速い。が、僕とダニエラの方が速かった。あっさりと追いつき、苦しませないよう一撃で首を切り裂く。ダニエラも心臓を一突きだ。

初めてのフォレストウルフ戦は完勝。雪辱《せつじょく》を果たした僕は一人、天に向かって拳《こぶし》を突き上げていた。

□　□　□　□

因縁のフォレストウルフ戦から数時間。ちらほらと見つかるフォレストウルフの群れを壊滅して回る僕たちはそろそろ日も傾いてきたということでフィラルドへ帰ることにした。僕は疲れた足を交互に動かしながらダニエラに戦闘について色々と教わった。剣の使い方、短剣の振り方、投げ方。四足の敵と戦うための立ち回り、囲まれた時の対処の仕方。そして魔法の使い方。

「とりあえず魔法で攻撃するにはどうしたらいいと思う？」

「あー……そうだな。相手に当たらなきゃ意味はないな」

「そう。つまりは射出だ」

魔法で氷や水を生成したり、空気の温度を下げるだけなら余裕だ。仕組みを知っているからな。主に空気中の水分を使って魔法を行使しているが、大抵《たいてい》の魔法使いは魔力を水分子に変換して水生成、氷生成するらしい。その分、魔力の消費は激しいそうで。つまり僕の場合は省エネということだ。

しかし省エネだからといって氷を沢山《たくさん》作っても仕方ない。それを相手にぶつけて初めて攻撃だ。

「魔法で氷を作り、飛ばして、敵にぶつける。それが氷魔法攻撃の基本だな」

「相手をガチガチに凍らせたりは？」

「ふふ、アサギならすぐにできるかもしれないが……」

「まずは基本、だな」

「そういうことだ」

頷《うなず》くダニエラ。僕は言われたとおりに魔法を行使する。

「んん……っ」

空気中の水分を伸ばした腕の指先に集める。小さなそれから熱を奪う。パキパキと透明な氷が指先に出来上がる。それに魔力を乗せて高さを維持《いじ》。向こうに見える太い木の幹を狙い……

「よっし……いけっ！」

指先に集めた魔力を一気に弾《はじ》けさせて射出する。瞬間、消える氷の弾丸《だんがん》。前方の木からドキュ、という音が聞こえてきた。上手《うま》く命中したらしい。拳銃を持ったことはないが、バイオなゲームはよくやってたからな。イメージだけなら簡単だ。

「ふむ……面白《おもしろ》いな」

「そうか？」

ダニエラがジッと氷の弾丸がぶつかった木を見つめながらぼそりと言う。

「魔法でできた小さな氷を飛ばしたんだ」

「イメージだけであれだけの速度が出るのか……アサギは凄い奴かもしれないな」

話しながら二人で的《まと》の木まで歩く。幹の真ん中には氷の弾丸が作った小さなクレーターが出来上がっていた。周りの皮もはじけ飛んで中の薄茶色の部分が見えている。深さは、芯《しん》までは届いてないようだ。氷は勿論、砕《くだ》けて残ってない。

「木がこんなに……。氷の生成までは見ていた。あんな小さな氷の礫《つぶて》から此処までの威力が出せるのか……」

「イメージの違い、かなぁ」

「良くも悪くも、な」

僕の魔法は特殊なんだろうか。他の魔法を見ていないからよくわからない。ダニエラは驚いているようだけど……。

さて、木ばかり見ていても仕方ない。狼狩りも終えたし、帰らねば。

「荷物、持つの交代するよ」

「すまないな」

「いいよ」

ダニエラからジャラジャラと音の鳴る革袋を受け取る。此奴《こいつ》の中身はフォレストウルフの牙《きば》だ。今回受注したクエスト、『フォレストウルフ駆除依頼』の回収対象だ。討伐《とうばつ》した証《あかし》としてフォレストウルフの犬歯を2本抜く。それをギルドに提出すれば、クエスト完了になる。牙は良い武器素材になるそうだ。その相場と量、質を見て計算し、それが報酬《ほうしゅう》となる。やったらやった分だけ、お金へと変わるのだ。やりがいがあるってもんだ。達成報酬も基本的に用意されているしな。この仕事は思っている以上に儲《もう》かる。

重みのある革袋を抱えながらホクホク顔で落ち葉を踏み締めながら歩いていたその時だった。

視界の端で何かが動いた。

「ん……？」

「どうした？」

「いや……」

見間違いか？　気の所為か？

「今、大きな狼の姿が見えた気がしたんだ。そっちの方に」

「ふむ……見当たらないし、気配もない。気の所為じゃないか？」

「そうかな……そうだな。狼にしては結構デカかったし気の所為だ」

きっと夕暮れの木漏《こも》れ日が狼に見えたんだろう。狼ばっかり狩ってたからな。今日は狼しか見ていない。ゴブリン、本当にこっち側はいないんだな。

「気にしても仕方ない。日が落ちる前に町へ戻ろう」

「あぁ、夜の森は危険だからな」

僕とダニエラは並んで木々の間を抜けてフィラルドへの道を急いだ。

□　□　□　□

もう少しで日が落ちるというギリギリで何とか町へ転がり込んだ。

「よう、アサギにダニエラ。もう少し遅く帰ってきてくれたら門を閉じられたんだがな」

「冗談きついですよ、ラッセルさん」

「まったくだ。木の上で夜を過ごさなきゃいけなくなる」

「ぶはははははは!!」

今日の門番はラッセルさん。定番の樹上野宿ネタで笑ってからその場を後にしてギルドに向かう。

夜のフィラルドは相変わらず賑《にぎ》やかだ。並ぶ屋台からはいつもいい匂《にお》いがする。肉の焼ける匂い、甘い果実酒の香り……しかしこれに釣られてはいけない。春風亭《はるかぜてい》でならサービス価格で腹いっぱい食べられる。節約大事。

匂いに釣られて立ち止まるダニエラの手を引きながら何とかギルドへ到着した。やはり此処も夜は賑やかだ。一仕事終えた荒くれ者たちが酒の入ったジョッキを打ち鳴らし、テーブルを叩《たた》く音、床を踏み鳴らす振動が僕の耳を襲《おそ》う。

「よーうアサギー!」

上機嫌なネスがでかい声で僕を呼ぶ。

「よう、ネス！」

「おう！　飲もうや！」

「まず此奴を出してからな！」

騒がしい酒場へ僕も負けじと大きな声で答えて革袋を掲《かか》げる。ネスは頷いてジョッキを掲げる。乾杯《かんぱい》じゃねーよ！

苦笑しながらダニエラと一緒に報酬受渡カウンターに向かう。カウンターの向こうに座るフイオナさんと目が合った。あっという顔で僕を見て、そのまま隣のダニエラに目を移して、眉《み》間《けん》に皺《しわ》を寄せた。

「面白い顔ですね。とりあえず此奴をよろしくお願いします」

「アサギくん、その子誰？」

「気安いですよ。冒険者とギルド員なんですから」

「誰って聞いてんの！」

何だかお怒りの様子だ。これ説明しないと受け取ってくれないのかね……。

「あー、彼女は」

「彼女!?」

「……ダニエラです。パーティー組んでます」

「冒険者仲間？　彼女じゃなくて？」

「はい」

「……ダニエラだ。アサギとはパーティーを組ませてもらっている」

「はー……びっくりしたー……。あっ、ダニエラ様、よろしくお願いしますね！」

ビックリしたのはこっちだ。

「とりあえずこれ、お願いしますよ」

「りょーかーい！」

カウンターに載《の》せたフォレストウルフの牙入り革袋を受け取って奥へ歩いていくフィオナさん。随分《ずいぶん》砕けた感じになったが……何事だ？　さては惚《ほ》れたか？

なんて馬鹿なこと考えてても仕方ない。さっきからネスが呼ぶ声がうるさい。溜息《ためいき》をつくとダニエラと目が合う。お互いに苦笑が漏《も》れ、仕方なく連れ立ってネスの待つ酒場へ向かった。

□　□　□　□

ネスに手を振りながら隣に座る。

「おう、アサギ！　飲むぞぉ！」

「もうだいぶ飲んでるよな……」

「馬鹿野郎、お前、こんなん飲んだうちに入るか！」

最早《もはや》飲み過ぎのレベルだ。何か目の焦点《しょうてん》が合ってない。そのくせちゃんと会話できてるのが鬱陶《うっとう》しい。

「アサギよう、最近どーよ？」

「最近か？　まぁ最近まで最悪だったな」

「ぶはははは！　そりゃあ最悪だな！」

お前の所為じゃねーか！　とは言わない。酒の席で喧嘩《けんか》はご法度《はっと》が僕のモットーだ。

「まぁこれからはいい感じになるんじゃないかな……」

そう言いながらネスの酒を横から掻《か》っ攫《さら》って飲み干す。キンキンには冷えてはいないが味は良い。ダニエラはちゃっかり注文していた鶏《とり》の蒸し焼きを満面の笑みで頬張《ほおば》っていた。食べるの好きなのかな。

ダラダラと飲みつつ、ネスのつまみを横から食う。ネスはもう駄目だ。半分寝てる。

酒とつまみを奪い、ダニエラの側《そば》に移動して、果実水の入ったグラスに自分のジョッキを軽く当てる。

「今日はお疲れ様」

「あぁ、アサギ。お疲れ。明日もあんな感じでいこう」

「ダニエラがいてくれて心強いよ」

「ふふ、褒《ほ》めたって何も出ないぞ？」

女性にしては短めの白金髪を掻き上げて微笑む。イケメンだなぁ……。

「ダニエラの髪は種族由来なのか？」

「ん？　あぁ、まぁそうだな。エルフの髪は種族由来が基本だ」

「ってことは他の色のエルフも？」

「茶色や銀もいるな」

髪の色だけじゃ白エルフかどうかは判断し難《がた》いということか。僕も自分の髪を弄《いじ》ってみる。

夜勤生活が長く、昼間は睡眠に充《あ》てていたため、床屋や美容室とはあまりご縁がなかった。ある程度伸びると店長が後ろからそっと髪を撫でるので、それを合図に切っていた。あの合図の仕方はゾクッとくるのでやめてほしい。店長、元気にしてるかなぁ。

「アサギの髪も種族由来か？」

「種族っつーか、民族かなぁ。どうなんだろ。周りは黒髪ばかりだったよ」

「ふむ……黒髪の種族といえば最果ての鬼族に多いと聞く。古い文献《ぶんけん》の話で、実際に見たわけじゃないがな」

蒸し鶏と一緒に蒸し野菜を咀嚼《そしゃく》して言う。鬼なんているのか。やっぱり例の縞《しま》パンなのだろうか。

まだ見ぬ鬼族に妄想《もうそう》を広げていると後ろから肩を叩かれたので、振り返るとフィオナさんがいた。

「アサギくん、チェック終わったよ」

「気安いですよ」

「むぅ……いーじゃんかよー」

ぶぅ、と頬を膨《ふく》らますフィオナさん。何だろう、周りの視線が痛い。刺すような視線というのはこれか？　特に真横からの視線が痛い。

「アサギ」

「はい」

「行くぞ」

「はい……」

そう言って立ち上がり、ずんずんと先を行くダニエラに慌《あわ》ててついていく。その際、ダニエラの会計の紙はしっかりネスのテーブルに置いてきた。

報酬受渡カウンターでお金を貰《もら》う。一緒に渡された紙には、

『フォレストウルフの牙……１６０本／金貨1銀貨60』

『クエスト達成報酬…………銀貨30』

と書いてあった。

お金の相場としては、金貨1枚が銀貨１００枚になり、銀貨1枚が銅貨１００枚になる。と、

カウンターの早見表に書いてあった。その通りなら、この金額を二人で分けるなら銀貨95枚になる。算数はレジ任せだったから苦手だ。多分合ってるだろう。最近まで何も考えずに報酬を貰っていたが、これからは折半《せっぱん》しなければいけないので頭を使わなきゃいけない。眠っていた脳細胞が活性化した気がした。ということで両替してもらい、銀貨190枚を受け取る。それを半分ずつ。

「はい、ダニエラ。ちゃんと数えてくれ」

「ん…………うん、大丈夫だ」

「お金のことで喧嘩したくないからね」

「あぁ、全くその通りだ」

うんうんと頷いているダニエラ。昔、何かあったんだろうか……。

その後はダニエラと二人で並んで夜のフィラルドの町を抜けて春風亭へと戻った。そういえば夜店は我慢《がまん》したのに結局酒場で飲み食いしたなぁ。節制しなければ。

翌日、相変わらず朝の弱いダニエラを食堂で待ちながら今日の予定を立てる。今日もフォレストウルフを討伐。おっけー。

「あらぁ、お客様ですか？」

不意に声をかけられる。顔を上げると其処には柔らかい笑顔の女性が立っていた。

「はい、お客様です」

「良かったぁ、食堂にいるのに何も食べてないから変な人かと思いました」

初対面なのに変な人とは、なかなかやるな。それにしても誰だろう？

「あぁ、会うのは初めてですねぇ。私、この宿の女将《おかみ》の娘、ミゼルです」

「あ、マリスさんの」

「はい、そうですぅ」

やや間延《まの》びした声と柔らかな笑顔は実にピッタリだ。朝の陽光と合わさって何だか眠くなってくる。

「朝食はまだなのですかぁ？」

「そうですね。パーティーメンバーが此処に泊まってて、起きるのを待ってる状態です」

「そうでしたかぁ。では用意だけしておきますねぇ」

「あぁ、どうもですぅ」

おっと、彼女の話し方は気を抜くとうつるなぁ。くっくと苦笑いしていると入り口からダニエラが入ってきた。

「おはよ……」

「おはよう。大丈夫か？」

「うん……」

だらしなくテーブルに突っ伏すダニエラ。まぁしばらくすればエンジンもかかるだろう。まずは朝飯《あさめし》だ。

この春風亭の朝食は基本、焼いたパンと目玉焼きと自家製燻製《くんせい》肉を焼いたものだ。外国の朝食っぽくて気に入ってる。オサレ感が半端ない。僕みたいな夜勤アルバイターは朝食より睡眠だからな。最近はよく動くしよく食べるし、夜は寝るから健康になりすぎなんじゃないかと思う。

ミゼルさんが朝食を３つ持ってくる。３つ？

「はい、朝食ですよぉ」

「いただきます」

「いただきます……」

「ふぅ」

そのまま座った。何？　何なの？

「あ、私もご一緒していいですかぁ？」

「もう座ってるじゃないか……」

ダニエラが眠そうな目で見ながらパンを齧《かじ》る。

「ついさっき買い出しした物を整理し終えたんですよぉ。もうクッタクタで……」

「夜通しですか？」

「そうなんですよぉ。門が閉じるギリギリに帰ってきたのにママが……あ、女将がね？　夜の内にやっておけって……」

その後も朝食と共にミゼルさんの愚痴《ぐち》も進む。ミゼルさんは買い出し担当だそうで、僕があの時選んだ東への轍《わだち》とは逆の方向にある都市まで月に一度、買い出しに行っているそうだ。あの轍はミゼルさんの馬車も関与《かんよ》していたのかと思うと、世間《せけん》は狭いなと思う。

ミゼルさんの愚痴はマリスさんの怒鳴り声と強制連行によって幕を閉じた。襟首《えりくび》を掴《つか》まれ引き摺《ず》られながら手を振るミゼルさんにダニエラと二人で手を振り返しつつ、立ち上がる。

「さてと、ちょっと遅くなったけどギルドでクエスト受注して森へ行こう」

「そのことなんだがアサギ、今日は一緒に買い出しに行こう」

「いいけど、何で？」

腕を組み、ふふんと自慢げに笑うダニエラ。

「合宿だ。６日程森に籠《こ》もるぞ！」

「合宿？」

「そう、合宿だ」

ダニエラが突然おかしなことを言い始めたぞ。

「何も今思いついたわけじゃないぞ？　昨日のアサギの戦い方と私との連携《れんけい》から見て、長期的な戦闘も問題ないと思った。森に籠もって感覚を研《と》ぎ澄《す》ませるのもいい、とな。だから３日の日数を使って森の奥へ入り、また3日使って戻ってくる」

「なるほど……」

ダニエラがそう評価してくれたのは素直に嬉《うれ》しいが、いきなり森籠もりか。キャンプみたいで楽しそうではあるが、此処は日本じゃない。魔物が出るのだ。まぁ日本でも熊《くま》とか猪《いのしし》とか出るけれど。

「夜が不安だな。ちゃんと休めるかな」

「安心しろ。少し高いが結界《けっかい》の魔道具も持っている」

「そんな物があるのか」

平原で夜を迎える際に欲しい魔道具だな。

「ぶっ続けの戦闘じゃないなら負ける気はしないな」

「ふふ、頼もしいな。じゃあ合宿ということでいいか？」

「あぁ、明日から籠もろう。買い出し行こうか」

こうして僕の強化合宿が決定した。アサギ&ダニエラのフォレストウルフ祭の開催だ。

その後は商店街へ出かけ、3日分の保存食と二人用のテントを購入した。此奴を拠点にして狩りに出かけるのだ。その他、細々《こまごま》とした物を買い終えた頃には夕方になっていた。二人で並んで春風亭へと帰った。ちなみに購入代金はダニエラ持ちだった。終始紐《ひも》気分でゲンナリしたので合宿ではしっかり稼《かせ》ぎたい。

第五章 ◆ 森の王

清々《すがすが》しい朝だ。カーテンの隙間《すきま》から差す朝日が目に染《し》みる。もぞもぞと着替えて顔を洗い、換気をしようと開けた窓の向こうに広がる空は雲ひとつなく、今日から始まる合宿が良いものになる予感がした。

さて、合宿といえばダニエラの提案で、勿論《もちろん》合宿にはダニエラも同行するのだが……今日もダニエラは寝坊かな。そんなわけないか。あんなに張り切っていたしな。さ、食堂に行こう。

「ダニエラー。起きてるー？」

案の定、ダニエラは食堂には現れなかったから、彼女の部屋に行った。今日は早めに出るからさっさと寝ようと話したのに……。

「ダニエラー？」

返事がない。ただの寝坊助《ねぼすけ》のよう、だ……っと。何とはなしにドアノブを回すと扉がガチャリと開いてしまった。不用心だな……鍵《かぎ》かけてないのか？

「ダニエラ……？」

そっと覗《のぞ》いて呼びかけてみる。部屋はカーテンが締め切られていて、薄暗い。ベッドの方を見ると布団《ふとん》が山なりに盛り上がっている。遅刻現行犯は其処《そこ》か。

「ダニエラー……朝だぞー……」

起こさなきゃいけないのだから大きな声で呼びかければいいのに何故《なぜ》か声が小さくなってしまうことに抗《あらが》えない現象に名前を付けたい。この現象に嵌《はま》った僕にできることはカーテンと布団を剝《は》ぐことぐらいだ。今日みたいな天気の良い日の朝の光は効《き》く。流石《さすが》のダニエラも起きざるを得ないだろう。

ならば善は急げ、僕はカーテンを左右に開いた。眩《まぶ》しい陽光が僕を照らすが、照らしてほしいのは僕じゃない。ダニエラだ。ということで続いて布団を剝ぐ。

「ダニエラ、おはよう」

両手で摑《つか》んだ掛け布団をバサリと剝ぎ取る。これ学生時代によくお母さんにされたっけとか、冬の日はつらかったよなぁとかいった思い出は瞬時に脳内から吹き飛んだ。

「うぁ……まぶしい……ふとんは……ふとん……」

其処には生まれたままの姿で小さく丸まったダニエラがもぞもぞと布団を探していた。そして陽光が照らしたのはダニエラだけじゃない。其処らに散らばる薄めの衣類もだった。

「だ、ダニエラさん……」

「んぁ……アサギか……おはよ……」

「お……おはよう……」

寝返りを打つダニエラ。打ってしまったダニエラ。アルバイト時によく見た肉まんのようなものが二つ、たゆんと揺れた。

「………アサギ……？」

眠そうなダニエラの目がゆっくりと開いていく。今の状況を確認するように。自身の状態を知ろうとするように。開いた目が己《おのれ》の服装を見る。服などなかった。開いた目が僕を見る。引きつった僕の顔がその瞳《ひとみ》に映った。

「アサギ」

「……はい」

「着替えるから」

「はい……」

僕は震える足をどうにか動かしてダニエラの部屋から脱出した。それから西の門を出るまでの記憶はない。

□
□
□
□

森の手前までやってきた。これから6日間お世話になる森だ。無事に帰れるように祈りたい。

「よし、行こうダニエラ」

「ん」

……あれからダニエラが無口系キャラみたいになってる。部屋に入った僕も悪いがダニエラも無防備過ぎるというか……ひょっとして合宿中もあの寝方をするつもりだったのだろうか。怖くて聞けない。

いつもより奥に進み、ある程度平らな場所を見つけて邪魔な枝や石を払い、其処にテントとタープを張る。異世界のくせにタープというキャンプに使われる便利な屋根代わりの布まで売っていたのでダニエラに頼んで購入してもらった。

此奴《こいつ》があるとテント生活が格段に向上する。テントが寝室ならタープはリビングだ。これでテントの外でも伸び伸びと過ごせる。

最後に四方にダニエラから預かった結界《けっかい》の魔道具を設置する。見た感じただの箱だが、表面には複雑な模様が刻《きざ》まれている。中には魔石が入っていて、それが結界を発生、維持《いじ》させているようだ。とまぁ、そんな仕組みらしくて僕もはっきりとはわかっていないが便利道具ということだけは間違いない。よし、準備は済ませた。ダニエラを誘って狩りに行こう。

「ダニエラ、気配を探る方法を教えてくれないか」

「ん」

ダニエラに戦闘以外のことも教わりながら森を歩く。近いか遠いかはわからないが、何かいる気配はする。初日にわかったのはその程度のことだ。だが今までとは全然違う。森を見る目がガラリと変わった。これから日々の生活でも鍛《きた》えることはできるだろう。

改めてダニエラに会えて良かったと思う。僕は此処《ここ》で生きるには知らないことが多すぎた。ただ生きるだけならできるだろう。だけど、冒険者として生きるなら誰かに教わるしかない。今までは黒兎《くろうさぎ》騒動もあって誰にも教われなかったが、其処にダニエラがやって来た。僕にとってはまさに運命の出会いだ。

今後も一緒に戦ったり色々教わったりするだろう。上手《うま》くやっていくためにもちゃんと感謝の気持ちを伝えていかないとな。人付き合いを円滑にするには感謝の心を持つのがコツだ。

日も暮れてこれから夕飯だ。買ってきた保存食と野草を一緒に煮込む鍋《なべ》を挟《はさ》んで向こう側にダニエラが座る。明日からはスープだけじゃなくて生《なま》肉を焼いて食べたいな……時間を見つけて狩っておこう。

温かい具沢山《ぐたくさん》スープを食べ終えてホッとする時間。パチパチと薪《まき》が爆《は》ぜる。揺れる焚《た》き火を見つめながら僕は今日のことを思い出す。成長した自分を感じて笑みを浮かべながら、ダニエラに頭を下げた。

「ダニエラ、今日はありがとう。昨日までとは全然違う。見る目が変わったって感じだ」

「あぁ、私の裸《はだか》を見たからな。変態」

違う、そうじゃない。

僕は久しぶりに木の上で眠った。

□　□　□　□

朝だ。木の上から見る朝日は綺麗《きれい》だ。眼下には昨日建てたテントとタープがある。

ん？　何故テントがあるのに木の上で寝てるかって？

そりゃあ、テントの同居人に怒られたからさ。

朝から悲しい気持ちになりながら久しぶりに作った蔓《つる》ロープを解き、木の幹に括《くく》りつけてそれを頼りにゆっくり降りる。朝日に照らされるテントを見て動きがないことを確認して溜息《ためいき》を漏《も》らす。家主はまだおやすみのようだ。勿論、起こそうなんて無粋《ぶすい》な真似《まね》はしない。昨日学習したことだ。ダニエラを起こしに行っちゃいけない。

昨日のスープの残りを温めるべく焚き火に火を灯《とも》す。ゆったりとした時間が流れる中、焚き火を見つめる。ボーっと火を見つめるのは好きだ。頭の中が空《から》っぽになるから。気づけばグツグツと煮立つ音がして慌《あわ》てて鍋を脇《わき》に置く。器《うつわ》にスープを入れて、一人での朝食だ。ダニエラならそのうちちゃんと起きてくるだろう。しかし待ってても暇《ひま》なので、ちょっとしたサプライズを仕掛けてやることにした。鹿《しか》でも狩って来てやろう。断じて僕が食べたいからじゃない。違うからな！

撓《しな》りの良い木と蔓ロープを応用した蔓紐《つるひも》で弓を作ることは難しくなかった。矢もだ。尖《とが》らせた真《ま》っ直《す》ぐの枝に落ちてた羽根を挟んで出来上がりだ。時間をかければもっと良い物ができるかもしれないが、大した知識もないし、《器用貧乏》のお陰《かげ》で此奴でも鹿くらい楽勝だろう。

昨日教わった気配感知の方法を試しながら森を探る。どうだろう。魔物か鹿か。魔物ならフォレストウルフだ。複数で歩いていることが多い。なら鹿はどうだ？　鹿も群れだ。でもフォレストウルフと違って魔力がない。なら気配の中に魔力の有無《うむ》も探れば……。

「まぁそんな簡単に魔力感知なんてできないよな。とりあえず、気配を探って遠くから確認だ」

結局はそれしかない。ダニエラが起きる前にパパッと狩って驚かせてやろう。

ダニエラの驚く顔を思い浮かべながら歩くこと数分。どうやらツイてたらしい。鹿の群れが前方を歩いていた。なかなか良い調子だ。これで狩りが成功したら文句なしだ。

風の流れを見る。どうやら風上ではないらしいが、風下でもない。そっと風が僕の左頰《ほお》を撫《な》でる。精霊さんかな？

ゆっくり風下へと歩く。鹿の様子は大人しく、朝の木漏《こも》れ日の中で地面に生《は》える若木の葉を食《は》んでいる。僕には気づいてないようだった。結局気づかれないままに、風下に到着したので、そっと弓を構える。頭の中でゆっくりイメージすると《器用貧乏》による弓を射《い》るために必要な動きが4分割画面で再生される。そのイメージに従い、弦《つる》を引き絞《しぼ》り、構える。

そっと風が僕の髪を揺らす。少し左目にかかる前髪が揺れて視界がはっきりしたその瞬間、弦を離す。

ダニエラの弓と違い、ビィンと弦が矢を放つ音がする。此方《こちら》を鹿が見る。が、その中の1頭の胸元に矢が吸い込まれるように突き刺さる。小さな鳴き声が聞こえた。悲鳴だ。周りの鹿が走り、散らばる中その1頭だけがその場に倒れる。僕は素早く駆け出し、止《とど》めを刺すために剣を振りかぶる。黒く濡《ぬ》れた目が僕を見たが、それには反応せず僕は剣をそのまま振り下ろした。

□　□　□　□

アサギがいない。

起きてテントを出て木の上を見てもいなかった。しかしいた痕跡《こんせき》はあった。昨日のスープが温かい状態で火の側《そば》にあり、汲《く》んだ水で洗った私の器と匙《さじ》が逆さまに置いてある。塵《ちり》が入らないようにという配慮なのだろう。それだけで少し頬が緩《ゆる》むのを感じる。

昨日の朝、私はいつものように寝坊した。していたらしい。朝が弱いのが私の永遠の悩みだ。

一昨日《おととい》の夜、早く寝るためにと食堂で貰《もら》った酒を飲んだ。それが仇《あだ》となったらしく、睡眠中に体が火照《ほて》った私はいつの間にか布団の中で衣服を全《すべ》て脱ぎ散らかしてしまったらしい。其処へアサギが起こしに来てしまった。全て私が招いた事故なのだからアサギは何も悪くないのだが、私の羞恥心《しゅうちしん》が私を素直にすることを拒《こば》んだ。

そして私たちはぎこちないまま西の門を抜け、森へ入った。アサギは何とか空気を和《なご》まそうとしてくれていた。が、全裸《ぜんら》を見られた私の羞恥心は私をどこまでもぎこちなくさせた。言葉数が少なくなり、ちょっとした配慮ができなくなる。白エルフとして長く生きてきたつもりだがまだまだ子供だった。その自覚がまた私を雁字搦《がんじがら》めにして動けなくさせる。アサギは困ったような笑みを浮かべながら私の後ろを歩き、教えた気配感知の練習を続けていた。

戦闘となれば体は動いた。嫌でも生きるために繰り返し行なってきたことだ。だが其処にアサギへの配慮が欠けてしまう。これじゃあ駄目だと思うほどに欠けていく。そしてその自己嫌悪が私の心に棘《とげ》となって突き刺さった。

夕飯後のことだ。アサギが火を見つめながらくすりと笑った。何を思って笑ったのかわからなかったが、すぐに私を見て頭を下げた。

「ダニエラ、今日はありがとう。昨日までとは全然違う。見る目が変わったって感じだ」

一瞬、何のことかわからなかった。しかしすぐに思い当たることは今朝の出来事しかなかった。此奴は何を言ってるんだ。何を思って笑ったんだと思った。思ってしまった。

「あぁ、私の裸を見たからな。変態」

今更《いまさら》ながらなんて辛辣《しんらつ》なことを言ってしまったんだろうと思う。もし昨夜に戻れるならば自身を殴りつけたい。アサギは頭を下げたまま少し固まり、顔を上げた時には昼間見た困ったような笑みを浮かべていた。

「今日は別々に寝よう。その方が安心だよな」

そう言って立ち上がって森に消えていく。その時は何を始めるんだろうと思った。そして考える時間ができた。

見る目が変わったとは何のことだろう？　昨日したこと。裸を見られたこと。森へ来たこと。フォレストウルフを狩ったこと。気配感知を教えたこと。

其処まで考えてもう一度アサギの言葉を思い出す。そして気づく。気配感知のことだ。森を見る目が変わったのであって、私を見る目は何も変わってなかったんだと。

私はなんてことを言ってしまったんだと漸《ようや》く気づいた。謝ろうと、辺《あた》りを見回すため立ち上がりかけた時、アサギが帰ってきた。蔓と石を持っている。何をするつもりなのかわからなかったが、見事な手際《てぎわ》で蔓をたちまちロープに作り変えてしまった。それを感心して見ているうちに謝罪のタイミングを逃してしまった。もうアサギは木の上だ。登るの早すぎやしないか？

声を出そうとした時にはアサギは蔓のロープに結んだ石を投げて木を一周させてから自身に括りつけた。なるほど、木の上で寝ていたという話は聞いたがあやって寝ていたのか。いや、いちいち感心している場合じゃないんだが。

もう時間切れだ。まったく自分が情けない。自身の未熟さの所為《せい》でアサギを樹上に追いやってしまった。私は自身に言いようのない嫌悪感を抱きながら為《な》す術《すべ》もなくテントに入り、そして今に至《いた》る。

スープを器によそって啜《すす》る。温かい。まるでアサギの心のようだ。一息ついていると何かの気配を感じた。此方に近づいてくる。近づいてくるうちわかった。アサギだ。アサギが帰ってきたのだ。

今度こそ謝ろう。そしてスープの感謝を。私は一息に飲み干して立ち上がり、アサギが来る方向を見る。謝るために。また一緒にやっていくために。

目の前に現れたアサギは立派《りっぱ》な牝鹿《めじか》を背負っていた。

□　□　□　□

「あ、アサギ…？」

「ん？　あぁ、おはよう、ダニエラ」

「あ、あぁ……おはよう……」

どうしたんだろう、ダニエラが放心している。見ると裏返しておいた器にはスープが入っていた痕跡がある。良かった、スープは飲んでくれたみたいだな。

よっこらしょ、と鹿を降ろす。血抜きと内臓の処理は済ませたが皮剝《かわは》ぎと部位《ぶい》分けはまだだ。角《つの》はないので牝鹿。結構立派で、食べごたえがありそうだ。

「あの、アサギ……」

「うん？」

さて、解体するかと逆手《さかて》に抜いた短剣をくるりと順手にしたところでダニエラが僕を呼ぶ。振り返るとなんだかもじもじした様子で彼女が立っていた。妙にしおらしい気がするが……。

「昨日はその、悪かった！　誤解だったんだ！」

バッと頭を下げるダニエラ。それだけでわかった。昨日の寝る間際《まぎわ》のことだろう。そうか、良かった。誤解は解けたんだな。だが僕が原因を作ったことに変わりはない。

「僕の方こそごめん。ダニエラが寝る時にあんな格好《かっこう》をするとは知らなかったんだ」

「それは違うぞ！」

ビシっと指を差される。論破されそうな雰囲気《ふんいき》だ。

「あれは早く寝ようと食堂で貰った酒の所為なんだ！　寝てるうちに暑くなって脱いでしまったからで、断じて普段からあの格好で寝てるわけじゃないからな！」

「お、おう……」

ちょっと赤面しながら怒濤《どとう》の勢いで早口に喋《しゃべ》るダニエラ。なるほど、そういうことか。納得しました。

「そういうことなら僕はもう木の上で寝る必要はなさそうだ」

「昨日、君が蔓を取りに行っている間に気づいてはいたんだ。だがその、妙に手際が良くて見《み》惚《と》れてしまって言い出せなかったんだ」

うんうん、蔓ロープ作りで僕の右に出る者はいないからな。見惚れるのも仕方がない話だ。とりあえず、今日からまた気楽にやっていけそうだ。一時はどうなることかと思ったが、本当に良かった。でもこうなると鹿を用意する必要もなかったな。勿論食うけれど。美味《うま》そうだ。

「怒らせたお詫《わ》びにと獲《と》ってきた鹿だけど、そんな必要はなかったな。二人で食おう」

「あぁ、良い鹿だ」

ダニエラが嬉《うれ》しそうに微笑《ほほえ》む。僕はそれが見れただけで満足だった。

□　□　□　□

その日もまた森の奥へと進み、野営の準備をしたらフォレストウルフを狩る。狩っては牙《きば》を抜き、狩っては牙を抜く。死体は放って置くと霧散《むさん》する。魔素《まそ》が空気中に分解するからだ。しかしそれまでに素材となる部分を剥いでしまえば分解はされないそうだ。仕組みはわからん。

本体の分解に引っ張られないからかな。元の世界でも動物は土に還《かえ》るし、其処から採取した物は残る。そういうことだろう。ま、そういうのは学者に任せて僕等《ら》は狩りだ。

いやしかし夕食の鹿は格別だった。狼肉よりもジューシーで噛《か》んだ際のぷつぷつとした弾力も食べていて気持ちが良い。流石に二人で食い切ることはできなかったので、残りは燻《いぶ》して春風亭《かぜてい》へのお土産《みやげ》とした。でもダニエラが食べそう。彼奴《あいつ》、意外にも大食漢《たいしょくかん》だし……。

その次の日の狩りも順調だった。更《さら》に奥へと進み、ハンターとなる。フィラルドの冒険者は基本的に町の周囲しか探索しないそうだ。だからオークが繁殖《はんしょく》して、ギルド要請で大規模討《とう》伐《ばつ》が行われる。こうして僕たちが森の奥へ分け入って魔物の数を減らすことでフィラルドの町の安全性が高まり、僕は経験値が増える。一石二鳥だね。多分、この辺りまではフィラルドの冒険者も来ていないだろう。実際に此処《ここ》まで来るのはかなりきつい。通常の探索ルートからも外れているし。ダニエラは《新緑の眼》で風の精霊が見えるので迷子知らずらしい。だから此処まで進んでもフィラルドに帰ることができるのだ。ダニエラがいなければこんな森の奥まで進むことは無理だろう。僕としても非常に心強い。一人でこんな森の奥なんて絶対に来たくない。

しかし気づいたことがある。フォレストウルフの数が少なくなっていた。どうやら狩りすぎたらしい。初日、二日目よりも明らかに少なくなっている。今までは少し歩けば出会えたが、今日は全然だ。ダニエラの高レベルな気配感知のお陰で全く出会わないなんてことにはなっていないが。こうも数が少ないと絶滅を心配してしまうが、ダニエラに言わせれば問題ないとのこと。聞けば魔物は自然発生しているらしい。魔力溜《だ》まりのような場所や、ただの狼が変異したり。それを聞いて安心した。

「アサギは心配性だな」

「そうかな？　まぁ、心配しないよりはマシだよ」

「それもそうだな」

目の前の鍋の中には干し肉と野草、昨日の鹿が煮込まれている。此奴を食べて寝て、明日の朝から町へ戻る。とは言っても、3日間進んだのだから3日間かけて戻ることになる。あっという間だったが、経験値はなかなか稼《かせ》げたし、知識面でもダニエラに色々教わってかなり良くなっただろうと思う。僕はステータスカードを取り出した。

「ステータスオープン」

◇　◇　◇　◇

名前：上社《カミヤシロ》　朝霧《アサギ》
種族：人間

職業：冒険者（ランク：Ｅ）
ＬＶ：32
ＨＰ：３１６／３１６
ＭＰ：２８５／２８５
ＳＴＲ：１２５　ＶＩＴ：１１８
ＡＧＩ：３６６　ＤＥＸ：１５８
ＩＮＴ：１２０　ＬＵＫ：14
所持スキル：器用貧乏・気配感知・片手剣術・短剣術・槍術《そうじゅつ》
所持魔法：氷魔法・水魔法・火魔法
受注クエスト：フォレストウルフ駆除《くじょ》依頼
パーティー契約：ダニエラ＝ヴィルシルフ
装備一覧：頭－なし
　体－革《かわ》の鎧《よろい》
　腕－革の小手
　脚－なし
　足－革の靴
　武器－鉄の剣

- 鉄の短剣
装飾 - なし

◇　◇　◇　◇

気配感知が増えていた。練習したお陰かな。成果が目に見えるのは嬉しい。ステータスカードをポケットに入れてダニエラに報告する。

「《気配感知》のスキルが増えてたよ」

「やったな。練習、頑張ったからな」

自分のことのように喜んでくれるダニエラ。やはり頑張って良かったと思えた。

「よし、そろそろ煮えたかな」

「アサギ！」

「えっ？」

目の前にいたダニエラがいつの間にか横にいて、僕に体当たりをしてきた。意味がわからない。僕の手にしていた匙が鍋の取っ手に引っかかって、釣られて鍋が宙を舞う様《さま》がスローで流れる。中から溢《あふ》れた美味そうなスープも一緒に宙を舞い、そして引力に勝てずに地面にぶち撒《ま》けられた。

「ダニエ……ッ」

「逃げるぞアサギ!!」

その一言で我に返った。慌てて走り出すダニエラを追いながら背後を振り返ると一瞬だけ白い何かが見えた。四足歩行の大きな……犬？

「ダニエラ！　でかい犬だ！」

「私も見た！　あれは、ベオウルフだ！」

「ベオウルフ!?」

前を走るダニエラに問いかけるがもう返事はない。走るのに必死なのだ。しかしあれがただのでかい犬ではないことは、ダニエラの様子から簡単に察することができた。ウルフだから狼だろう。暗闇《くらやみ》に覆《おお》われた森は思った以上に走りにくい。何度も躓《つまず》きながら必死になってダニエラを追っていると、背後から遠吠《とおぼ》えが聞こえてきた。狼の遠吠えだ。それを耳にした僕とダニエラはピタリと止まる。

「何だ……？」

「……」

ダニエラは黙ったまままじっと辺りを警戒《けいかい》する。僕もそれに倣《なら》い、闇の向こうに目を凝《こ》らしてみるが、何も見えやしない。しかし視界は悪くとも、聴力には何の影響もない。遠く、僕たちが走ってきた方向から幾《いく》つもの足音が聞こえてきた。落ち葉を踏んで小枝を折る音は本当に沢《たく》山《さん》の数だった。

「アサギ……剣を抜け」

「あぁ……」

ダニエラの気配感知にはもう、反応があるのだろう。僕はまだまだレベルが低いからわからないが、その分だけお互いに絶望感が募《つの》る。ダニエラは直感で。僕は想像でだ。

「フォレストウルフの群れだ。此方に向かってきている。ベオウルフの差し金だろう」

「此処でやれるのか？」

「いや無理だ。逃げながら数を減らすしかない」

ダニエラの案なら間違いないだろう。しかし逃げるったって何処《どこ》へ？

「まずは生き残ることだけを考えていくぞ！」

「わかった！」

この絶望的な状況の中、ダニエラだけが頼りだ。お互いに助け合って、この森から脱出するんだ。

僕の気配感知エリア内にフォレストウルフが侵入してきたので意識を集中する。しかし集中したことで気分は最悪になる。どんどんどんどん反応が増えていく。ダニエラはこれを感じて、それでもまだ生きることを考えているのか……強いな、ダニエラは。ダニエラがまだ諦《あきら》めてないんだ。僕が先に諦めることはあり得なかった。

「行くぞ！」

ダニエラの合図に走り出す。感知エリアにフォレストウルフを捕捉《ほそく》しながら森を走る。ひたすらに、無我夢中で。一人なら遭難《そうなん》の可能性もあるがダニエラの魔法があれば何とかなる。それを信じて今は走るしかない。

気配感知のスキルを使って魔物の反応を見ていた僕は、不思議なことに気づいた。動きが丁《てい》寧《ねい》過ぎる。今まで狩りをしていた時は皆、思い思いに走っていたような気がするが、今はそれがない。真っ直ぐに僕たちを目指して一糸《いっし》乱れぬ統率《とうそつ》された動きで僕たちを追っている。それがベオウルフの指示だと思うと背筋《せすじ》が寒くなった。ただの魔物にこれ程の知能があるのかと。この数の魔物を統率し、操《あやつ》る魔物。ただの上位種ではない気がしてきた。

「来るぞ！」

「ッ！」

側方《そくほう》からの襲撃《しゅうげき》に剣を合わせる。大きく開いた口に沿って剣を横薙《よこな》ぎにすれば、より大きく口が開いて血が吹き出す。そのまま振り抜いて倒したフォレストウルフの背後から死体を乗り越えるようにして次のフォレストウルフが飛びかかってくる。

「くそっ！」

振り抜いた反動で一瞬硬直するが、体を屈《かが》めて突進を躱《かわ》す。僕の上を通過したフォレストウルフはそのまま茂みへ突っ込んでいく。

「走れ！」

見れば数体を仕留《しと》めたダニエラが声を荒らげて走り出す。その場に留《とど》まって戦えば一気に囲まれて嚙み殺される。そうなったらお終《しま》いだ。何処か逃げ込める場所があればいいのだが……。

その後も何度も何度も襲撃されるが紙一重《かみひとえ》で躱して走る。全く休憩《きゅうけい》する暇《いとま》がなく、流石に息が苦しくなってきた時、ダニエラが何かを見つけた。

「はぁ、はぁっ……あれは……？」

ダニエラが手にした剣で森の奥を指す。剣の先を見ると月明かりが何かを照らしている。木ではない。歪《いびつ》ではあるが先端が四角いので建物のように見える。

「はぁ……はぁ……ダニエラッ、とりあえず彼処《あそこ》に！」

「あぁ！」

何故あんな場所にあんな建造物があるのか、なんて疑問はとりあえず置いといて、今は其処に逃げ込みたい。このまま走ってたっていつかは嬲《なぶ》り殺されるのが目に見えていた。

「ウォォン！」

襲《おそ》いかかってきたフォレストウルフを斬《き》り捨てて蹴《け》り飛ばし、ダニエラと共に茂みに飛び込む。道なき道を、ただひたすらに視界の奥にある建物だけを目指して走った。

□　□　□　□

幸いにも謎の建造物のところに来るまでフォレストウルフの強襲はなかった。ベオウルフの奇襲もなかったが、何処かで僕たちを見ているのかもしれない。

今は兎《と》に角《かく》目の前の建物に入るのが先決だ。ダニエラと二人で見上げるその建物は石造《いしづく》りで、見るからに古そうな遺跡だった。所々蔦《つた》が這《は》い、組んだ石を隠している。その大きな入り口に扉はなく、暗闇が奥へと続いていた。

「でかい建物だな……」

「アサギ、これは古代《エンシエント》エルフの遺跡だ」

「えっ？」

古代エルフ？

「大昔に生きたエルフの先祖だ。今の私たちのような色毎《ごと》の部族はなく、ひとつの種族として確立していたらしい」

「らしい、ということは……」

「あぁ、すでに絶滅している。とも言えるな」

ダニエラが此方を見てクスリと笑う。

「でも私たちがいる。部族として分かれはしたが、古代エルフの血は綿々《めんめん》と繋《つな》がっている」

確かにそうだ。古代エルフ自体が完全に滅んでいてはこの世界にエルフはいない。古くから続く歴史の証明が、この遺跡だった。

「よし、ならご先祖様に挨拶《あいさつ》しに行こう」

「あぁ、行くぞ」

いつまでも茂みの中にいるわけにはいかない。それはダニエラも同じ考えだったようで、お互いに頷《うなず》き、連れ立って僕たちは古代エルフの遺跡へと入っていった。

□　□　□　□

遺跡の中は暗い。と、思っていたが奥に進むに連れて少しずつ明るくなっていった。穴の空《あ》いた天井から差す月光が主な光源だ。走って逃げていた時は意識が回らなかったが、今夜は晴れているみたいだ。しかしまぁ、これほど月明かりが差し込むだけあって、流石に劣化が進んでいる。長い歴史を持つ建物は朽《く》ちた扉や崩落《ほうらく》した天井が目につく。

「ふむ、結構形が残っているな」

「そうなのか？　ボロボロに見えるが……」

「そうでもない。古代エルフが滅んだとされるのは今から１０００年も昔だ。そんな大昔の建物が形として残っているんだ。もしかしたらまだ生きているのかもしれない」

「生きてる？」

「古代エルフが生きたのは超魔導《ちょうまどう》時代と言われている。つまり、この遺跡自体が……」

「魔道具、ということか」

「そうだ」

つまり表向きは寂《さび》れた遺跡だが、内部はオーバーテクノロジー的なことになっている可能性があると。此奴は僥倖《ぎょうこう》だ。つまり運が良ければベオウルフを撃退、いや、もしかしたら討伐できるぐらいの何かがあるかもしれない。

「よし、探索しよう。奴《やつ》を退治《たいじ》できる何かがあるかもしれない」

「僕もそう思ってたところだ。よし、なら……」

「待て」

そっとダニエラが人差し指を口の前に立てる。

「……奴が来たようだ」

「マジかよ……」

どうやらゆっくり探索している時間はないらしい。素早く辺りを見回すと右奥に部屋らしき空間への入り口が見えた。

「ダニエラ、こっち」

ダニエラの背を軽く叩《たた》き、右奥を指差す。小さく頷いたダニエラとその入り口を潜《くぐ》ると、其処はやはり部屋だった。しかし普通の部屋よりは広く、しかし広々としたとまでは言えない程度の空間。

「よし……此処なら奴の巨体で暴れることはできないだろう」

「考えたな」

「すぐに距離を詰められるかもしれないが、広い空間を見えない速さで暴れまわられる方が厄《やっ》介《かい》だ」

部屋の隅《すみ》に身を隠し、すぐに作戦会議を始める。

「ベオウルフは巨大な狼だ。狼である以上、四足歩行、匂《にお》いに敏感、そして素早い」

「ダニエラならどう戦う？」

「土魔法で足場を崩《くず》し、其処を叩く」

「なるほど……なら僕は其処へ水魔法を流し込んで泥《どろ》にして動きを止めて、余裕があるなら氷魔法で固めよう」

ダニエラの魔法に僕が乗っかる形だ。ずぶの素人《しろうと》の作戦より成功率は高いはずだ。

「氷魔法まで使えれば最高だが大丈夫か？」

心配そうにダニエラが僕を見つめる。

「魔力を使う機会がなかったからな……正直わからない。だから僕がもし途中で駄目になったら構わず逃げてくれ」

「馬鹿《ばか》、そんなことできるか」

ダニエラが目を細めて睨《にら》む。

「できれば二人で助かりたいが、できなければ一人でも助かるべきだ」

ダニエラは僕を強く見つめる。僕は何となく目を逸《そ》らせずに見つめ返した。するとダニエラが視線を外す。心なしか彼女の頬が赤い。

「馬鹿、二人で助かるぞ……」

「ん、あ、あぁ……そうだな。じゃあ僕が囮《おとり》になるから、奴が来たら魔法を頼む」

そう言って陰から飛び出す。後ろでダニエラが待てとか叫んでいるが待たない。こうするのが最善だ。

その時、ミシミシと軋《きし》む音がした。ハッとして気配感知を使う。入り口の向こうにはっきりと狼の姿を感じた。僕は意を決して大声で挑発する。戦闘開始だ！

「来いよ！　僕は此処だぞ!!」

挑発に対する返事は轟音《ごうおん》だった。入り口の石組みが吹き飛ぶ。咄嗟《とっさ》に腕で顔を庇《かば》いつつ状況を確認するが舞った砂埃《すなぼこり》で視界が悪い。しかし何かを考える暇もなく、砂埃を突き破って何かが飛んできた。

「なん……ッ！」

何かが僕の腹にぶつかる。一瞬、意識に空白ができるが、酷《ひど》い痛みが僕を襲い、瞬時に覚醒《かくせい》させられる。衝撃を殺すことができず、勢い良く後方に吹き飛ばされ、壁にぶつかって地面に転がる。その視線の先にあったのは石……いや、ほぼほぼ岩だ。この遺跡を構成する石材。それが砲弾《ほうだん》のように飛んできて、僕の腹に突き刺さったらしい。クソ、一身上の都合で腹は僕の弱点だ。砂の味のする空気を吸いながら血の味のする唾《つば》を吐き捨て、震える膝《ひざ》に力を込めて立ち上がる。すると突風が吹き、砂埃が消し飛ぶ。ダニエラだな。流石としか言いようがない。

お陰で視界も晴れた。僕はジッと其奴《そいつ》を睨む。

「てめぇ……よくも良いのをくれやがったな……」

部屋の中央には白銀の体毛と三本の尾を持つ巨大な狼が悠然《ゆうぜん》と立ち、此方を見下ろしていた。僕の怨嗟《えんさ》の声にベオウルフは咆哮《ほうこう》で応《こた》えた。

「ルロオオオオオオ!!!」

空間がビリビリと振動する。ベオウルフは僕を襲おうと四肢《しし》に力を込める。その一瞬の間《ま》。

「今だ!!」

ダニエラへの合図。巨狼の足元が一瞬にして崩れた。四肢に力を入れていたため、崩落に巻き込まれた巨狼は込めた力を制御《せいぎょ》できず、ジタバタと藻掻《もが》きながら魔法によってできた穴に呑《の》まれる。其処へ僕の魔法だ。

「イメージだ……イメージ!!」

簡単だ。ダムの放流。それを穴の中へ流すイメージ。幾度《いくど》となくテレビで見た記憶があるから簡単だが魔力消費量は半端ない。調整なんて細かいことのできない僕はただ、渦巻《うずま》くようにだけ操作する。するとダニエラの生み出した穴の中の土と僕の水が混ぜ合わさり、濁流《だくりゅう》となってベオウルフを襲う。幸運にも奴が崩した石も大なり小なり混ざっていたみたいで、それが勢い良く流され奴の体を傷つける。どんどん血が流れる様を見て勝てると思った。が、魔力が少ないのを体で感じた。酷い風邪の時のような気怠《けだる》さが全身を覆う。

「ダニエラ！　氷は難しい！」

「任せろ‼」

ダニエラが飛び出し、いつの間にか手にしていた死生樹《シセイジュ》の弓から続け様《ざま》に矢を放つ。暴れるベオウルフの背や脇腹《わきばら》に刺さる。

「食らえ……っ‼」

強く引き絞った渾身《こんしん》の一撃。微《かす》かに光を放つ矢は風魔法の力だろう。矢を小さな竜巻《たつまき》が覆い、導かれるようにベオウルフの右目へ突き刺さった。

「ルロオオォォォォォオオォォォ！！！！！！」

背筋が凍《こお》るような叫び声が僕の耳を劈《つんざ》き、ベオウルフが濁流の中に沈む。凝縮《ぎょうしゅく》された土石《どせき》流《りゅう》のような攻撃にダニエラ渾身の一撃だ。これで効いていないなら化物《ばけもの》だが……。

「倒……した、のか？」

ダニエラが僕の側に来て問う。だがそれは死亡フラグだ。思わず身構えてしまったのが奇跡的に最適解だった。

気づけば僕の体は壁をぶち抜いていた。

「はっ……、が……っっ」

息ができない。きぃん、と耳鳴りがする。視界が白く霞《かす》む。自分の体なのに上手く動かせない。

「……ぎ、……さぎ……アサギ……っ!!」

ダニエラが僕を呼ぶ声がする。聞き間違いではないだろう。この場で僕を呼ぶのはダニエラしかいない。

「アサギか……貴様、人間のくせにやるではないか……」

誰、だ……？　突然の声に急速に意識が覚醒していく。視界に入ったのは血だらけで、特に右目から夥《おびただ》しい量の血を流したベオウルフだった。僕が突き抜けてきた穴をその脚《あし》で崩しながら喋りかけてきやがった。ボタボタと血が落ちてきて周囲が一気に鉄臭くなる。

「くそ……体が……っ」

「あの奇襲はなかなかだったぞ……」

ぼやけていた視界が鮮明になるにつれてベオウルフの巨体が近づいてくる。何とか体を起こし、奇跡的に握っていた剣を杖《つえ》代わりに立ち上がるが、足に力が入らない。ふと視線を下げると赤い血溜《ちだ》まりが見えた。これ、僕のか？　コンビニの時くらい血が出てる……一気に気分が悪くなってきた。腹に穴が空いてないか心配になるが、確認している場合ではない。

「さぁ、此処で死ぬがいい。我《われ》にこれだけの傷を負わせたのは貴様が初めてだ。だからこそ、楽に死なせてやる」

ついにベオウルフの狼顔が僕の頭上にまで到達した。ほぼゼロ距離と言っていい程の近さ。戦いによる興奮《こうふん》からか、体温の高さが肌《はだ》を通して伝わる。鉄臭さは限度を超え、鼻はもう利《き》かない。ゆっくりと前脚を上げるベオウルフ。死ぬわけにはいかない……なのに、体が動かない。見上げると、狼のくせに肉球《にくきゅう》があるのが少し場違いで笑えそうだったが、笑う余裕はない。

その肉球に1本の矢が刺さった。

「ぐぁ……ッ」

「アサギは殺させない！」

「ダニエラ……ッ」

ダニエラが作ってくれた隙を利用してなんとか頭を振って意識を覚醒させる。どうにか動けるようになった僕は、ダニエラと並んで剣を構えた。

「悪い、助かった」

「まだやれるか？」

「なんとかな……」

ぶっちゃけもう辛《つら》い。動けるようにはなったけど、横になりたい。しかしそうもいかない。

剣を向けた先には歯で矢を噛んで力任せに抜いているベオウルフがいる。此奴をどうにかしない限り、安寧《あんねい》は訪れない。倒すか、逃げるか。二つに一つだ。

「……行くぞ！」

ダニエラの合図に合わせて走り出す。ダニエラは細剣を手にし、もう片方の手に風を集める。それはみるみるうちに矢の形となり、ベオウルフへと射出された。

「『風　矢《ウインドアロー》』！」

合計４本の矢がベオウルフを襲う。が、ベオウルフは動じない。

「舐《な》められたものだな！」

ダンッ！　と前脚で地面を強く踏みつけると同時に厚い土の壁が地面から隆起《りゅうき》し、矢を防ぐ。ダニエラが舌打《したう》ちし、次弾として準備していた魔力を霧散させた。

「土魔法か……」

「あれも魔法か！」

「森に住む魔物だからこそできる魔法だ。あれでは飛び道具は使えないぞ」

「よし、任せろ！」

一旦《いったん》剣を鞘《さや》に仕舞い、魔力を両手に集中させる。色は紺碧《こんぺき》。属性は氷。流れ、暴れ狂う水流を凍結させる余裕はなかったが、単純な魔法の行使なら問題なく行える。手に集めた魔法を加工し、イメージ通りの形へと作り変える。そして魔法が完成した時、ズシリとした重みが手の中に生まれた。

「大槌《おおつち》か！」

「これで砕《くだ》けば隙はできるだろう？」

僕が魔法で作り出したのは氷のハンマーだった。シンプルだが、何かを壊すのならハンマーに限る。昔見た家を作り変えるテレビ番組でも壁をハンマーでぶち抜いていた。

ダニエラはベオウルフを移動させないために風矢で土壁を攻撃する。流石に何度か撃ち続けていると土壁も壊れるが、その都度修正し、堅牢《けんろう》な壁として立ちはだかる。だからこそ、ぶち抜ける。

「ふん、無駄なことを」

「無駄じゃない、ぜ!!」

「なっ……!?」

ついに土壁に辿《たど》り着いた僕は走る速度と、自身を軸《じく》にして一回転した遠心力を加えてハンマーを振り抜いた。最高のタイミングと角度で土壁を砕くことができたのは最高の振り方を脳内で教えてくれる《器用貧乏》先生のお陰だ。砕けた土壁が飛び散る。しかしそれだけではなかった。幸運なことに、壁の裏にいたベオウルフの体へハンマーがヒットした。

「ぐっはぁ！」

なかなかの威力《いりょく》でぶち抜いた所為か、ベオウルフの巨体が地面から離れた。そして浮いたその身へ、ダニエラの風矢が襲いかかる。２本、４本とどんどん刺さる数が増える矢に焦《あせ》るベオウルフ。僕はハンマーを投げ捨て、腰の剣を抜いて振り上げる。

「はぁあ！」

「舐める、なぁ！」

一瞬、視界が真っ暗になった。すぐに自分が目を閉じていたことに気づき、開こうとするがそれができない。凄《すさ》まじい風が、無意識に目を閉じさせていた。それでも何とか腕で顔を覆いながら無理矢理開く。ギリギリ見えた視界を彩《いろど》るのは銀色と翡翠《ひすい》色の風だった。ベオウルフを中心に二色の風が荒れ狂う。正直、今にも吹っ飛ばされそうだ。踏ん張るのが精一杯《せいいっぱい》の今の状況で、此奴に勝てるのか？

「我に此処まで傷を負わせたのは貴様らが初めてだ……！」

風の向こうでベオウルフが吠《ほ》えるように喋る。

「……サギ！　はな……ろ……！」

風切り音に混じってダニエラの声が聞こえる。言わんとしていることはわかるが、足が動かない。恐怖に竦《すく》んでいるわけじゃなく、ただ単純に、強風が足を縫《ぬ》い止めている。後ずさることも、離すことも風が許さない。一種の威圧《いあつ》のような感覚に近い。風はどんどん強くなり、流石にもう吹き飛ばされるかと思ったその時だった。

「ルロォォォオオォォォォオォォォオオオオ！！！！」

　ベオウルフの咆哮と共に風がうねり、屋内を荒れ狂う。勿論耐えられるはずもなく僕はその場から吹き飛ばされる。おまけに全身を鋭い痛みが襲う。感覚的に、風の刃《やいば》で切り刻まれているようだった。しかしわかったのもそこまでだ。両腕で顔を覆ったまま、僕は再び壁をぶち抜き、今度こそ意識が飛んだ。

　次に目を覚ましたのは強烈な一撃の所為だった。

「うぐっ……！」

　痛みにチカチカと明滅する視界をどうにか制御して状況を確認する。最初に見えたのは大きな脚だった。銀翠《ぎんすい》の風を纏《まと》った獣《けもの》の脚が僕を踏みつけている。その上は血だらけで、特に右目からは夥しい量の血を流したベオウルフがいやがった。ボタボタと血が落ちてきて周囲がまた一気に鉄臭くなる。

「くそ、アサギを放せ！」

　視界の端でダニエラが矢をつがえる。

「おっと、其奴を放てば貴様の相棒《あいぼう》は死ぬぞ？」

「はが……っ！」

　ベオウルフがずん、と体重を乗せてくる。死ぬほど重い。

「ちぃっ……」

　舌打ちしながらつがえた矢を矢筒に戻すダニエラ。しかし腰の剣に添えた手は離さない。

「くそが……何なんだてめぇ……」

「いやなに、群れの仲間がどんどん減っていくのでな。どんな輩《やから》が来たのか見に来ただけだ。ああ、勘違《かんちが》いするなよ。我はお前を恨《うら》んでなどいない」

どういうことだ？　僕たちがフォレストウルフを狩っていた仕返しではないというのか？

「逆襲か何かかと思っているな？　違うぞ、アサギよ。我は強い奴に興味があっただけだ。群れの仲間が死んだのは弱かったからだ」

「じゃあ、僕たちも殺すのか……？」

「おかしなことを言う。殺すのは殺される覚悟があってのことだろう？」

正論だ。あれだけのフォレストウルフを殺しておいて自分が殺されそうになったら臆《おく》するのは間違いだ。相手が魔物だから、なんて言い訳はできなかった。返す言葉のない僕は黙り込む。

だが黙って殺されるだけじゃあまりにも情けない。

「数多くのフォレストウルフを狩り、お前を此処まで追い込んだのは僕だ。僕だけ殺せ」

「アサギ……!?」

ダニエラは僕を助けてくれた。こうして合宿にも誘ってくれたんだ。どうにか助けたい。ダニエラの声を無視してベオウルフをジッと僕を見つめる。

「どうやら本気らしいな？」

「殺される覚悟なんてできやしない。だけど彼女を助けられるならどうなってもいい」

それは本心だ。如何《いか》に正論を吐かれようと気持ちが変わるわけじゃない。あっさり死を受け入れられるわけがない。

だけど僕の命でダニエラが助かるなら？　それなら話は変わってくる。元々死んだ身だ。拾った命の価値と使い道は僕が決める。僕だけが決められる。

ベオウルフが僕を睨みながら口角《こうかく》を歪《ゆが》ませる。

「ふふふ、お前の目に嘘《うそ》はなさそうだ。いいだろう、一思いに殺してやる」

「アサギィ!!」

ダニエラが震えた声で叫ぶ。ベオウルフの約束が本物であることを祈りながらダニエラへ微笑む。そのまま僕は目を閉じ、死を待った。

あぁ、二回目の死は熱と寒さの中に沈まなくて済みそうだ。この大きな脚で一撃の下にこの身が弾《はじ》ければ痛みなんてない。思えば死んでやってきたこの世界で僕は前の世界よりも生き生きしていた。

太陽のない時間に一人で働くのは寂《さび》しかった。

太陽のある時間にダニエラと話すのは楽しかった。

疲れた体で迎える朝が辛かった。

疲れた体で迎える夜が楽しみだった。

だが僕は死ぬ。次に目が覚めるのがあの霧《きり》の丘だったらどんなにいいだろう。そんな走馬灯《そうまとう》のような思いを胸に、僕はやってくる死を迎えた。

「と、思ったが気が変わった」

「ん？」

「ん？」

僕の体を押さえる重みが消えた。

「あれ……？　殺すんじゃ……？」

「気が変わった、と言っただろう」

変わったのか。なるほど、変わったのなら仕方ない。

「てめぇ！　僕の覚悟を返し」

「アサギぃぃ！」

「ちょ、ダニッ……」

体液で顔が拙《まず》いことになっているダニエラが僕に覆いかぶさる。前が見えない。

「あ、アサギが死ぬかと思ったら……！　ううぅ……っ！」

「ダニエラ……」

僕のためにこんなに泣いてくれるなんて……。正直嬉しい。こんな時は抱き締めてあげるのがコツだ。と思うのだが如何《いかん》せん体が動かない。先程の一連の攻撃が今もダメージとして残っている。

「どうして殺さない？」

「何、我より強いとまでは言わんが此処まで傷を負わせてくれたのはお前たちが初めてだ。殺すのは惜《お》しい」

ベオウルフはこの森の中で生まれたそうだ。生きているうちに彼はフォレストウルフからベオウルフへと変わったそうだ。変わった理由は本人……本狼？　にもわからないと言っていたが……それでも長い人生……狼生？　で此処までの手傷を負ったことはなかったそうだ。

「ワイバーン相手にもこんな傷は負わなかった。まぁ、奴等《やつら》は単純な生き物だからな。奇襲とは恐れ入った」

「でもこんなの人間なら誰でも思いつく作戦だ。僕より強い人間なんて世の中に沢山いるぞ」

「そうかもしれない。だが我は此処しか知らない。だから修行の旅に出ようと思う。我より強い奴を探しにな」

そう言って口角を歪ませる。いちいち顔が怖い。

「記念に殺すとかじゃないのか」

「お前はそんなに死にたいのか？」

「アサギを殺すなら私は死んでもお前を殺す」

静かな遺跡にダニエラの声が響いた。

「いや……我も命は惜しい。これ以上は危険だな」

「ふん、どうだかな」

ジッとベオウルフを睨むダニエラだが、僕が肩を叩くと一歩引く。

「まぁ、殺さないって言うなら有り難く思うよ。此処で死んだらダニエラが可哀想《かわいそう》だ」

「確かにな」

こうしてベオウルフとの遭遇《そうぐう》戦は終結した。……ということで、いいんだよな？

「はぁ……何か安心したら力抜けてきた。元からあんまり力入ってないけれど」

ぐったりしながら天井を見上げる。先程の戦闘で天井が崩れたのか、月光が部屋を照らしている。少しあった雲が晴れたのか、一際明るくなったその光が部屋を隅々《すみずみ》まで照らす。すると僕が倒れていた小部屋の壁の亀裂《きれつ》から淡い光が差し込んだ。何だろう、向こうにも部屋があるのだろうか。僕はよく見ようと身を捩《よじ》る。するとダニエラが顔を上げた。

「アサギ……どうした……？」

「……いや、彼処さ。なんか光が……」

「ん……本当だ」

二人して壁の亀裂を見つめる。

「どれ、我が崩してやろう」

ベオウルフが気を利かせてくれたのか、ちょうど僕の頭の横にあった壁の破片を脚で蹴り飛ばす。思わずヒィッ！　と声が出る。死ぬかと思った。

破片は真っ直ぐ亀裂に向かい、轟音とともに突き崩した。淡い光が少し広がって僕たちを照らす。僕は漸く動くようになってきた体でその小部屋を覗こうと立ち上がった。


部屋から漏れ出る光が崩れた岩の影を伸ばす。その影を踏みながら僕たちは部屋へと入っていった。

「これは……？」

「古代エルフの物、だろうな」

ダニエラがソレを見て呟《つぶや》く。

「でもこれ、１０００年以上前の物、なんだろう？　こんなに綺麗に保存されているものなのか？」

「それこそが超魔導時代と言われる所以《ゆえん》だ。保存魔法、環境魔法が現在のレベルとは段違いだ。だから壊れも劣化もしない。だからこの武器たちは１０００年前と同じ姿で残っているんだ」

そう、部屋に安置されていたのは武器だった。先端が四角い両刃《りょうば》の直剣。それなりに大振りの片刃《かたは》の短剣。丸みを帯びつつも切れ味の鋭そうな大きめの刃の槍《やり》。透き通るような翠《みどり》の素材で作られた短弓には派手《はで》さはないが、底知れぬ力強さを感じる。刃物に関しても刃の部分はどれも弓と同じ美しい翠色だった。恐らくそういう金属なのではないかと思う。いずれも、よく撓《しな》るし、そして硬《かた》い。普通の金属ではないのは明らかだ。それらが硬質な台の上に置いてあった。

「古代エルフの武器、か。綺麗だな。まるで芸術品だ」

「アサギの感想は間違ってない。武器として使えば最高の物だ。劣化しないということは刃毀《はこぼ》れもしないということだからな。大きな手入れは必要ない。そしてその時代の産出物は工芸品としても非常に価値がある。貴族連中はこぞって集めたがる。観賞用としてな」

なるほどな……つまりお値段としてもそれなりにするわけだ。売るつもりはないが。というかそもそも……

「持って帰っていい物なのか？」

「構わんだろう。この地を治める領主が何か言うかもしれんが、今まで見つかっていない遺跡から出た物だ。冒険者が探索して見つけたものだから、欲しいなら買い取るしかないだろうな」

「なるほどな。じゃあ頂いていくとするか。が、今は剣の技術を極《きわ》めたいからダニエラが貰ってくれないか？」

そう言って腰に下げた剣をぽん、と叩く。大将に武器も頼んでいることだし、それに大将にも言われたことだ。良い武器は人を育てない。僕にはこの武器はまだ早い。

「いや、私は……」

ダニエラは自身の武具を見る。愛着がある武具なんだろう。持ち替えることに思うところがあるんだろうな。

「とりあえずそんなには持てない。持つだけならアサギにも頼めるだろう？」

「仕方ない。戦闘になったら邪魔かもしれないけど、いずれいろんな武器で戦うつもりだから多く持った状態で動く訓練でもするか」

「その必要はないぞ」

今まで空気のようだったベオウルフが割り込んでくる。

「フォレストウルフの群れならこの遺跡に入る前に引き上げさせた。我の戦闘に巻き込むつもりもなかったからな。多少空気も魔素も変わるが南の森に向かわせた」

彼処はゴブリンの森じゃないか。戦争でも始まるのか？

「元々此処もゴブリンが多くいた森だ。我が来たことで空気が変わったみたいだが、何、向こうもまた我の眷属《けんぞく》の森になるだろう」

フォレストウルフが好む魔素というのはベオウルフの発する魔素が原因だったらしい。南のゴブリンの森はフォレストウルフの森に変わるだろう。そして北のフォレストウルフの森の魔素も変わる。つまり追い出されたゴブリンは北の森へ行くことになる。入れ替わりだな。

頭の中の地図に情勢の交代を書き記しながら古代エルフの武器を手にする。リィン、と鈴のような音が聞こえる。色々武器の位置を変えながら装備していき、最終的に僕が直剣と槍と弓を、ダニエラが短剣を持つことになった。

「悪いなアサギ。矢筒のことを忘れていた」

弓はダニエラに持ってもらう予定だったのだが、既《すで》に装備していた矢筒が邪魔になったらしい。古代エルフの弓には矢筒のオプションはなかったが。

「戦闘はない予定だからとりあえず僕が持つよ。とりあえず町に戻ってから考えよう」

僕たちは古い時代の武器を手に、遺跡を後にした。色々あったが、これで強化合宿は幕を閉じる。


と思ってたらいつの間にか傷が殆《ほとん》ど治っているベオウルフが、拠点へと帰ろうとしている僕を呼び止める。

「そうだそうだアサギ。貴様に渡すものがある」

「いい加減お前の所為で疲れたから帰りたいんだが」

「まぁそう言うな。我くらいのクラスになると色々知識が増えてな。どういう仕組みかはわからんが、付与《ふよ》というのができるらしい」

「付与？」

「うむ。我、ベオウルフの付与だ。有り難く受け取り、そしてそれを使いこなして再び相見《あいまみ》えた時はまた存分《ぞんぶん》に戦おう」

僕の返答を待たずしてベオウルフは深く息を吸い込み、大きく、長い遠吠えをする。するとベオウルフから放たれた鳴き声が粒子《りゅうし》となり僕に降り注いだ。森色の粒が僕の体に吸い込まれて、唐突《とうとつ》に理解する。奴同様、仕組みはわからんが新たなスキルを会得《えとく》したのがわかった。

「『森狼の脚』、上手く使えよ」

それだけ言うとベオウルフは口角を歪ませ、風のように去っていった。

「はぁ……騒がしい奴だったな」

「生きているのが奇跡だな……」

ダニエラと二人で溜息を漏らす。そういえば気になることがあった。

「ダニエラ、さっきはえらく動揺してたが大丈夫か？」

「あ、あぁ……そうだな……。流石に動揺し過ぎた。修行が足りなかったな」

「修行云々《うんぬん》じゃないだろう……何か、あったのか？」

行間には『昔』という単語が入る。

「アサギには話しておいた方がいいか……とりあえず、拠点に戻ろう」

「だな……」

疲れた体を動かし、僕たちは再び、というか漸くというか、拠点を目指し始めた。

□　□　□　□

道中、フォレストウルフによる襲撃はなかった。気配さえなかったからな。ベオウルフが言っていたことは本当だったのだろう。焚き火に火を付け、残っていた食材でもう一度料理を作っているとポツポツとダニエラが語りだした。

「あれはもう、70年前になるな」

「ちょっと待って」

前過ぎないか？　今いくつだ。

「アサギ、そういうのはマナー違反だぞ。とりあえずもうすぐ２００とだけ言っておくが」

「十分だよ……」

ダニエラさん、もうすぐ２００の大台突破だそうです。

「一族がな、魔物にやられたんだ」

スタンピード。異常発生した魔物たちの、死の行軍。それが原因だったそうだ。死の行軍自体ならよくある話らしい。が……

「竜種のスタンピードは滅多《めった》にない。そもそもあまり増える種族じゃないからな。厄介な魔物だし、幼体の時点で討伐対象になる。成体の竜種なんて軍を出さなきゃ討伐もままならない。そんな成体のスタンピード。一族は壊滅したよ」

それを目の前で見ていたダニエラ。家族と逃げようと慌てて自宅の外に出た瞬間、暴走した竜種に目の前で両親を踏み潰《つぶ》されたらしい。四散《しさん》した父と母の血と臓物を浴びて気が動転しながら自宅へ引き返し、地下の食料庫に身を隠していたそうだ。濃い血の匂いのお陰で竜種の鼻から逃れられたんじゃないかとダニエラは言う。

「しばらくは恐ろしくて外にも出られなかった。幸い、食料庫だったから食うには困らなかった。きっちり2週間分だ。どうにか、おかしくなりそうな気持ちを、抑えつけた。そして日々、節約しながらも食い尽くしたのが事故から1カ月後だ」

久しぶりの地上は地獄のようだったという。時間が経《た》っても消えない血の匂いと腐臭《ふしゅう》。魔物に食い散らかされた死体が散乱する光景にダニエラは空《から》の胃から胃液を吐いた。

それでも生き残ったダニエラは潰れた家の中から引っ張り出した父が自分に買ってくれた狩り用の防具を身につけ、形見《かたみ》になってしまった母から譲《ゆず》り受けた武器を手に、白エルフの集落から脱出したらしい。

そう言ってダニエラは木に立てかけた武具を見る。そうか……あれはそういう物だったのか。古代エルフの武器を貰ってくれと言った時のダニエラの表情を思い出した。

煮えたスープを器によそって差し出すと、ダニエラは優しく微笑む。

「あの時の光景はまだ脳裏《のうり》に残っている。忘れたように過ごしていても、未《いま》だに夢に見ることがある。その日の朝は決まって涙で瞼《まぶた》が濡れているんだ。過去になった出来事だが、きっと私は死ぬまで覚えているだろう。忘れることはあっても、なくなることのない記憶だ。でもな、アサギ。何でかわからないが、お前となら乗り越えられるような気がするんだ……」

ダニエラがあの時、僕に縋《すが》りついた光景を思い出す。僕を押さえつけていたのはベオウルフの脚だった。踏み潰されそうになった瞬間が、ダニエラの過去の記憶と重なったんだろう。それを思い出しながらちらりとダニエラを盗み見る。スープの入った器を両手に持ちながらゆっくり飲む彼女が泣き疲れた童女のようにも見えた気がした。

僕もスープを飲む。疲れた体に染み渡るスープは、最後まで味がわからなかった。

□　□　□　□

その後は会話らしい会話もないまま、食事は終わった。会話しながらっていう空気でもなかった、というのもあるが……。だがいつまでも落ち込んだ空気じゃいられない。何か、気分転換が必要だ。

「ダニエラ、散歩でもしよう」

「散歩？」

「あぁ、フォレストウルフもいなくなったし、平和な森の景色を見て歩くのも悪くないんじゃないかと思ってさ」

そう言いながら辺りをぐるりと見回す。すっかり朝になってしまった森はキラキラと朝露《あさつゆ》を陽《ひ》の光が照らしている。青々と茂った葉の隙間からは木漏れ日が差して幻想的だ。徹夜だが不思議と眠くはない。あれだけの戦闘を繰り広げたから体が火照っているのか興奮しているのか、兎に角眠気はなかった。ダニエラも欠伸《あくび》一つせずに椅子《いす》に座っていた。逆に言えば歩いて気持ちを落ち着かせれば眠気も来るんじゃないか？　とか提案してから思っていたりする。

「そうだな……一応武器は持っていこう」

「だな」

ダニエラの返事に頷きながら鉄の剣を装備する。これで準備良し。こんな森の奥だ。貴重な武器を置いてっても盗む人間なんて存在しない。振り返るとダニエラも形見の剣を下げていた。

「行こうか」

「あぁ」

火の始末《しまつ》をしてから僕たちは連れ立って歩き出した。

□　□　□　□

澄《す》んだ空気が森の中を満たしている。大きく深呼吸すると新鮮な空気が草や土の匂いと少しの水分を含んで僕の中へ流れ込む。非常に清々しい気持ちになる。この自然たっぷりの異世界に来てまぁまぁ経つが、それでもこの空気は飽《あ》きない。いつだって土の匂いは僕を癒《い》やしてくれる。

二人の散歩を邪魔する輩はいなかった。どうやらすっかりフォレストウルフの大移動は終わったらしい。そもそも数を減らしていたわけだし、今頃ゴブリンの森はてんやわんやになっているだろう。魔物の事情は魔物に任せるに限る。

「気持ち良いな、アサギ」

「そうだなー……朝の森は好きだな」

「森が好きなのは良いことだ。古代エルフは森を増やして版図《はんと》を広げたと言われている。あの武具を使うのに森が関係してくるのは必然だろうな」

「そうなのか。……やっぱりダニエラはあの武具を使うことに躊躇《ためら》いがあるのか？」

隣を歩くダニエラがぐぐ、と両手を上にあげて伸びをする。

「んんっ……はぁ。この剣と弓は母の形見だ。この武具だけを頼りに生きてきた。きっとこれからもきっと手放すことはないな」

「そっか。悪かったな……貰ってくれとか、事情も知らずに押しつけて」

「いいんだ。アサギが言うように知らなかったんだ。悪いことじゃないさ」

ダニエラが笑って僕の肩を叩く。ダニエラを元気づけるつもりが僕が励《はげ》まされている。解《げ》せぬ。

「古代エルフの武具、人間の僕に扱えるんだろうか」

「問題ないだろう。君ならではのユニークスキルもあるし、何より武具は使ってこそだ。どんな武具も器用に扱える君にぴったりなんじゃないか？」

そういうものなんだろうか。何だかレベル低いのにチート武器を与えられたみたいで落ち着かない。主人公補正なんてあるはずないのにな。

「じゃあしょうがない。有り難く貰うしかないか。まぁすぐに使うってわけじゃないけどな」

「まずは基本、がコツだろう？」

宝の持ち腐れな気もするが、急《せ》いては事を仕損《しそん》じるっていうしな。コツは守らねば成長しない。

二人で歩く森の上からチュンチュンと鳥の鳴き声が降ってくる。あぁ、夜勤明けみたいだなあとか馬鹿なことを考えながらしばらく歩き、そして野営地へ戻った。

良い感じに睡魔《すいま》がやって来たので二人で少し仮眠するつもりが気づけば昼過ぎだった。慌てて帰り支度《じたく》をしてお世話になった空き地を見る。たった3日だがいろんなことがあったなぁ。

「行くぞ、アサギ」

「あぁ、今行く」

ガチャガチャと増えた武具を揺らしながらダニエラの後を追う。昼過ぎの陽が照らす森を抜けて僕たちはフィラルドを目指す。何度かの休憩と2回の野営をして未踏《みとう》の森を抜けた。疲れが溜まり、重くなった足を交互に動かしながらフィラルドへと続く獣道《けものみち》を歩いている時、ゴブリンたちのお引っ越しを見た。子供を連れて走る2匹のゴブリンはそれはもう必死に走っていた。彼らが北の森に住み、定着したらベオウルフは旅に出るのだろう。いずれまた会う時、僕は彼を殺すのだろうか。殺せるのだろうか。そんなことを考えながら歩く。そして漸く森を抜けた。僕の目の前にはあの日見た門が変わりなく開いていていた。

第六章　さようならフィラルド

古代エルフの武器はギルドで管理してもらうことにした。僕の固有登録を魔法と血液で行い、金庫に入れてお終《しま》いだ。これで金庫は僕にしか開けられない。しかし例外的にギルドマスターが開けられるそうだ。この町を離れる時は忘れずに持っていかないとな。採取したフォレストウルフの牙《きば》も引き渡し、代わりに報酬《ほうしゅう》として行きの3日分の狩りの成果である金貨4枚と銀貨を少し貰《もら》った。相場的にも品質的にも良い感じ！　とのフィオナさんのお墨《すみ》付きだ。勿論《もちろん》それは二人で分けた。最後にフィオナさんが何か言いたそうな顔をしていたが無視して酒場へと足を運ぶ。帰還《きかん》祝いというか、合宿お疲れ様会というか、ささやかな宴《うたげ》を二人で行った。僕は魚料理を、ダニエラは好きな肉料理を食べながらちょっと辛《から》めの酒を流し込む。染《し》みるなぁ……。昼間から飲む酒は背徳《はいとく》感と共に味わうのが礼儀というものだ。

さぁ報告も無事に済んだし腹も満たした。では宿へ戻ろう、としたところで後ろから攻撃された。背中を平手でバッシィーンと。良い音がした。

「なんすか……」

「なんすか、じゃないよアサギくん！　何あの武器!!」

「あー、はい。拾いました」

フィオナさんが後ろから睨《にら》んでくる。さっき言いかけてたことだろう。それにしても相変わらず気安い。そう言えばますます気安い対応になってるけど何でだろう。気になる。

「ちょっと、距離近いですよ。職員の立場考えてください」

「んぇー、だって今のうちに唾《つば》つけておかないと……」

「はぁ？」

「アサギくん、どう見たって原石だし、捕まえられれば将来玉の輿《こし》じゃん？」

なんて女だ……怖過ぎる。

「僕はそんな逸材《いつざい》じゃないですよ」

「3日であれだけの牙を納品してあんな武器まで拾ってくるなんてどう考えても逸材でしょ？」

「ダニエラがいたお陰《かげ》ですから」

「それもあるかもしれないけどぉ」

ゆっさゆっさと揺らしてくるフィオナさん。勘弁《かんべん》してくれ……疲れてるんだ……うわ、酔いが回る。助けをダニエラに視線で求めてみた。

「いや、確かにアサギは凄《すご》い奴《やつ》だ。将来良い冒険者になるぞ」

うんうんと頷《うなず》くダニエラ。違う、そうじゃない……。

「ほーらやっぱりそうじゃんか！　ダニエラさんの言う通り！」

「まぁまだアサギも駆け出しだ。慢心《まんしん》せずに頑張るんだぞ」

勘違《かんちが》いコンビに挟《はさ》まれて僕は天を仰《あお》ぐ。さてこの状況をどうやって切り抜けよう。僕は疲れた頭と体で算段しなければいけないことに自然と溜息《ためいき》が漏《も》れてしまった。


結局あの後、僕は適当に相槌《あいづち》を打ちながら無理矢理ギルドを脱出した。はいはいそうですねーは最強の鉾《ほこ》であり盾《たて》だ。

6日振りに帰った春風亭《はるかぜてい》でまずは延長料金を支払う。知人割りは本当に助かる。

ダニエラと別れて部屋に戻る際にミゼルさんとすれ違った。

「あらぁ、アサギさん。お久しぶりですぅ」

「お久しぶりです、ミゼルさん」

「森に籠《こ》もってたそうじゃないですかぁ。元気そうで何よりですぅ」

「あはは……無事に帰ってこられたのがラッキーです」

そうなのですかぁ？　と首を傾《かし》げるミゼルさん。そうなのです。と答えて苦笑する。あったことを話してたら長くなっちゃうし、長くなるということは彼女がマリスさんに怒鳴られるということだ。其処《そこ》は彼女も弁《わきま》えているみたいで、

「ふふ、色々気になりますが、ママに怒られてしまうので行きますねぇ。また今度」

「はい、頑張ってください」

　ということで手を振って別れる。貸し与えられている2階角部屋の扉に鍵《かぎ》を差し込み、捻《ひね》って開ける。久しぶりのベッドを目にした途端《とたん》に睡魔《すいま》が僕を襲ってきた。何だかんだで疲れが溜《た》まっていたのだろう、ベッドの上に淫魔《いんま》を幻視しながら真《ま》っ直《す》ぐに倒れ込む。着の身着のまま、僕は気づく間もなく夢の世界へと旅立っていた。サキュバス的な輩《やから》も現れない程の深い眠りは、邪魔するものもなく朝まで続いた。

□　□　□　□

　規則正しい生活というのはどんな状況でも発揮《はっき》されるようで、あれだけ疲れていたのに朝日とともに目が覚める。夜勤時代の僕であれば二度寝と洒落込《しゃれこ》んでいたのだが生活リズムがそれを許してくれない。悔《くや》しいが此処《ここ》はベッドから出るしかない。

　着替えを持って階下へ降りる。いつもの、でも久しぶりの共同浴場だ。日本的に言えば銭湯《せんとう》だな。温泉ではない。いつもより多い朝帰りの冒険者諸君に軽く会釈《えしゃく》して体を流す。なんだか掛け湯だけで愉悦《ゆえつ》の声が漏れる。しかし濡《ぬ》らした布で体を拭《ふ》くぐらいはしたが、実質6日振りだ。しっかり洗ってから湯船《ゆぶね》へ入るのだ。湯船ちゃん待っててねぇと心の中で呟《つぶや》きながらしっかり洗う。

そして待望の湯船だ。まずはつま先から。痺《しび》れるような熱さが脳天へと駆け上がる。短く、浅い呼吸を繰り返しながらそっと足を沈めると、まるで柔らかな女体に挟まれているかのような錯覚《さっかく》を覚えた。挟まれたことがないのでわからないが、自然と口が開いてしまう。刺激が強すぎる。ゆっくりだ、ゆっくりいこう。もう片方の足も湯船へ沈める。くっ、駄目だ！　立っていられない！　だが此処で倒れては駄目だぞ、上社《カミヤシロ》 朝霧《アサギ》。気をしっかり保《も》て！

震える足で何とか対岸の壁際へと移動する。壁を背に、支えに、慎重に、体を湯の中へ沈める。あっ、駄目だ。

「あぁぁぁあああぁぁぁ……」

声が出てしまった。ビクンビクンと悶《もだ》えながら全身を沈め、脱力した四肢《しし》が湯に溶ける。

「うるせぇな。普通に入れや！」

怒られた。僕は呂律《ろれつ》の回らない舌《した》で謝罪しながら、そんな注意もすぐに忘れて久し振りの風呂を楽しむ。全く、彼らには情緒というものがない。風呂に入って声が出るのは生理現象だろうが。ていうか大体いつも声出てるけど普段は怒られないよなぁ。何かあったんだろうか。冒険者たちを眺《なが》めると眠そうな顔と疲れた顔が入り乱れている。

「何か、疲れてますね。何かあったんですか？」

先程怒ってきた冒険者に聞いてみると、その場にいた他の冒険者たちも口々に語りだす。

「あぁ……何かあったなんてもんじゃねぇよ。訳がわからねぇ。いきなりフォレストウルフどもが南の森に現れたんだ」

「昨日の夜に監視役の衛兵《えいへい》が見つけてよ、冒険者たちは慌《あわ》てて武器持って集結さ。警戒《けいかい》してたけど移動しただけで特に何かあったわけじゃあないんだが……強《し》いて言えば追い出されたゴブリンが町の方に走ってきたのを何匹か仕留《しと》めたくらいか？」

「そうだな。結局何だったんだ？」

ふぅん、不思議なこともあるんだな。僕は額《ひたい》を流れる湯の熱さとはまだ別の汗《あせ》を手の甲《こう》で拭《ぬぐ》いながら彼らを労《ねぎら》う。

「謎ですね。でも何事もなくて良かったですよ。今日はゆっくり休んだ方がいい。じゃあ僕はこれで。お疲れ様です」

一息にそう言って風呂を上がる。おーぅという冒険者の声に会釈を返しながら僕は浴場を後にした。


さて、今日の予定は休日だ。と、ダニエラには昨日のうちに連絡しておいた。各自好きに過ごすのだ。各自っつっても二人だが。

というわけで僕は大将の鍛冶《かじ》屋へ来ていた。

「大将、いますかー」

「アサギか！　おめぇ、待ちくたびれたぞ！」

濛々《もうもう》と熱気を垂《た》れ流しながらアラギラが鍛冶場から現れる。

「武器貰いに来ました」

「おうよ、これが俺謹製《きんせい》の鋼鉄の剣だ。ちょっとやそっとじゃあ壊れねぇから安心して叩《たた》っ斬《き》れ」

「僕、技巧派なんで丁寧《ていねい》に叩っ斬りますよ」

適度に矛盾《むじゅん》した返しをしながら予約カードを大将に渡して、代わりに立てかけてあった剣を受け取る。前の剣よりは多少重い。以前の鉄の剣の時は重さは同じような物を選んでいたが、基礎は終わり、次は発展だ。その辺は調整していくしかない。なんせ何でも使えるようにが目標だ。重いのも軽いのも振れなきゃ話にならない。

「ありがとうございます。抜いてみても？」

大将はどうぞとばかりに顎《あご》をしゃくる。頷いて、鞘《さや》から抜く。見事な剣身《けんしん》だ。両刃《りょうば》直剣、綺麗《きれい》な銀色だ。お弟子《でし》さんの鍛《きた》えた剣とは違い、鍔《つば》の部分にちょっとした意匠《いしょう》がある。剣と金槌《かなづち》のエンブレム。

「それが、この俺アラギラが鍛えたという証拠だ」

なるほど、アラギラ工房製の証拠みたいなものか。それを聞いた途端、幾《いく》らか誇らしい気持ちになる。カウンター前から移動し、周りの安全を確認してから振ってみる。縦《たて》に、横にと振るが持って行かれる感覚はない。僕自身の腕が上達している証《あかし》だろう。安心した。スキルに振り回されるのは御免《ごめん》だ。

　剣を鞘に戻し、腰に下げる。カウンターに戻って大将に頭を下げる。

「ありがとうございました。良い剣です」

「ったりめーだろう！　それと此奴《こいつ》はサービスだ」

「お？」

　大将がカウンターの下から短剣を取り出した。見た感じ、鋼鉄の剣と同じだ。意匠も大将謹製。

「鋼鉄製の短剣だ。短剣だけ鉄製ってのも味気ねぇだろう？」

「ありがとうございます……大将に頼んで良かったです」

「そうだろうそうだろう！」

　満面の笑みで大将が僕の肩を叩く。曲がりそうになる膝《ひざ》に力を入れ、歯を食いしばりながら僕も笑い返す。

「しかしおめぇ、聞いたぞ。古代エルフの武器を手に入れたらしいじゃねぇか」

「あ、もう聞いてます？」

「ちょっとした噂《うわさ》にはなってるな」

　昨日の今日なのに冒険者界隈《かいわい》にはもう広まっているらしい。全く口の軽い奴等《やつら》だ。

「昨日まで森で合宿してたんですけど、その時見つけた遺跡の小部屋に隠されてまして」

「ほぉ……で、ブツは？」

「ギルドに預けましたよ。流石《さすが》にあんなもん持ってうろつけないですよ」

「あんだよ、持ってこいよなぁ」

がっかりと肩を落とす大将。しかしすぐに立ち直り、興味津々《しんしん》といった感じで質問してくる。

「切れ味はどうよ？」

「まだ使ってないです」

「……」

またがっくりと肩を落とす。迫力の塊《かたまり》が落ち込む様《さま》は見ていて面白《おもしろ》い。

「まだ剣技を習得したわけではないですし、それにほら、大将に頼んだ此奴がありますから」

そう言ってぽん、と鋼鉄の剣を叩く。大将はがっかり半分、嬉《うれ》しさ半分の表情で顔を上げる。

「……だな。おめぇのそういうところ、気に入ってるぜ。武器ってのは使ってなんぼだが使われてちゃあ意味がない。アサギ、武器に頼るな。だが、武器に頼れ。其奴《そいつ》がお前を守ってくれるんだからな」

頷いて、剣を見る。深夜アルバイターがこの世界で生き残るには此奴がなくちゃいけない。改めてそれを実感した僕は身が引き締まる思いで大将の店を後にした。

さて、約束した武器の引取も終わった。因《ちな》みに飯《めし》はさっき屋台で食べた。いろんな屋台の飯を抱えて公園方面にダニエラが歩いていった気がするが多分、気の所為《せい》だ。気の所為ったら気の所為だ。

次にやること、それを思い出しながら奴の台詞《せりふ》も思い出す。

『『森狼の脚《あし》』、上手《うま》く使えよ』

そう、ベオウルフの付与《ふよ》だ。付与とは何なのか。それを確認するために一度、春風亭の自室へ戻る。

「ステータスオープン」

◇　◇　◇　◇

名前：上社　朝霧
種族：人間
職業：冒険者（ランク：E）
LV：33
HP：324／324
MP：295／295
STR：129　VIT：122

ＡＧＩ：３７５　ＤＥＸ：１６２
ＩＮＴ：１３４　ＬＵＫ：14
所持スキル：器用貧乏・気配感知・森狼の脚・片手剣術・短剣術・槍術《そうじゅつ》
所持魔法：氷魔法・水魔法・火魔法
受注クエスト：なし
パーティー契約：ダニエラ＝ヴィルシルフ
装備一覧：頭－なし
　　　　　体－革《かわ》の鎧《よろい》
　　　　　腕－革の小手
　　　　　脚－なし
　　　　　足－革の靴
　　　　　武器－鋼鉄の剣
　　　　　　－鋼鉄の短剣
　　　　　装飾－なし

◇　◇　◇　◇

ふむ、やっぱりという感じだな。スキルとして表示されている。

此奴がユニークスキルかただのよくあるスキルなのかで言えば、明らかにユニークスキルだ。其処《そこ》等の人間がベオウルフに付与されてちゃ敵《かな》わない。

使い方に関しては《器用貧乏》のお陰で理解した。この《森狼の脚》というスキル、結果的に言えば僕にぴったりのスキルだった。

いつも通り、４分割された脳内映像では僕の脚に銀と翠《みどり》の混じった風が渦巻《うずま》いている。そのまま走り出したイメージの僕はまさに風の如《ごと》く、飛ぶような速さで動いていた。別の映像では飛びながら空中で方向転換なんかしてやがる。ぶっ壊れスキルじゃないか……。

しかしぶっ壊れ過ぎだ。扱える自信がない。絶対こんなの酔うわ。

だがこれでスキルに関しては理解した。マジ凄いって理解した。速度を活《い》かし、あらゆる方向から、あらゆる武器で強襲する。それは僕が描くバトルスタイルの理想形そのものだった。

しかし問題が残る。付与だ。実際、付与自体はあることかもしれないが、魔物からの付与とか、そんなことあるのか？　もしあるのなら一体誰に聞けばいい？

ゴロゴロとベッドで転がりながら悩む。

「はー、こういう時ネットがあれば調べられるのにな……」

延々《えんえん》と考え、悩み、ついついでかい独《ひと》り言も漏らす。そしてそれで気づいた。

「調べるなら図書館があるじゃないか！」

図書館があるかはわからないが。何なら何処《どこ》その本屋でもいい。もう太陽も頂点を過ぎているが思い立ったが吉日、僕は部屋を飛び出して宿の女将《おかみ》であるマリスさんを捜す。しかし宿の中にはいなかった。諦《あきら》めて外へ出ると何のことはない。お洗濯中でした。

「マリスさん」

「おや、アサギ。どうしたんだい？」

大きなシーツを洗濯紐《ひも》に引っかけながらマリスさんが振り返る。

「ちょっと聞きたいんですけど、この町に図書館とか本屋さんってありますか？」

「んー……本は貴重だからね。そういうのは王都にでも行かなきゃないんじゃないかね」

ガーン、だな。そうか……現代日本と違ってこの世界には印刷技術なんてもんはまだないんだな。恐らく手書きなんだろう。ないなら仕方ない。行くか？　王都。

「でも本好きな爺《じい》さんならこの町にいるよ」

「えっ、本当？」

「あぁ、まぁちょいと変わり者だけどねぇ」

そう言ってくっくと笑う。どんな偏屈《へんくつ》じじいでもばばあでもいい。紹介してほしい。

「その人に会うにはどうしたらいいですかね……」

「安心しな。あたしが手紙を書いてやるよ」

流石マリスさんだ。顔が広い。僕はお礼を言って再び出かける準備をするために自室へ戻る。

用意して降りてきた時には手紙は書き終えられていて、マリスさんがすぐに手渡してくれた。ついでに地図も貰えた。

「はいよ。行っといで！」

「ありがとうございます、マリスさん。行ってきます」

僕は会釈して宿を後にした。さて、どんな人がいるのだろう。

□　□　□　□

「何じゃあ、お主《ぬし》は。何の用じゃ？」

「はい、マクベルさんが本の蒐集《しゅうしゅう》が趣味と聞いて。実は調べたいことがあるのですが伝手《つて》がなく、泊まっている宿の女将のマリスさんに聞いてみたら此処に行くといいと言われまして」

「ほう、マリスの知り合いか。主《ぬし》の名は？」

「アサギ＝カミヤシロと申します」

「アサギか。良い名じゃ」

というやり取りがあった。

マリスさんに紹介された本好きの爺さんこと『マクベル』は、大変お歳《とし》を召した方だ。白髪を後ろに流して、手には杖《つえ》。腰は曲がっているがまぁ、元気そうだ。

彼の家は町の外れにあった。防壁近くだが、空《あ》いたスペースに無理矢理建てたような大きな家。其処に彼は一人で住んでいる。と言っても何人かの召使《めしつか》いさんがいるようで、応接室に案内してくれたのも召使いさんだ。本部屋に行く途中も何人かとすれ違い、会釈を交わす。窓にはカーテンがかかり、薄暗い。本のためだろうか。

「此処が蔵書室じゃ。丁寧に扱うんじゃぞ」

「ええ、勿論。ありがとうございます」

マクベルが自《みずか》ら開けた部屋に入り、言葉をなくした。息を呑《の》むとはこのことか。目の前には膨大《ぼうだい》な書物が所狭しと並んでいた。思わずマクベルを見返すと、彼は我慢《がまん》しきれずといった感じで呵々大笑《かかたいしょう》する。

「かっかっか！　良い顔じゃのう！　驚いたか？　ええ？」

「……言葉もないですよ。この量は流石に予想外です」

「かっかっかっか！」

ご機嫌な爺さんだ。こんな爺さんがどうしてこれだけの書物を？　単に金持ちの爺さんなのか？

「くっく、わかるぞ、その顔。『何でこんな爺《じじい》がこれだけの本を？』と考えているんじゃろう？　まぁ、金じゃや。後は伝手じゃ。儂《わし》は元王宮司書でな。引退時に写本された後の本をごっそり安値で買い取ったんじゃよ」

「なるほど……」

この時代、きっと古書でも貴重だろう。だが司書と金というアドバンテージがこれだけの蒐集を手助けしたんだろう。納得できる話だった。

「隠居《いんきょ》している身だがこれでも元侯爵家の人間。多少の融通《ゆうずう》は利《き》くしのう」

何と、お偉《えら》いさんだった。途端、しどろもどろになるのは安い賃金《ちんぎん》で働いていたアルバイターの性《さが》だろうか。

「かっかっか！　そうかしこまらんでいい！　今の儂はただの本好きの爺さんじゃよ。それに儂が侯爵だったわけじゃあない。政治より本が好きで、無理を言って司書をやっとったんじゃ」

僕は侯爵とかそういう位《くらい》の話はただ偉い人間だという認識しかない。この爺さんの言うような無茶が通るような世界なのかどうかは知らないが、マクベルが言うならそうなのだろう。

「さて、儂のつまらん話より本じゃ。本より優先する話など何処の世にはないもんじゃて」

本当に本が好きなんだな。じゃあ あまり待たせても悪い。早速《さっそく》本題を切り出すとしよう。

「実は付与というものについて調べたいのです」

「付与、のう。また面白い話を調べに来たんじゃの。さて、それならば此方《こっち》に……」

歩き出した本好き爺さん、マクベルの後を追う。さて、付与についてわかることはあるのだろうか。僕は期待に胸を膨《ふく》らませながら薄暗い部屋の中、彼の後をゆっくりとついていった。

マクベルに案内されて本の谷を進む。古い紙の匂《にお》いに囲まれた空間はどこか落ち着く。

「おぉ、この本じゃな」

喜色満面《きしょくまんめん》といった感じで一冊の本を僕に手渡す。本当の本当に本が好きなんだなと思うと自然と此方も笑顔になる。

「ありがとうございます、マクベルさん」

「いいんじゃよ。其奴を読んでいる間に他の付与に関する本を探しておこう」

「助かります」

そう言って本を手に谷を戻り、机と椅子《いす》が置いてある談話室のようなスペースに行き、椅子に座って本を机の上に置く。

「『付与術』か。ストレートなタイトルだな……」

まさに付与！　といった感じの本だ。さて、読んでみよう。この世界の文字は読める。仕組みはわからないが……古い本だが古代文字とかでも読めるのだろうか。まぁまずは読んでみないとわからない。僕は深呼吸一つ、文字の海にダイブした。

□　□　□　□

目が痛い。腰と背中も痛い。ついでに言えば肩もなんか痛い気がする。

「くぁ……」

ぐい、と凝《こ》り固まった体を伸ばす。パキポキと乾いた音が体中から聞こえる。

結果から言うと魔物による付与の謎は解けなかった。何冊かマクベルが本を持ってきてはくれたのだが残念ながらどれもハズレだった。

『付与術』は他人のステータスを上げるスキルについての本だった。バフ系スキルだな。

『与えられた力』は神に力を与えられた男が成り上がる冒険記だ。主人公補正凄い。

『……ゴニア……の侍女《じじょ》』はタイトルが掠《かす》れていて読めなかった。中身もよくわからなかったが多分何も関係ない。

『魔物研究録』は僕が付与と魔物の関係性を調べたくて頼んだ。小さな魔物の子供を育てた研究者の記録だ。付与に関しては記録されていなかった。

他にも多数の本を読んだが魔物が人に付与し、スキルを授けるなんて話は出てこなかった。神がスキルを授ける、なんて話は多いのに不思議と魔物が人に、という話は出てこない。『魔物研究録』に関しては準禁忌《きんき》指定されているらしい。

魔物に関する記録、逸話《いつわ》が意図的に消されている？　というのは考え過ぎだろうか。マクベルがたまたまそういった書物を持っていなかっただけかもしれないが。

本を閉じ、ぐるぐると纏《まと》まらない考えを整理しているとマクベルが侍女を連れて戻ってきた。

「どうじゃ、お主の知りたいことはあったかね」

「色々読みましたがありませんでした」

「ふむ……」

顎に手を当てて考え込むマクベル。二人して悩んでいると僕とマクベルの間に茶器が置かれ、温かい紅茶が注がれた。侍女さんの淹《い》れてくれた紅茶だ。飲んでいいのだろうかとマクベルを見ると視線で促《うなが》される。

「すみません、いただきます」

ほのかに湯気の立つカップに口を付けてゆっくり飲む。芳醇《ほうじゅん》な香りと優しい味が口内に広がり、鼻から抜ける。

「美味《おい》しいです」

「ふふ、ありがとうございます」

侍女さんにお礼を言うと優しく微笑《ほほえ》まれる。プロって感じだ。

「考え過ぎはお体に障《さわ》ります。適度に休憩《きゅうけい》なさってくださいね」

「どうもです」

かなり集中して読んでいた様子を見ていたのだろう。思わず苦笑を浮かべながら頭を下げる。

「アサギ、お主、何故《なぜ》付与について知りたがる？」

黙っていたマクベルがじぃ、と見ながら尋《たず》ねてくる。カップをソーサーの上に戻してマクベルを見ながら応《こた》える。隠すべきか、伝えるべきか。一瞬考えたが、話さないことには話は進まない。

「実は先日、ベオウルフという巨狼と戦いました」

「なんじゃと!?」

驚き、立ち上がったマクベル。その勢いにガタン、と椅子が倒れるが、すぐに侍女が椅子を戻し、すまぬと謝りながらマクベルがゆっくりと座る。

「ベオウルフはフォレストウルフが長く生きた個体じゃ。というのはお主も知っておるな?」

「ええ、詳《くわ》しい者に聞きました」

勿論、ダニエラのことだ。

「うむ、ならいい。じゃがベオウルフはそれだけの個体ではない」

「というと?」

「奴は1段階、上の魔物じゃ」

1段階、上?

「よくいる魔物、弱い魔物というのは進化個体が圧倒的に少ない。ただ他より長く生きればいいというわけではない。昔、とある科学者が小さな魔物を育てたが進化個体にはならんかった」

「『魔物研究録』ですね。その記録は読みました」

「そうじゃ。あの研究の続きと見解が王都の禁忌書庫にある。その本には『脆弱《ぜいじゃく》な魔物に高濃度の魔素《まそ》を与えてみたところ、皆死滅する中で稀《まれ》に生き残る個体がいることが判明』と記されている」

「高濃度の魔素の中で……？　その魔物はどうなったのですか？」

マクベルが瞑目《めいもく》し、ふぅと息を吐く。そしてポツリと言った。

「常識では考えられない程の爆発的な速さで成長し、そして町一つを潰《つぶ》したそうじゃ」

僕は息を呑む。

「王国軍が討伐《とうばつ》したそうじゃが被害は尋常《じんじょう》ではなかったらしい。研究者は慌てて逃げ出したが軍に捕らえられたという。その事故以降、魔物に関する研究は禁忌とされておる」

「じゃあ、ベオウルフも？」

「其奴がその気になれば、此処も危ないかもしれんな……」

そう言われ、黙り込んでしまう。彼奴《あいつ》が本気になればこのフィラルドは消し飛ぶってことか？　よく生き残れたな……。奴はあの森しか知らないと言っていた。他の地域に行き、己《おのれ》の実力を高めると。もしかして僕はとんでもない魔物を野に放ったんじゃないだろうかと思い、すぐに頭《かぶり》を振る。彼奴と話したからというわけじゃあないが、そんな危険な奴ではない気がする。なんというか、お互いに高め合う、ライバルのような……なんて、言葉を交わした相手を庇《かば》いたくなるのはお人好《ひとよ》しだろうか。

「驚いて話が逸《そ》れてしまったな。ベオウルフとお主の間に、何が……いや待て、まさかアサギ……」

マクベルがまじまじと僕を見る。恐らく彼の考えていることは正解だ。

「ええ、ベオウルフに付与されました」

「やはり……」

そう言って目の前の紅茶を口に含み、飲み込んで脱力したように椅子に深く座る。

「お主……森狼の付与持ちということか。聞いたことがないぞ……」

「僕もです……それで付与に関する知識を得たくてマクベルさんのところにお邪魔したんですよ」

「なるほどのぅ……」

また黙り込むマクベル。その目はじっと机を見据《みす》えている。何か考えているんだろう。僕は邪魔しないように紅茶を飲みながら答えを待つ。

「アサギ」

しばらくして顔を上げたマクベルが僕を呼ぶ。

「魔物とは基本的に討滅《とうめつ》すべき対象じゃ。その魔物の付与となると人類こそ至高《しこう》と考える組織や人間が黙ってはおらんじゃろうな」

「そうでしょうね……」

「その付与によって発現したスキルは他人の前であまり見せないことじゃな」

その言葉に頷く。知りたがりの冒険者なんかに見られた日には根掘り葉掘り聞かれ、背鰭《せびれ》尾鰭《おひれ》がついた噂が広まるだろう。そうすればそれは商人の耳に届き、他の町へと広がる。ゆくゆくは王都へと広がるだろう。

付与についての謎はわからなかった。だがベオウルフという魔物の真なる正体については知ることができた。奴は一般に知られている進化個体なんて生易《なまやさ》しいものじゃない。まさに異常進化個体と呼べる魔物だった。

そんな魔物に付与されたスキル《森狼の脚》。僕はこのスキルとどう付き合っていくか、今度はそれについて悩まなければいけなくなった。

□　□　□　□

一晩悩んでみたが明確な答えは出てこなかった。使わないで済むならそれで良し、なんて思い始めたところで僕は寝不足の頭を振ってぼんやりと窓の外を見る。最近はずっと晴れていたが、今日は分厚い雲が空を覆《おお》っている。そっと窓を開けてみると雨の匂いがする。今日は森には行けないな……。

ずっと部屋で悩んでいても仕方ないので着替えて顔を洗って疲れた顔をしゃっきりさせてか

ら食堂へと降りる。ちらほらと宿の住人はいるが、ダニエラの姿はない。まぁ彼女が起きてくるのはもう少し後だろう。とりあえず朝食だ。

「すみません、朝食セットひとつ」

「はいただいまー」

厨房《ちゆうぼう》の方から料理担当の人の返事が聞こえたのでいつも座る窓側の席につく。セルフサービスの飲料水を水差しからコップに注いで一口飲む。ふぅ、と一息つき、何となく体に力が入らなくてテーブルに突っ伏した。

これからの活動、どうしていくべきなのだろう。そもそも僕は何がしたいんだろう。と考える。この世界に来た理由はわからない。何かをしろと指示されたわけでもない。今更《いまさら》、元の世界に帰りたいとも思わない。何だかんだでこの世界が楽しくなりつつあるからだ。戻っても夜勤だしな。

僕一人なら気ままに過ごせたが、今はダニエラがいる。一緒にいるのが嫌というわけではないが、一人での行動と二人での行動はまた違ってくるからな……。ふむ、ならばダニエラが何をしたいか、だな。

竜種のスタンピードに拠《よ》って故郷を奪われたダニエラ。彼女が一人、旅をする理由とは？　復讐《ふくしゆう》の旅、なのだろうか。それとも当てのない旅なのだろうか。起きてきたら聞いてみるのもいいかもしれない。

と、窓の向こうを見るともなしに見ていると僕を呼ぶ声がした。

「朝食セットをお待ちのアサギ様ー？」

「あ、はい。此処です」

突っ伏してた顔を上げて手も上げる。

「お待たせしました。朝食セットです」

「ありがとうございます。いただきます」

「はい、ごゆっくりどうぞ」

柔らかく微笑んだ料理人が一礼して厨房へ戻る。さて、温かいうちに食べよう。今日のメニューはスクランブルエッグと焼いたベーコン、それとパン。スープはトマトベースの葉野菜たっぷりスープだ。どれも美味《うま》そうで顔が綻《ほころ》ぶ。この町の料理レベルはどれも高い。ギルドの酒場も、屋台も、此処も。

まずはスープを飲む。程よい酸味が頭脳労働で疲れた体に染みる。葉野菜もシャキシャキしていて歯ざわりが心地良い。青臭さもなく、新鮮な味と風味が口内を通り、鼻から抜けた。次はスクランブルエッグだ。ふわふわの卵は甘くとろける。その中の絶妙な塩加減が食欲を増進させた。その勢いでベーコンを齧《かじ》る。カリカリになった表面に歯を立てると、中からジューシーな肉汁《にくじゅう》が溢《あふ》れてきた。この味はまさに漢《おとこ》の味だ。クールなダディがバーベキューで焼く姿が脳裏《のうり》を過《よぎ》る。ＨＡＨＡＨＡ。そして脂《あぶら》でベーコン一色になった口内をスープでリセットする。

まさに至福《しふく》。手に取ったパンはふかふかのクッションのようだ。千切《ちぎ》ってみると中から白い生《き》地《じ》が顔を出す。はむ、と欠片《かけら》を口の中へ入れる。何とも言えない食感と芳醇な香りがまた僕を幸せにしてしまう。ふとスープが目に入る。あぁ、これは拙《まず》い。我慢できない。やっちゃいけない。しかし、もう理性では抑えられない。僕は駄目だ駄目だと心の中で叫びながら手にしているパンをスープに浸《ひた》す。白いパン生地が赤いスープに陵辱《りょうじょく》されてしまう。雫《しずく》が滴《したた》るパンにごくりと喉《のど》が鳴る。それを大きく開けた口の中に入れてしまう。噛《か》んでしまう。僕はぎゅっと目を閉じてしまう。ら、らめぇ！　こんなの耐えられない……っ！　美味し過ぎるぅぅ！

「何してるんだ……さっきから、気持ち悪いぞ……」

目を開けるとダニエラがドン引きした顔で僕を見下ろしていた。ていうか見下していた。

「おはようダニエラ。美味いぞ」

「おはようアサギ。普通に食え」

何を言ってるんだ。美味しく頂いてるじゃないか。と目で抗議するもジト目で睨むダニエラには勝てなかった。

それから僕と同じく朝食セットを頼んだダニエラと一緒に食べた。実に美味しかったです。ごちそうさまでした。

「ところでダニエラ」

「なんだ？」

「これからどうする？」

うん？　と首を傾げるダニエラ。

「この町でやっていくか、それとも他の町へ行くか」

「あぁ、そういうことか」

ダニエラが納得したと頷く。その流れでダニエラが一人旅をする理由も聞いてみた。

「故郷がなくなった話はしたな。最初は住む場所がなくなって転々としていただけだったが、今は世界を見て回っている。幸いにも寿命《じゅみょう》は長いしな。見聞を広めたいと思ってる」

「なるほど。そうだったか……じゃあ、僕は足止めしちゃってたのか」

当てのない旅をしているダニエラをこの町に留めていたのは紛《まぎ》れもなく僕だった。

「ふふ、そんな風に思ったことはない。色々な町を見てきたが此処は賑《にぎ》やかだ。居心地《いごこち》が良い。おまけに、頼りになる奴もいるしな？」

そう言ってからかうような視線を僕に向ける。肩を竦《すく》めて『やれやれ』のポーズでお返しだ。

「そりゃあ嬉しいね。まぁ、僕もずっと此処にいる必要があるわけじゃない。ダニエラが旅に出る時は連れて行ってくれよ。パーティーだろう？」

「勿論だ。ベオウルフの件が落ち着いたら出よう」

南の森の話だな。フォレストウルフが定着し、ゴブリンも北の森に住み着けば奴も武者修行の旅に出ると言っていた。

おぉ、そうだ。昨日調べたことを話さねば。危うく忘れるところだった。ということでマクベルのもとで知ったベオウルフの進化の謎と奴の隠された実力について話した。

「……というわけなんだよ」

「なんだと……彼奴はそんな危険な魔物だったのか」

「生きてるのが奇跡ってもんだよな」

「全くだ。しかし戦って話してみたがあれで理知的なところもある。話せばわかるんじゃないか？」

ふむ……先手を打つのもいいかもしれないな。

「人里を襲《おそ》わないように、か。言わないよりはマシ、ってところだな」

「どう足掻《あが》いても奴は魔物。それも異常進化個体か。納得してくれればいいが……」

人里を襲うと大勢の人間に追い回されて殺されるぞと言えば理解してくれるだろう。といったところで一先《ひとま》ずの方針は決まった。ベオウルフの説得。それが終わり、森の様子を見てベオウルフが旅に出たら僕たちも出発だ。

会話の途中で飲み干して空いていたコップに注いだ水を飲み、窓の外を見ると雨が降り出していた。ま、説得はとりあえず晴れてからだな。

朝食を食べた後は自室に戻って魔法の訓練だ。外に出る用事もないので、訓練に充《あ》てた。

まずは魔力というものを意識してみる。僕の中に渦巻く力の奔流《ほんりゅう》。水と、氷と、火の力。

スッと手を前に出し、手のひらを上に向ける。手のひらに魔力を集めるイメージだ。

ずん、と手のひらの上が重くなった気がした。目には見えない何かが載《の》せられた感覚。その手のひらの上の何かに形を与える。まずは球体だ。ゆっくりと自転している丸い塊。より強いイメージを浮かべるために両目を閉じた。

「よし……いいぞ……」

深呼吸して、集まった魔力の形を整える。大体丸くしたつもりだ。丸く、丸く、と念じながら、続いて球体に色を加えた。藍色《あいいろ》の魔力をそっと乗せる。すると自転する流れに色が乗り、マーブル状に色がつく。そうして回転していく度《たび》に一色に染まり、やがてそれは藍色の球体となった。

そしてそっと両目を開ける。手のひらの上にはゆっくりと自転する水球があった。

「ゆっくり丁寧にやってみたが……」

目の前の水球を見る。以前、森で撃ち出した氷の弾丸のような即興ではなく、地道に魔力を組んで作り上げた物。空いているもう片方の手のひらには単純なイメージで作り上げた水球を浮かべる。ふわふわと浮かぶ二つの水球をジッと見つめると、何となく丁寧に作った方は『密度』が違うような気がした。魔力感知と言える程のスキルは持ってないから気の所為だとは思うが……。

よし、こういう時は先生に聞こう。

僕は手のひらの上に水球を浮かべたまま足で扉を開き、廊下に出る。向かう先はダニエラの部屋だ。彼女も2階にいるが部屋の場所は反対側だ。なので歩くしかない。途中、誰ともすれ違うことなくダニエラ先生の部屋へと辿《たど》り着いた。

「ダニエラ先生ー。いるかー？」

僕はノックができないので声を出して呼びかける。それほど待つこともなく扉は開いた。中から部屋着のダニエラが出てきた。

「なんだアサギ。此処に先生はいないぞ」

「ダニエラが先生さ。ちょっとこれ見てくれないか？」

と、両手の水球を前に出す。

「うわ！　馬鹿《ばか》、屋内で魔法を使うんじゃない！」

「えっ、駄目なのか？」

全然その辺は考えてなかったので首を傾げる。

「万が一、暴走でもしたら家屋が吹き飛ぶぞ！」

サーッと背筋《せすじ》が寒くなる感覚がした。や、やばい、どうしよう……！　慌てた心が魔法に響いたのか、手元の水球が揺れてバチャバチャと音が鳴る。

「あ、アサギ、深呼吸だ。深呼吸しろ」

「すー、はー、すー、はー……」

すると落ち着いたのか、揺れていた水球はまたゆっくりと自転し始める。あ、焦《あせ》った……。

「全く……本当に先生が必要なようだな？」

「面目《めんぼく》ない……」

「まぁとりあえず中に入れ。其処にいても仕方ないだろう？」

棒立ちだった僕はダニエラに招かれ、室内へと入った。

「で、それは何だ？」

「あぁ、これな。こっちのは魔力を集めるところからイメージして作った水球。こっちはイメージだけで作った水球。違いとかあるか？」

手が塞《ふさ》がっているので顎で指し示して説明する。ダニエラがふむ、と腕を組みながらジッと見つめる。

「こっちの、段階を踏んだものの方が魔力の密度が高い。イメージで作った方もなかなかだがな。イメージの仕方が違うんだろう」

なるほどな。以前もイメージが大事だと教わったしな。イメージさえしっかりしていれば段階は踏まなくてもいいと。ていうか段階を踏むのが詠唱《えいしょう》なのでは？　と思わなくもないが、思ってしまうとちょっと練習した時間が無駄になりそうなので考えることをやめた。

「イメージに関してはばっちりだな」

「後は実践《じっせん》力、か」

「いざという時、いつ何時《いつ》でもすぐに魔法を使えるようにする経験値さえあればアサギは良い戦士になるよ」

ダニエラ先生のお褒《ほ》めの言葉に嬉しくなる。器用貧乏なんて不名誉なレッテルを貼《は》られちゃているが、やりようによっては何でもできるようになるんだ。努力することがコツなんだな。

それから僕たちはあの屋台の飯が美味いだの、彼処《あそこ》の武器屋は質が悪いだの、ダラダラと取り留めもない話を続けていた。

□　□　□　□

結局、雨が止《や》んだのは2日後のことだ。今現在、僕は泥濘《ぬかる》んだ森の道をダニエラと進んでいる。日差しは快適だが道は最悪だ。靴が泥《どろ》だらけで僕は顔をしかめた。前を歩くダニエラは流石、慣れたもので悪路も気にせずどんどん先を行く。追いかけるのがたいへんだ。

「泥遊びする歳でもないんだがな」

「私から見ればアサギもまだまだ可愛《かわい》い年頃だがな」

「やめてくださいよ、先輩」

「それなんか傷つくからやめてくれ」

くだらない会話をしながら先を歩くダニエラを追う僕。息が上がりそうだがダニエラはすいすい木々を避《よ》けながら進んでいく。もう本当辛《つら》い。休憩《きゅうけい》したい。

なんて心の中でグチグチ文句を垂《た》れてるとダニエラがピタリと止まる。優しさから待ってくれたのかと思うが、それはすぐに勘違いだと気づく。ピリッとした空気が辺《あた》りを覆った。

「フォレストウルフだ」

小さく告げるダニエラ。気配感知を広げてみると前方の茂みの更《さら》に奥に複数の何かがいる気配がした。

「ベオウルフの眷属《けんぞく》か……あまり戦いたくないな」

「そうだな。しかしそうも言ってられない」

「あぁ、だな」

向こうから気配が近づいてくる。どうやらこちらに気づいたようだ。僕たちは剣を抜いて身構える。ガサガサと揺れた茂みの向こうからゆっくりとフォレストウルフが現れる。３頭だ。

ジッと僕たち二人を見る。しかしその視線に敵意はなく、何か確かめるような雰囲気《ふんいき》を感じた。

それからふい、と来た茂みの方を見て、再び僕たちを見てから来た道を戻り出した。これは……

「ついてこい、ってことだろうな」

「だろうな……まぁ、罠《わな》じゃないだろ」

ベオウルフの使い、ってところか。きっと向こうも僕たちが来るのを待っていたんだろう。

剣を鞘に納めて僕たちはフォレストウルフの後を追うために走り出した。泥が跳《は》ねるが、気にしていたら置いて行かれそうだ。仕方ないな、まったく。

□　□　□　□

「おぉ、来たか。待ちわびたぞ」

３頭のフォレストウルフの後を追った先はぽっかりと開けた森の中の草原地帯だった。其処に50頭程の群れと共にいたのは白銀三尾の巨狼、ベオウルフだった。

「待ってたのか」

「まぁな。そろそろ我《われ》も旅立とうと思ってたからな」

そういうことか。ならタイミングはバッチリだったな。僕とダニエラは群れを掻《か》き分けてベオウルフのもとへ歩み寄る。寝そべるベオウルフの側《そば》に腰を下ろして今回来た目的を話し出す。

「今日来たのはちょっとしたお願いをしに、だ」

「ほう?」

くい、と顔を上げて僕を見るベオウルフ。その目にはどこか楽しげな色が浮かぶ。

「一方的なお願いで申し訳ないとは思っているんだが……町とか村とか、人間を襲うのを控《ひか》えてくれると助かるんだ。これは人間側の事情みたいなもんなんだけどな」

「ふむ。話の意味はわかる」

「それに人間ってのは数が多いからな。大勢でやり返されてお前が討伐でもされたら僕も何ていうか、良い気分ではないしな」

「くはは、我は魔物だぞ?」

「それでも、だ。お前との約束も果たせないしな」

そう言って肩を竦める。魔物に肩入れか……異端《いたん》扱いされても文句は言えないな。

「ならばそのお願いとやら、無下《むげ》にはできんな」

口角《こうかく》を歪《ゆが》ませて笑うベオウルフに釣られて僕も笑う。魔物と人との間の友情とはちょっと違う。言うなれば戦友のようなものか。ずっとお互いに戦い合う仲なんだろう。ベオウルフが僕を認めてくれたように、僕もベオウルフと戦うための場を作る。人の追手を遠ざけ、スキルと能力を磨《みが》く。そうすれば僕たちの関係はちゃんと成り立つだろう。

「では、そろそろ行くとしよう」

「もう行くのか？」

立ち上がるベオウルフを見上げて尋ねる。

「移動も終わった。此処にいる理由はもうない。外の世界も楽しみだしな」

「そうか。僕たちも旅立つ。また何処かで会ったらお互いに遠慮なくやろう」

ベオウルフが此方を見下ろし、前足を上げ、軽く握ったそれを前に突き出す。ふふ、此奴、なかなか漢らしいところがあるな。

僕も握った拳《こぶし》を前に突き出し、ベオウルフの拳に当てる。どちらともなく吹き出し、そして笑い合う。ダニエラも釣られたように笑うが、どこか『これだから男は』といった風な笑い方だ。

「ではな、アサギ」

「あぁ、またな。ベオウルフ」

のしのしとゆっくり歩き去るベオウルフを見送る。何頭かのフォレストウルフが後を追っていった。家族か、親衛隊か。わからないが。残ったフォレストウルフは僕たちをちら、と見てから森へと散っていった。もう此処で彼らと戦うことはないだろう。

「さて、僕たちも帰ろう。旅の準備をしないとな」

「あぁ。今日帰って、明日準備して、出発は明後日《あさって》だ」

ダニエラがそう言って頷く。帰り道は実に穏《おだ》やかだった。足元は全然、穏やかじゃなかったけどな。

□　□　□　□

「そうかい、寂《さび》しくなるねぇ」

「色々お世話になりました、マリスさん」

「世話になった」

ダニエラと二人で頭を下げる。マリスさんは笑って僕たちの肩を叩いた。

「これで永遠の別れじゃないんだ。元気でやっていくんだよ！」

「ええ、また来ます」

「体には気をつけて、ダニエラさんをしっかり守るんだよ？　男の子なんだから！」

「あはは……寧《むし》ろダニエラの方が守ってくれそうです」

「情けないねぇ……ま、お互いに助け合って、しっかりね！」

「はい！」

まったく、良い人だ。ダニエラともう一度頭を下げてお礼を言ってから、僕たちはフィラルド最高の宿『春風亭』を後にした。

旅の準備は順調に終わった。と言ってもテント等の野宿セットもある。合宿時に使った物だな。ベオウルフの襲撃で散らかりはしたが、奇跡的に無事だった。そういった物も含めて色々準備した結果、手荷物が多くなったのだが、実は良い物が手に入った。ラッセルさんに別れの挨拶《あいさつ》をしに中央詰め所の執務室に行った時だ。

□　□　□　□

「ラッセルさん、こんにちは」

「おぉ、アサギか。どした？」

「明日、この町を出ます。だからその挨拶に」

「其奴はまた突然だな！」

「ええ、まぁ……またいつか来ます」

「そうか……寂しくなっちまうな」

「ふふ、そう言ってくれると嬉しいです。それとこれ、あの時借りたお金です。お返しします」

「ははっ、やるつもりで渡したんだがな。ま、アサギが一端《いっぱし》の冒険者になった記念に受け取っておくか」

「これで心置きなく旅立てます。ラッセルさん、お元気で」

「おう、アサギもな！　あ！　すまん、ちょっと待て！」

「はい？」

「えーっと、確か、この辺に…………あぁ、あったあった。ほれ、此奴を持っていけ」

「何ですか、これ。汚い鞄《かばん》ですけど」

「馬鹿野郎、お前、其奴は『虚《うつ》ろの鞄』だぞ」

「『虚ろの鞄』？」

「なんだ、知らねぇのか？　其奴は次元魔法がかかった鞄だ。見た目以上に物が入るレア物だ」

「ええ……・そんな物、何でラッセルさんが？」

「昔、この辺に蔓延《はびこ》ってた盗賊《とうぞく》を討伐した時に拾ったもんだ」

「いいんですか？　そんな高価な物」

「出発祝いみたいなもんだ。気にすんな」

「わかりました。ラッセルさん、ありがとうございます。お元気で！」

「おう、お前さんもな！　ダニエラによろしくな！」

□　□　□　□

というやり取りがあり、今僕の背には小汚い、ゲフンゲフン……ヴィンテージなバッグがかけられている。その中には当面の食料とテント、そして古代エルフの遺跡で頂いてきた4種の武器が収納されている。他にも細々《こまごま》とした物も入っている。

ギルドには古代エルフの武器を回収しに行った時に挨拶をしてきた。幸いにもガルドもネスもいたので別れの言葉を交わした。

「というわけでこの町を出ることになった」

「まぁ、元気でな。色々悪かった」

「気にしてないよ。ガルドたちも元気でな」

「でもまぁ、俺たちも依頼とかでいろんな方面に出ることがあるから、ひょっこり会うこともあるかもな」

何となく、そうなる気がしなくもない。僕たちは冒険者だからな。道が重なることもあるさ。

よし、武器は回収した。挨拶も終えた。そろそろ行こう。と、出入り口に向かおうとしたところで後ろから突進を食らった。転びそうになりながらも何とか耐え、攻撃してきた犯人を見やる。やっぱりというか、其処にはフィオナさんがいた。

「えー！　アサギくん、此処から出ていっちゃうの⁉」

「はぁ……気安いですよ、フィオナさん」

「私の玉の輿人生、どうしてくれるのよ！」

「知りません」

「また戻ってきてよね！　私のために！」

「はいはい」

「行ってらっしゃい！」

「……行ってきます」

何だかんだで嫌いになれない気安いギルド員フィオナさんは最後まで元気だった。チラ、と奥を見るとフロウさんがカウンターから手を振っていた。会話が聞こえていたのだろう、僕も振り返しておいた。

僕が異世界に来て自分の生き方を見つけた場所を振り返って目に焼き付ける。嫌なことも沢《たく》山《さん》あった。でも楽しいことも沢山あった。そんな思い出深い場所。冒険者ギルドフィラルド支部。

いつかまた、僕が成長した時に訪れよう。その時が今から楽しみだ。

□　□　□　□

立派《りっぱ》な扉をノックして待つこと数秒。向こうから扉を開けてくれたのはこの屋敷の家政婦さんだ。

「こんにちは。マクベルさんはいらっしゃいますか」

「ええ、図書室にて読書中です。少々お待ちくださいね」

「すみません」

元王宮司書のマクベルさんに挨拶に来たが、読書中だったらしい。家政婦さんに通された応接室でゆっくりと待つ。人の読書を邪魔するような無粋《ぶすい》さは僕には無縁《むえん》のものだ。本というのは読みたい時に飽《あ》きるまで読むものだ。そうでないと読書は楽しめないからな。

暫《しばら》くして以前と変わりないマクベルが杖をつきながらやってきた。

「ご無沙汰《ぶさた》してます」

「そんなに間は空いとらんじゃろう」

僕の挨拶にくつくつと笑う老人。うん、元気そうだ。

「町を出ることになったので、その挨拶に来ました」

「お主も律儀《りちぎ》じゃのう。ま、元気でな。この歳になったから言えることじゃが、健康というのは何にも勝る宝じゃ。体には気をつけてな」

「ありがとうございます。それと旅立つ前に一つ報告があるのですが……」

「ふむ？」

「ベオウルフに会ってきました」

「ほう……？」

くい、と片眉《まゆ》を上げて此方を見つめるマクベル。興味と少しの警戒が皺《しわ》と共に刻《きざ》まれている。

「人間を襲うのはやめてくれって、お願いしてきました」

「……ふ、ふふ、ふははははは！」

しかしそんな表情はすぐに破顔《はがん》へと変わった。一頻《ひとしき》り笑い、ちょっと辛そうに呼吸を整えていると家政婦さんが水を持ってくる。すまぬ、と一言入れてからそれを飲んだマクベルは、最後にふぅ、と息を吐《つ》いた。

「いや、すまぬな。まさか魔物相手に直談判《じかだんぱん》する人間がいるとは思いもせんかった」

「僕は魔物にスキルを付与された人間ですよ？」

「いや、そうだな。ふふふ、こんなに笑ったのは久し振りじゃのう」

残りの水を飲み干したマクベルは真面目《まじめ》な顔つきになる。釣られて僕も姿勢を正した。

「……で、奴の返答は？」

「わかった、と。付け加えて人は大人数で戦うのが基本なので気をつけろと助言しておきました。あれも魔物とはいえ考える頭はあります。危険度は察してくれるでしょう。何より……」

「何より？」

「僕が彼を信じたいです。魔物と、ベオウルフと人は手と手を取り合えると」

「…………そうか」

少し間を開けて返事をしたマクベルは、それでも不安げな表情をしていた。

「いや、すまぬな。ベオウルフを信じるアサギを信じるべきなのはわかっておる。だが、長く生き、知識を蓄《たくわ》えすぎてな……」

　魔物に対する知識と経験を蓄えた結果、それで今後どうなるか。それをマクベルは考えてしまうのだろう。わからないでもない。本当に人と魔物が手を取って共存することは途轍《とてつ》もなく難しいことだろう。それが難しいことだと、感覚だけでなく知識的にも理解してしまうマクベルは素直に同調できない。当然といえば当然だ。

「じゃが儂にも浪漫《ろうまん》を追いたいという気持ちはある。こんな歳じゃがな」

「いいじゃないですか。男はいくつになっても少年ですから」

「ふふ、そうじゃな」

　柔らかく微笑むマクベル。大丈夫、ベオウルフは賢《かしこ》い奴だ。人を殺さずに生かす選択肢《し》を取れる魔物だ。

　浪漫話に花が咲いたマクベルと僕。彼の屋敷を後にするには数刻の時間が必要だった。

□　□　□　□

　最後の挨拶は僕がこの異世界に来て一番助けになった物を与えてくれた人へだ。

「こんにちはー」

「おぅ、来たな」

今日も大将が出迎えてくれる。だが、出迎えてもらうのは今日が最後だった。

「何となくそんな気はしてたんだ。アサギ、今日なんだろ？」

「えぇ、まぁ。行こうかなって」

「そうか……寂しくなるなぁ」

柄《がら》にもなく大将はしんみりとした、柔らかい表情で僕を見つめる。まるで、巣立つ子を見る親のようだと思った。

「あ、そうだ。これ見せようと思ってたんですよ」

「ん？　……おぉぉぉ!!　それが例のアレか!!」

虚ろの鞄から取り出した古代エルフの剣をカウンターの上に置く。大将は齧りつくように観察する。

「何でもねぇように出したが、これは超超レア物なんだぜ？　お貴族様が飾るくらいの品だからな」

「ダニエラに聞きました。売れば大金持ちですよ」

「夢がねぇなぁ……いや、それにしてもこの造形は素晴らしいな……素材は何だ？」

会話中も剣から目を離さない大将。鞘から抜き、翡翠《ひすい》色の刃を見てうんうん唸《うな》る。難しい顔をしながら、でも目はキラキラとまるで宝物を見つけた子供のように。

と、大将が剣を置いて奥へと引っ込む。何事だろうと首を捻《ひね》っていると、大きな大きな金属の塊を持ってきてカウンターの上へ置いた。ははっ、まさかそんな、ねぇ？

「よっこいせ……っと」

「いやそんな物、どうするんですか？」

「まぁちょっとな」

そう言って大将は剣を振り上げる。嘘《うそ》だろ。

「ちょ、ま」

「ふんっ！」

僕の制止を聞く間もなく、大将は振り上げた剣を振り下ろした。咄嗟《とっさ》に横へ跳《と》んで避けられたのはベオウルフ戦を乗り越えて培《つちか》った経験値のお陰か。古代エルフの剣はカウンターの上の金属のみならず、その下のカウンター。そして床、更にはその先の扉までも、ぱっくりと切り裂いていた。

「…………」

「いやすげぇな此奴は……」

剣を見つめて呟く大将だが、僕は危うくその大将に斬り殺されるところだった。職人というのは本当に周りが見えないな……今も心臓がバックンバックンと煩《うるさ》いくらいに鳴っているが、そんなことも気にならない程に剣に夢中の大将だった。

それからたっぷり20分近く観察した大将は剣を鞘に戻して僕に差し出した。

「最後に良いもんが見れた。ありがとな、アサギ」

「恩返しはできましたか？」

「貰いすぎだ、馬鹿野郎」

苦笑を浮かべる大将から剣を受け取る。それを鞄に仕舞い、背負う。そろそろ時間だ。

「じゃあ大将。また」

「あぁ、今度会う時はその剣、しっかり下げてこいよ。いつまでも待っててやる」

「ありがとうございます。大将に会えて本当に良かった」

「ハッ、俺もだよ！」

差し出した手をがっしり握る大将は濡れた目を乱暴に拭う。離した手を僕の肩に置いて強引に後ろを向かせ、そしてバシンと気合いを注入した。

「しっかりやってこい！」

「……はい！」

僕は振り向かない。目の前の扉があった場所を抜けて外へ出る。バキリ、と地面に倒れた扉を踏む音を聞きながらそれでも足は止めず、ダニエラのもとへと真っ直《まっす》ぐに向かった。

僕に生きるための力をくれた人。彼に恥《は》ずかしくない生き方をしよう。そんな小さな、でも大事な誓《ちか》いを胸に。

□　□　□　□

さて、ではそろそろ出発しよう。これで挨拶回りは終わったはずだ。ミゼルさんだけは運悪く買い出しに出ていたので、マリスさんによろしく伝えてほしいと頼んでおいた。彼女と言葉を交わせなかったのだけが少々、心残りだった。

行き先はダニエラと相談して東へ行くことが決まった。僕が来た方向とは逆だ。僕は西門から来たからな。出ていくのは、東門だ。色々と買うものはあったが節制は続けている。なので徒歩だ。急ぐ旅でもないので馬は買わなかった。馬自体も高いが餌《えさ》代もなかなか馬鹿にならないからな。

二人で東門に立つ。門番は二人いるが、どちらも僕をフォレストウルフから助けてくれた衛兵だ。

「旅立つんだってな」

「はい。あの時はありがとうございました」

「気にすんな！　気をつけてな」

「はい、お世話になりました」

二人に手を上げて別れの挨拶をする。開かれた門を二人で抜ける。此処に来た時は一人で潜《くぐ》った門だ。出る時は二人だなんて考えもしなかった。

門を出て、振り返る。いつものような賑やかな喧騒《けんそう》が聞こえる。この町に来て本当に色々あった。この世界に来て最初の町だ。思い入れもある。真っ先に来てくれたラッセルさん。住む場所を用意してくれたマリスさん。ふわふわした雰囲気のミゼルさん。冒険者仲間のガルド、ネス。気安いギルド員のフィオナと文学少女っぽいフロウ。そしてパーティーを組むことになったダニエラ。

出会った数だけ別れがあるとは言うが、今生《こんじょう》の別れじゃない。またいつの日か、何処かで会えるはずだ。

僕は前を見る。目の前にはまた森が広がっているが整備された道も伸びている。

「アサギ、置いていくぞ」

その道の上でダニエラが振り返って手招きをしている。ボサッとしていられない。置いて行かれちゃたまらない。僕は走る。新たな場所、知らない世界を目指して。

僕の冒険は、まだ始まったばかりだ！

第七章 ♦ 始まった旅

旅は順調だ。天気には恵まれ、整えられた道はとても歩きやすい。森に囲まれてはいるが以前のようにフォレストウルフに追われることもない。ベオウルフの躾《しつけ》が行き届いているんだろう。時々、木々の間から顔を出すこともあるが襲《おそ》ってくる気配は全くなかった。

「ところでダニエラ、次の町までどのくらいかかるんだ？」

隣を歩くダニエラに尋《たず》ねてみる。

「そうだな……徒歩なら６日程だな」

「結構かかるんだな」

「そうだな。王都周辺でないならそんなものだ」

そんなものか……。まぁ歩いて着くならいい。海を越えて山を越えてとなると大変だしな。

長閑《のどか》な空気に平和ボケした気持ちで歩く旅は３日目まで続いた。焚《た》き火を囲んで、買い溜《だ》めた食料を消費するだけの気軽な旅。

それが終わったのは雨が原因だった。台風かってくらいの大雨の中、二人して雨合羽《あまがっぱ》を被《かぶ》って歩き続けている。

「それにしても酷《ひど》い雨だな」

「だな……まぁ旅に雨は付き物だ」

いつもいつも良い天気というわけではないのは当たり前だな。天気に嫌われてるわけでもないだろうし、とりあえず歩くしかないだろう。

びちゃびちゃになった道を踏み締めて前を見る。厚い雲のせいで昼間のはずなのに辺《あた》りは暗い。森の中はもっと暗いだろう。雨が止《や》む気配も雲が切れる気配もない。恐らくこの雨は長引くだろう。

この雨で怖いのは体温が下がることだろうか。それとも悪くなった視界だろうか。旅は初めてだから想像でしか語れないというのは経験値のなさを実感させてくれるのに一役買ってくれる。

気づけば左右に広がっていた森は途切れて代わりに草原が広がっている。辺りに木はないので視界は広がる。まぁ大雨で暗いのには変わりないのだけれど。

「森が切れたか。草原ということは此処《ここ》からはグラスウルフの領域だ。魔物の気配を感知しなくてはな」

「あぁ、そうか。草原はグラスウルフか……」

ヴィンテージなバッグにかけていた手を離して腰の鋼鉄製の剣を触って確認する。これからは戦闘有りの旅か。今後は更《さら》に異世界感溢《あふ》れる旅になりそうだ。

ダニエラ直伝《じきでん》の気配感知を広げてみるとなるほど、遠く離れてはいるが何となく魔物がいる気配がする。これも使い続けていれば練度が増して正確な数や距離感も摑《つか》めてくるのだろうか。しばらくは襲われることもなさそうだ。どれくらい安心できるかわからないが、とりあえず安全と判断してバッグを背負い直した。今日の野宿は静かに休めるだろうか。それが少し不安ではあった。

野営地に選んだのは大きな岩が転がっている場所だ。それを背にテントを建てた形だ。雨脚《あまあし》は少し弱まっていた。止《や》んではいないが……。タープを屋根に焚き火を起こそうと思ったが燃えちゃ敵《かな》わんと思い、タープの外に焚き火を起こしてみた。薪《まき》は虚《うつ》ろの鞄《かばん》の中に詰めていたので湿気てない。火口《ひぐち》に使う小枝も十分な量がある。旅をしながら集めた甲斐《かい》があったってもんだ。

白煙を上げてはいるがしっかり燃えてくれている焚き火に安堵《あんど》しながら鍋《なべ》を火にかける。中は安定のスープである。干し肉で出汁《だし》を取った野菜スープ。この状況ならなかなか温まるしな。鍋の中を掻《か》き回しながら辺りを見回してみると、ダニエラが雨の草原から帰ってくるのが見えた。鍋を混ぜながら待つ気分はもはや主夫だった。

「おかえり」

「ただいま。この近辺でグラスウルフの気配があったところは潰《つぶ》してきたぞ」

「悪いね。任せちゃって」

「持ちつ持たれつ、だ。アサギ。お腹空《なかす》いた」

「はいよ」

使い慣れた器《うつわ》を取り出す。この少し大きめな器はダニエラの物だ。合宿で知ったがダニエラはよく食べる。曰《いわ》く、太らない体質なのだと。すわ、白エルフ特性か!? と思い尋ねてみたが特にそういうことはなくダニエラ特性とのこと。実に羨《うらや》ましい話だ。

恥《は》ずかしそうにおかわりを言うダニエラにスープと少し多めの具材をよそってあげたが僕は知っている。大量の屋台飯《やたいめし》を抱えて公園に消えたあの姿を。それはそれは嬉《うれ》しそうな笑みを浮かべていたあの姿を。

大きめの器と標準サイズの器にスープをよそって焚き火に向かう。雨が降っているので僕たちはタープの下だ。何かこういうゲームあったなぁとか思いながら温めたスープを啜《すす》る。天気は悪くとも味は最高。更に外飯《そとめし》効果で旨《うま》さも２割増しだ。

鍋の中身はあっという間になくなり、ダニエラ先生の胃袋は反比例的にいっぱいになる。後は寝るだけだ。温まった体を冷やさないようにダニエラはさっさとテントに入ってしまったので、僕は火の番をする。交代で見張りをするのだ。弱まった雨は更に勢いをなくして今はもうパラパラとちらつくだけになっている。それほど気にしなくても火は消えそうになかった。

ふと、自分の髪を弄《いじ》る。元々の生活の所為《せい》で髪は伸びている。この世界に来てからは店長の合図がなかったので忘れていたなぁ、と伸びた毛先を指で弾《はじ》いた。

　こうして野営を続けることで様《さま》になってきてはいるが、現代日本にはキャンプで使える便利グッズとして色々な装備が揃《そろ》ったガジェットがあるけれど、そんな物はこの世界には存在しない。ということで個別に購入した物が幾《いく》つかある。例《たと》えば錐《きり》に似た小さめのエストックを大将に作ってもらった。

「こんなちっせぇエストックが何の役に立つんだ？」

　と、最後まで言っていたが出来上がった物は実に立派《りっぱ》だ。流石《さすが》大将と言わざるを得ない。大将のエストックと、買った肉を取り出す。虚ろの鞄には次元魔法が使われているとのことでよもやと思い、生《なま》モノを入れてみたが予想通り、時間の経過はない。見た目変わらないだけでちょっとずつ進んでるんじゃないかと思って温かい物、冷たい物を入れて実験してみたが、温度変化はなかった。正真正銘《しょうしんしょうめい》、時間は止まっている。ただ、あれやこれやと突っ込んだ所為で容量はいっぱいらしく、これからは消費してスペースを空《あ》けるのが肝要《かんよう》だった。

　エストックに細切れにした肉を刺して焚き火に翳《かざ》す。ふふふ、これぞ夜勤の楽しみ。福利厚生《ふくりこうせい》。お夜食だ。ジュワジュワと焼ける肉の匂《にお》いを嗅《か》ぎながら買い溜めた香辛料をかける。あぁ、いい匂いだ。これぞ漢《おとこ》の料理だ。火に当てた肉は良い色に焼ける。カリカリになった表面に反して中身はレアだ。肉は焼きすぎないのがコツである。

「くくく、そろそろ良いかな」

「何がだ？」

「焼き加減さ。このくらいがちょうど良いんだ」

ようし、肉汁《にくじゅう》が滴《したた》る今、このタイミング！　ではでは、いただき……ん？

「美味《うま》そうじゃないか。食べないのか？」

「あれ……ダニエラ、さん？　寝たんじゃや……」

いい匂いのする肉を片手に振り返る。其処《そこ》には満面の笑顔のダニエラ先生が腕を組み、仁王《におう》立《だ》ちで僕を見下ろしていた。

「アサギ」

「……はい」

「私の分は？」

「これをどうぞ……」

僕はいい匂いがして実に美味そうな肉をダニエラに献上《けんじょう》した。草原初日の夜勤は実に気不味《きまず》いスタートを切ったが、特に魔物に襲われることもなかった。僕はダニエラが満足するまで肉を焼いた。

□　□　□　□

買い溜めた肉がなくなったことに気づいたのはダニエラがテントに戻って寝た後だった。

お腹いっぱいのダニエラがテントで気持ち良さそうに寝ている。

僕は夜勤明けの久し振りの倦怠感《けんたい》を覚えながらスープを掻き回している。勿論《もちろん》、夜食ではない。朝食だ。

あれから特に何もなかった。本当に何もなく、ただひたすら暇《ひま》な時間を睡魔《すいま》と共に過ごしていた。長引くだろうとドヤ顔を見せていた雨は明け方には止み、今は日の出が草原を照らしている。

鍋を掻き回す匙《さじ》を焚き火を囲む石の上に置いてテントへ向かう。いい加減起きてもらわねば。

「ダニエラ……起きろ……」

非常に眠いのでテンションも上がらない。毛布に包まって眠るダニエラの肩を揺らす。今なら此奴《こいつ》が全裸《ぜんら》でも何の反応もできない自信があるぜ……。

「んぅ……アサギか……」

「アサギだ……起きて……」

しょぼしょぼする目を擦《こす》り、起き上がるダニエラ。

「顔洗って、飯食って、片付けてくれ……終わったら、起こしてくれ」

そう言いながらダニエラの隣に倒れる。夜勤なんてやるもんじゃない……僕ァもう夜型じゃないんだ……。意識が遠のくままに目を瞑《つむ》る。隣のダニエラが立ち上がる気配があったので任せていいだろう。おやすみなさい。

□　□　□　□

誰かが僕を運ぶ気配がある。ゆらゆらと、揺蕩《たゆた》うような。一定のリズムで上下する感覚にふわりと意識が浮上した。

「ん？　起きたか」

ダニエラの声がする。僕はそれを確認するために目を開けた。すると不思議なことにダニエラの後頭部らしきものが目の前にある。

「んぁ……何ぞ……」

「起きたならもう、歩けるだろう？」

そう言われて段々意識が覚醒《かくせい》していく。そして把握《はあく》した現状。

「ダニエラ……起こしてくれとは言ったが背負ってくれとは言ってない……」

「ふふふ、あんまりぐっすり寝ているものだから起こすに起こせなくてな。それに、私がぐっすり寝てしまったのが原因だ。謝罪の意味も込めてるんだが、やはり重い」

ポンポンと肩を叩《たた》いて止まるように促《うなが》す。ガシャリと金属音を鳴らしながら降りた。ということは装備も整えてくれたのか。相当大変だったろうに。

「装備までありがとうな」

「いいさ。気にしないでくれ」

そう言って笑うダニエラ。イケメン指数が鰻登《うなぎのぼ》りですわ……。

空を見上げて太陽の位置を確認する。頂点と地平線の中間くらいか。寝たのは2、3時間といったところだろうか。次に辺りを見回すが、依然《いぜん》として草原が広がっている。装備の剣もゴソゴソとお気に入りの位置に直して準備完了だ。

「待たせたな」

「良い声で言う程のことか？」

この台詞《せりふ》だけは良い声で言わなきゃいけないいんだよ。

さて、では旅の続きだ。並んで歩く草原の風は穏《おだ》やかで、暖かい日差しが旅の無事を確約してくれていた。

□　□　□　□

「アサギ、そっちに行ったぞ！」

「まかせ、ろっ！」

ギラギラと瞳《ひとみ》を煌《きら》めかせるグラスウルフの顎《あご》に蹴《け》りを入れて怯《ひる》ませる。キャイン！　と鳴いたところで額《ひたい》を剣で叩き切って試合終了だ。ダニエラの方を振り返ると彼女の母の形見《かたみ》である武器、『死生樹《シセイジュ》の細剣』で首元を一突きにして終わらせていた。

「ふぅ、お疲れ」

「お疲れ、アサギ」

コツン、と拳《こぶし》を合わせる。ベオウルフとのやり取りを見てからダニエラと交わすようになった挨拶《あいさつ》のようなものだ。仲間感とか出てきて良い感じである。

グラスウルフを討伐《とうばつ》した証《あかし》は前足の爪《つめ》だそうだ。フォレストウルフが牙《きば》ならグラスウルフは爪、と。心のメモ帳に書き記しながら倒したグラスウルフから爪を切り取る。

「毛皮はどうする？」

「そうだな……傷が少ない個体だけ剝《は》ぎ取ろう」

その言葉に頷《うなず》いて傷の少ない個体を探す。僕が倒したのは顔にでかい傷がついている。まぁ首から下を使えば問題ないかと、首を落とし、腹に向けて短剣を走らせてちゃっちゃと剝ぎ取る。肉は食えないので血抜きの必要もない。放っておけば魔物が集まって食い散らかしてくれるから処理の必要もないので楽だ。思えばこうした解体も慣れてきたもんだなぁと。狼を始めとして森に入れば鹿等を狩って食う時もあったしな。

そうして魔物と戦い、部位《ぶい》剝ぎを繰り返していると虚ろの鞄のダニエラの胃袋に消えた生肉の分のスペースが埋まった。それをダニエラに告げると「じゃああとは爪だけでいいか」ということになり、問答無用でグラスウルフを蹴散《けち》らして旅を続ける。

4日目の野営地は森が見える場所だ。明日からはまた森に入ることになる。なんでまた森かね……森といえばフォレストウルフかゴブリンだったが、この森はどんな魔物が出るのだろう。不謹慎《ふきんしん》にも楽しみにしながら見張りを続ける。パチパチと薪の爆《は》ぜる音を聞きながら前世でアウトドアが趣味だと言っていた友人のことを思い出した。彼は山が好きだと言っていたっけ、と思いながら辺りを見る。月明かりに照らされた山が遠くに見える。あれはフィラルドからも見えていた山脈だろうか。この世界の地図を知らないので僕は何もわからない。

そのまま いくらか時間が過ぎて月が天辺を少し過ぎたのでダニエラを起こす。最近はすぐに起きてくれて助かる。やはり町中《まちなか》の宿と野宿では意識が違うのだろうか。

特に異常はなかったことを伝えて毛布に包《くる》まる。睡魔は今日も僕を夢の世界へ連れて行ってくれるだろう。おやすみなさい。明日からは森だ。気合い入れて寝ないとな……。

「起きろアサギ、魔物だ」

ガバッと起き上がる。畜生《ちくしょう》、寝かせてくれたっていいじゃないか……頭の側《そば》に置いた剣を手にテントから這《は》い出て気配感知を使う。するとそろそろ見えるんじゃないかといった辺りに魔物の気配がした。この感じだとグラスウルフだろうか。ゆっくりと剣を抜いてダニエラに続く。風の動きとはまた違う、ガサガサとした茂みの揺れに目を凝《こ》らしながら剣を構える。いつでもいいぜ。

ダニエラが手のひらの上に風の塊《かたまり》を作る。此方《こちら》を見て一つ頷くと、ヒュルル……と小さな風切り音がするそれを茂みの中へ飛ばした。すると案の定グラスウルフが飛び出してくる。数は4匹だ。

前を走るダニエラに続いて僕も走り出す。先頭の1匹目をダニエラがその細剣で突き崩《くず》し、脇《わき》を抜けた僕が2匹目を撫《な》で斬《ぎ》りにする。3匹目が飛びかかってくるが、それを後ろから飛び出したダニエラが剣で防ぐ。その隙《すき》に走り込んできた4匹目がダニエラに襲いかかるが、これを僕が突き出した剣で牽制《けんせい》する。

背後でダニエラが魔法を行使した気配がする。ヒュン、と鋭い風切り音とキャイン、というグラスウルフの断末魔《だんまつま》の悲鳴が聞こえる。その様子を見ていた4匹目のグラスウルフが勝てないと思ったのだろう、踵《きびす》を返して茂みへと走り出した。それを僕がダニエラと同じく魔法で対処する。ちょっと剣と魔法で戦うのが格好《かっこう》良いと思ったのは内緒《ないしょ》だ。

行使する魔法は森で使った氷の弾丸。イメージするのは簡単だ。剣を握る右手の伸ばした人差し指の先に生成した氷の礫《つぶて》を走るグラスウルフへ向ける。そして発射のイメージ。脳内で落ちた撃鉄が氷の礫を飛ばす。ギャイン！　と一際《ひときわ》大きな鳴き声がして最後のグラスウルフが草の上に倒れた。

「やったな、アサギ」

「あぁ、上手《うま》くいったよ」

僕は満足げにダニエラを振り返る。すると彼女は首を傾《かし》げた。

「あれ、アサギ」

「なに？」

「髪切った？」

今更《いまさら》気づいたダニエラに苦笑交じりに溜息《ためいき》を漏《も》らしながら頷き、二人でグラスウルフの爪を回収した。

ダニエラによると、先程倒した群れはたまたま此方へ流れてきた群れだったらしく、もう何もないだろうということで僕は再び毛布に包まった。それから数時間後にダニエラに起こされ、夜勤交代だ。

地球とはまた違う空を見上げながら火の番をする。初めての夜同様、３つの月が大地を照らす。この世界に来てそろそろどれくらいだろうか。多分もう１カ月は過ぎている。怒濤《どとう》のような日々に押し流されて１カ月記念パーティー、開けなかったな。

東から太陽が昇る。陽《ひ》の光に照らされて森の木々の間から朝日が差し込む様は幻想的だ。少し勢いが弱まった焚き火に薪を焼《く》べながら朝食の用意をする。と言っても生肉はダニエラ先生が食べてしまったのでいつものスープだ。

千切った干し肉が入った鍋に手を翳す。手からダバーっと水が出るイメージをして魔法を行使する。ひたひたになるくらいに水を入れたら火にかける。最近はこうして魔法で水を用意している。軟水《なんすい》をイメージしているので口に含んでも違和感はない。煮沸《しゃふつ》する必要もないので安心安全だ。

グツグツと煮えてくると出てくる灰汁《あく》を匙で掬《すく》ってその辺に捨てながら肉が柔らかくなるのを待つ。そろそろダニエラを起こしておこうと思い、匙を置いてテントへ向かう。

「ダニエラ、朝だぞ」

「んぅ……もう朝か……」

少しボサついた髪を掻き上げながら起き上がるダニエラ。イケメン指数が高い仕草《しぐさ》に胸がドキドキする、気がする。

「顔洗ったら飯《めし》にしよう」

「ん……」

足で毛布を端に追いやりながらボリボリと頭を掻きながら返事してくるので二度寝はないと判断して主夫はキッチンに戻る。

沸騰《ふっとう》寸前といった鍋の様子に少し慌《あわ》てながら火から離す。トライポッドがあれば楽なんだがなぁと鍋の中へ虚ろの鞄から取り出した葉野菜を投入する。トライポッドとはキャンプ等で、焚き火の上で鍋を吊《つ》るすオサレなアレだ。木で組んでもいいが燃えそうだしなぁ。石を積んで棒を通してとも思うが鍋には取っ手しかないので吊るせない。今度から燃える薪を避ける場所を作っておこうと頷いていると野菜がしんなりしてきたので完全に火から下ろす。ダニエラもちょうど顔を洗って戻ってきたので朝食だ。まだちょっと眠そうだがアサギ特性スープを飲めば目も覚めるってもんだ。

「今日のスープも美味いな……」

「そいつはどうも。頑張って作った甲斐《かい》があるよ」

旅に料理は欠かせない。保存食や携帯食で強行軍なんてご法度《はっと》だ。温かい食事こそ人間らしい生活というもんだ。

「予定では明日、町に着くんだっけ」

「そうだな。名は『スピリス』という」

「スピリスか……」

新しい町の名を聞いて思いを馳《は》せる。どんな町なのだろう。フィラルドのような温かい人に溢れた町だといいなと思う。クソ冒険者なんていなかった。そうだろう？

慣れてきたお片付けを終えて出発の準備はできた。今日明日でこの眼前に広がる森を抜ければスピリスだ。さて、鬼が出るか蛇《じゃ》が出るか……。

□　□　□　□

森に住んでいるのは魔物だけじゃない。動物だって沢山《たくさん》住んでいる。猪《いのしし》、鹿、兎《うさぎ》に狼。栗《り》鼠《す》のような小動物もちらほらと視界の端で木を駆け上がる。

そして今回、此方の森でお世話になるのはゴブリン先輩だ。

「グギャァ……」

断末魔の悲鳴を漏らしながらドサリと最後のゴブリンが倒れる。手にしていたボロボロの剣を虚ろの鞄にしまって立ち上がる。

「アサギは何でゴブリンの武器を回収するんだ？」

ピッと細剣に付いた血を振り払って鞘《さや》に納めたダニエラが尋ねてくる。

「此奴等《こいつら》の武器は何だかんだいっても鉄だしな。鍛冶《かじ》屋に売るんだよ」

「ほう……そういうやり方もあるのか」

「ちょっとしたお小遣《こづか》い稼《かせ》ぎだよ」

だが馬鹿《ばか》にはできない。これが意外と金になる。鉄は何にでも使えるからいくらあってもいいのだ。武器は勿論、防具にも使えるし生活用品にもなる。かさばるので皆、回収しないようだが僕にしてみればそれは『馬鹿なんじゃないの？』と言わざるを得ない行為だ。目の前に落ちているお金を拾わないというのだから。というと語弊《ごへい》があるので念のために言うが、僕はお財布は交番へ届けることができる人間だ。因果応報《いんがおうほう》が僕のモットーだ。

よっこいしょ、と鞄を背負い直してダニエラの後ろについて歩く。この森の魔物はゴブリンばかりで、レベル30を突破した僕としては経験値的には味気ない。しかしお小遣い的には非常に有り難い。今は虚ろの鞄もあるし、時々出てくるゴブリンをダニエラと退治しながら武器を虚ろの鞄に収納する。

そうして迎えた5日目の夜。木の少ない開けた空き地を運良く見つけた僕たちは其処を今日のキャンプ地とした。今日は最後の夜ということでちょっと奮発《ふんぱつ》して鹿を仕留《しと》めた。昼間のうちに仕留めてバラした鹿だ。その鹿の前足の脛肉《すねにく》を削《そ》いでスープに投入する。良い気になって作った2つ目の焚き火の周りに石を積み、其処に腿肉《ももにく》を置いて焼く様はまさに蛮族《ばんぞく》だ。ちなみにダニエラは見回りでまだこの光景を見ていない。ふふふ、彼奴《あいつ》の喜ぶ姿が目に浮かぶなぁ。

『凄《すご》いぞアサギ！　美味そうだ！』

と言いながら涎《よだれ》を垂《た》らす残念美人……。なんだかこの旅で僕の主夫力が鰻登りなのは気の所為だろうか？

ジュワジュワと脂《あぶら》が落ちる様子を見ながら適度に引っくり返す。焚き火でこの大きさの肉を焼くのは至難《しなん》の業《わざ》だが外はカリカリ中はレアが僕のモットーなので本気を出して焼く。勿論、スープも本気だ。手は抜かない。灰汁を取り、じっくりと煮込む。今日のスープには生肉も投入しているので柔らかくなるように火を通す。岩塩《がんえん》を削《けず》って入れながら掻き混ぜる。腿肉も状態を見極《みきわ》めながら焼いていく。こうなると酒も欲しくなってくるが此処は森の中。酔っていては戦えない。

そういえば森の中で盛大に肉を焼いているが匂いに釣られた魔物が来たりとかするのだろうか。あれ、ちょっと不安になってきた。しかし此処まで焼いてはやめられない。主夫の名に懸《か》けて料理を完遂《かんすい》しなければ。其処には一人の主夫がいた。冒険者などいなかった。

「凄くいい匂いがするのだが」
「おぅ、ダニエラ。おかえり」
「ただいまアサギ。美味そうだな」

目をキラキラさせたダニエラが焚き火にあたる。ふふふ、僕の予想した通りの姿だ。主夫冥利《みょうり》に尽きるってもんだ。

「ところでダニエラ先生」
「なんだ、アサギくん」
「森の中で肉焼いて大丈夫？　匂いとか実は凄く心配してるんだが」
「あぁ、それなら大丈夫だ。近くに魔物はいなかったよ」

なるほど、つまりいたらヤバいと。肝《きも》に銘《めい》じておこう……。

さて、それから十分程で肉博士こと僕の許可が下りる。焼きあがった肉の骨に布を巻いてダニエラに差し出す。

「いただきます！」

ガブ、とワイルドに噛《か》みついて歯型と同じ形のクレーターを作るダニエラ。破顔した表情が言葉もなく美味《おい》しさを語っている。それに続いて僕も鹿肉を食べる。うむ、この旨さ、百点満点だ。

具沢山《ぐたくさん》スープをよそった器に手を伸ばし、匙で肉を掬って食べる。ホロホロと崩れる……まではいかないが柔らかく煮込まれた肉は焼いたのとはまた違った美味しさがあった。ダニエラも僕を見てスープを食す。ダニエラ先生も合格といった顔だ。

こうして最後の食事が進んでいく。実に平和な夜だ。火の色を見ながらゆったりと食後の白湯《さゆ》を飲みながら今日までの旅路を思い返してクスリと笑う。何だ、普通に楽しい旅じゃないかと。こんな旅がこれからも続くならそれは実に幸せなことなんじゃないだろうか。そんな淡い思いを胸に抱きながら夜空を見上げる。今日はダニエラが最初の夜勤だ。僕は飲み干したカップを座っていた石の上に置いて先にテントへ潜り込んだ。


異変が起きたのは3つの月が天辺を過ぎた頃、丑三《うしみ》つ時のことだった。

スヤスヤとまではいかないがそれなりに眠っていた。そして今夜もダニエラに起こされる。

「アサギ、魔物だ」

ガバリと起き上がる。瞼《まぶた》をグニグニと擦ってしっかりと目を開けて剣を手に立ち上がる。

「またグラスウルフか？」

起き抜けだがしっかりと頭を働かせるために深呼吸する。夜の冷たい空気が体に染《し》み渡り、冴《さ》えてきた頭を振りながらテントを這い出て使っていたカップに水を入れて一気に飲み干す。

ダニエラは戦う準備をする程度の時間を置いて起こしてくれるから本当に助かる。

「いや、それが拙《まず》いことにオークだ」

「オークだって？」

オークは北の森の奥にも住んでいるとガルドが以前話していたが、その後聞いた話では大多数は南の山の麓《ふもと》にいるらしい。どちらも此処からかなり離れているぞ。

「アサギは聞いているか？　前にオーク狩りがあったことを」

「オーク狩り？」

しばらくガルドとネスを見なかったことがあった。南の山まで行っていたとしたらそれだろうか。実際に聞いたわけじゃないから断定はできないが。

「その狩りがあったのが、あの南の山だ」

月明かりがうっすらと照らす山を指差すダニエラ。

「恐らく、その狩りから逃れ、流れてきた残党だろうな」

なるほどな。そうでもないとこんな浅い森にオークは出ないか。

オークは森に住むという。以前、北の森にオークが出ると聞いたがそれはもう奥の奥まで入り込まないと遭遇《そうぐう》しないらしい。鬱蒼《うっそう》としたジャングルじみた場所を好むようで、南の山の麓は樹海と呼べるほどに深い森だそうだ。南の、元フォレストウルフの森とは地続きなので行こうと思えば行けたはず。まぁベオウルフのテリトリーに踏み込むことになるので危険だが。今はいないけどな。

「こんな場所でオークに出くわすとは運が悪いというかなんというか……」

「気を引き締めてやるぞ、アサギ。オークは一撃一撃が重い。丸太を片手で振り回すような連中だからな」

「其奴《そいつ》は恐ろしいな。勝ち目はあるのか？」

フッとダニエラが笑う。

「当たらなければどうということはない」

最近のダニエラは格好良いな……惚《ほ》れちゃいそうだ。しかし、ダニエラの言う通りだ。僕たちはＡＧＩにそれなりの自信がある。僕なんかＡＧＩしか自信ないしな。

「一撃が重い強敵。それに対して僕たちは……」

「素早さを活《い》かす」

そして今は、夜だ。ならば……

「奇襲からの即殺。これが一番可能性のある作戦だな」

「そういうことだ。よし、私は樹上から弓で攻撃する」

ダニエラが頷き、弓を手にしてみせる。

「僕は地面に隠れて下から奇襲しよう」

落ち葉も沢山あるし、水魔法で濡《ぬ》らして体に纏《まと》えば即席ギリースーツだ。後が大変だが。

「了解だ。よし、奴等《やつら》は南方向からやってくる。3体だ。わかるな?」

気配感知を広げる。すると離れた位置で3つの反応があった。頷いてみせるとダニエラも頷き返す。

「魔物と私たちの距離は大体700といったところだ。そして此処から200程進んだ所に少し拓《ひら》けた場所がある。野営をするには狭いが即殺するには十分だ」

恐らく、反応があった時点で調べていたんだろう。正におんぶに抱っこだが、今はいつか近い未来に肩を並べられるよう努力するしかない。

「よし、では作戦開始だ。やるぞ、アサギ」

「任せろダニエラ。明日には町だ」

お互いの拳を打ち合い、静かに走り出す。大丈夫、不安要素は何一つない。さっさと終わらせてスピリスに行くぞ。

□　□　□　□

樹上にダニエラが消えていくのを見届けてから地面に向けて手を伸ばす。手のひらからシャワーのように水が出る様子をイメージしながら魔法を使う。ちゃんとイメージ通り、吹き出した水が落ち葉を濡らす。なんだか滑稽《こっけい》だが、機能は十分だ。その上に寝転んで何度も往復すればたちまち僕は妖怪《ようかい》・落ち葉人間だ。自身の姿を見て問題ないかを確認したら次は場所取りだ。此処は拓けているが、逆に言えば障害物がない。身を完全に隠す場所がないのだ。

しかし、今の僕には関係ない。寝転べば其処が隠れ場所だ。ならば何を気にするかというと、敵の動きだ。南から来るのはわかった。ならば、何処《どこ》を通るかだ。何もない場所に隠れてやり過ごしては意味がない。上手《うま》く隠れて、尚且《なおか》つ奇襲できなければならない。なのでしっかりと周りを見る。

そして見つけた2本の木。その間を通るならばすぐ側の地面に隠れることができる。いざ攻撃すればオークたちは其処だけは狭いので混雑する。あっという間に首を飛ばせるだろう。ではどうやって其処へ誘うか。

僕は木の枝に干し肉を引っ掛ける。ダメ押しに果物もだ。これは勿論、虚ろの鞄から取り出してきたものだ。こんなこともあろうかと持ってきていて良かったぜ。

さて、準備は完了だ。そっと地面に剣を置いて落ち葉をかける。そっと伏せて柄《つか》を握ってふう、と息を吐いた。異世界アンブッシュ開始だ。

時間にして10分くらいだろうか。雲が晴れて差し込んだ月光が何かを照らした。目を凝らすと3つの巨体が歩いてくる。所々に傷があるが塞《ふさ》がっているようで、古傷となっている。さなながら歴戦の戦士だ。だがその体はうっすら緑色。人間じゃない。魔物だ。一見して肥満体型ではあるがその腕や足は筋骨隆々《きんこつりゆうりゆう》でスモウレスラーといった感じだ。木を削ったというより、いっそ樹木を削って作ったと言った方がわかりやすい無骨《ぶこつ》で巨大な棍棒《こんぼう》がその手に握られている。

見間違いようもなく、そして僕のファンタジー知識にも当てはまるその姿、まさしくオークだった。

ブゥブゥと呼吸音か鳴き声かわからない音を漏らしながら真《ま》っ直《す》ぐ此方へやってくる３匹の巨豚《きよぶた》。ゆっくりとその時を待ちながらジッと睨《にら》む。辺りをキョロキョロと見ているが何を探しているのだろう。と、そのうちの１匹が此方を見て指をさす。なるほど、探していたものは食料か。

干し肉と果物に気づいた３匹は不用心にも走り出す。相当腹が減っていたと見える。その様子に色々思うところはある。が、しかし申し訳ないがお前たちの旅は此処で終わりだ。

僕はじわりと魔力を地面に流す。すぐ側にいるオークたちの足元に伸びたところで紺碧《こんぺき》の色を流して、氷魔法を発動する。魔法名はない。敢《あ》えて付けるなら『逆さ氷柱《つらら》』だ。

「ヒギャアアアア！！！」

彼らの足の裏を貫《つらぬ》いて恐らく血の色であろう汚い青色に染まった鋭利《えいり》な氷柱が生《は》える。そして間髪《かんはつ》容れず頭上から矢が飛んできて１匹の脳天に突き刺さる。命を刈《か》り取られたオークが背中から倒れる。足は固定されているので膝《ひざ》だけ立てている。

僕も立ち上がり勢い良く近寄り、目の前のオークの首目がけて剣を振るう。斜《なな》めに振り下ろした剣が肉厚《にくあつ》な首を切り裂く。クソ、落とすことができなかった。しかし深く切り裂いた傷口から鮮血が噴《ふ》き出して森を濡らす。この傷なら放っておいても死ぬだろうが油断大敵、止《とど》めはしっかりとが戦いのコツだ。

氷魔法を中空に生成する。形は剣。鋭く薄く、そして硬《かた》く。出来上がったそれを魔力で振る。狙《ねら》うは千切《ちぎ》れかけの首だ。僕が描いた剣筋そのままに重傷の其処へもう一度、一撃を入れる。

目で確認していると一瞬、背筋《せすじ》に悪寒が走った。

「アサギ!!」

ダニエラの声が聞こえる。何事か確認する余裕もなく低く真っ直ぐ、前に飛び込むと重い音と風圧が僕の頭の上を過ぎる。今正に僕がしゃがんでいた場所にあった頭の位置を棍棒が薙《な》いでいた。あっっぶねぇ……確かに足を逆さ氷柱で貫いていたはずのオークが僕をしっかり見据《みす》えていた。足元は血だらけだが氷柱はない。折りやがったな……馬鹿力め。

すると側でバキン、と音が鳴った。油断なく見やるとオークが倒れるところだった。足元には首が落ちていて、その側に氷の剣が突き刺さっていた。魔法攻撃は確実にオークを仕留めていたのだ。バキンと鳴った音は倒れるオークの体重に耐えられずに折れた氷柱の音だろう。つまり体重並みの力を入れれば折れる程度の強度だったわけだ。まだまだ作りが甘いな。

突き刺さっていた氷の剣を手に握る。ちょっと冷たいが問題ない。魔力を流せば冷えた感覚は消えた。目の前のオークを見据えて鋼鉄の剣と氷の剣を構える。あとは、此奴だけだ。

ふぅ、と息を吐いて状況を確認する。残るオークはあと1匹。此方は僕とダニエラの二人だ。視界の端でダニエラが樹上から降りてくるのが見えた。

「アサギ、油断するな」

「あぁ」

オークを見据えたまま短く返事を返す。まずは当たらないことを前提に、だ。

「ブゴォォォオ!!」

眼前のオークが吠《ほ》える。だがそれに気圧《けお》されることはない。ベオウルフの咆哮《ほうこう》に比べれば可愛《かわい》いもんだ。両足を開き、いつでも動けるように身構えながら握る二振《ふたふ》りの剣を腰だめに構える。鋼鉄の剣と氷剣はそれぞれ重さが違う。氷の剣の方がだいぶ軽い。なら氷剣で牽制して鋼鉄の剣で攻撃がセオリーだろう。

オークが手にした棍棒を振り上げた。真正面の僕に向かって振り下ろす。しかし残念ながらそんな馬鹿正直な攻撃は当たらない。地面に足を踏み込み、爆発的な速度でその場を離れる。AGI特化型の戦いを始めよう。

避けた勢いのままオークの脇を抜けてすれ違いざまに氷剣で横っ腹を切り裂く。首を落とした剣だけあって切れ味は申し分ない。痛みに鳴くオーク。振り向きざまに力任せに振られた棍棒を見てからしゃがんで回避する。頭の上をゴウ、と重い風切り音が横薙《よこな》ぎに飛んでいく。その棍棒に数本の矢がほぼ同時に突き刺さる。ダニエラだ。その矢の威力《いりょく》に棍棒の表面が弾け、更にオークの手からも離れて飛んでいく。それを見やるオークのもとへ、しゃがんだまま弾丸のように飛び出し、鋼鉄の剣で足首を力いっぱい斬りつける。スパン、と抵抗なく足が飛んだ。

「ブンギャアアア!!!」

欠損《けっそん》の痛みに絶叫を上げながらバランスを崩したオークはグラリと揺れて地面へと倒れる。

僕は息を整えながら油断なく剣を構える。窮鼠《きゅうそ》猫を噛むという言葉があるように、追い詰められた敵は何をするかわからない。

「アサギ、止めだ」

背後から聞こえるダニエラの声に頷いて、一歩踏み出す。

するとその音に反応したオークが抗《あらが》うかのように暴れだす。棍棒を失ったので手足を振り回して、まるで駄々《だだ》っ子のようだが、相手は必死だ。とてもじゃないが近づけない。こういう時こそ魔法だろう。幸いにも相手はその場から動けない。

僕は鋼鉄の剣を地面に刺して手にしていた氷剣を水平に持つ。其処へ魔力を注いでイメージを具現化する。ゆっくりと剣が浮かび、その切っ先をオークへと向ける。力を込めながら氷剣を握っていた手をオークへ伸ばす。そして脳内の引き金を引く。射出された氷剣は真っ直ぐにオークへと飛び、その額に突き刺さった。

そのまま後方へ吹き飛び、木に激突するオーク。大きな音を立てて揺れた木から突然起こされた鳥たちが飛び立つ。心の中で謝りながら、ゆっくりと息を吐き、突き立てていた鋼鉄の剣を取る。

「ふぅ……」

「お疲れ、アサギ」

弓を握った拳を伸ばしてきたダニエラに応対して鋼鉄の剣を握った拳を伸ばしてぶつける。このやり取り、ダニエラが結構気に入ってるんだよな。僕も気に入っている。仲間感溢れるよね。

「あの棍棒、危ないな」

「オークの怪力に棍棒……驚異的だな。油断したら体を持っていかれるぞ」

本当にな……まったく、恐ろしい相手だった。

僕は倒したオークたちを見やる。脳天に矢を立てて絶命したオーク。地面に縫《ぬ》い付けられ首を落とされたオーク。そして足首を切り飛ばされ額に氷剣を突き立てられたオーク。時間にしてみれば数分ではあるがゴブリンやフォレストウルフとは違う、とても激しい戦闘だった。

□　□　□　□

二人して野営地へと戻る前にオークの討伐証明として牙を回収した。牙といってもフォレストウルフと違ってオークの牙は太くて長い。フォレストウルフの牙は完全に食うためにものだったが、オークのそれはまさに攻撃のための武器といった感じだ。

その牙を片手に疲弊《ひへい》した体を運ぶ。見上げた空は少し雲が出て朧月《おぼろづき》が浮かんでいる。もう2時間程で月は沈み、太陽が昇るだろう。

「連日の夜襲はきっついなぁ」

「旅なんてこんなものさ。一人はもっと大変だぞ？」

そう言われて一人の旅を思い出す。確かにあれはな……。もう木の上で寝たくない。狼とかゴブリンが生息する森なら木の上でも何とかなるだろう。でもこれがオークなら？　きっとへし折ってくるだろう。見たことはないしいるかもわからないが、猿《さる》型の魔物なんていた日には木の上の安全性は皆無《かいむ》となるだろう。鳥型もいたら嫌だなぁ。

「ダニエラは一人だった時はどうやって旅をしていたんだ？」

ふと気になり尋ねる。

「完全に一人という経験は本当に危険だから少ない。普段は商隊と一緒だな。護衛《ごえい》任務等で追従するんだ。一人の時は寝ない。火を絶やさず、気配感知を全開にして緊張感を途切れさせず、朝を迎える」

うえぇ……地獄じゃん……。

「まぁ、木の上ならば、多少は安全だろうな？」

からかうようにダニエラが覗《のぞ》き込んでくる。僕はふい、と目を逸《そ》らした。

□　□　□　□

さて、漸《ようや》く朝だ。お片付けを終えた僕たちは出発前に忘れ物がないか確認する。

「そっち大丈夫か？」

「あぁ、問題ない」

「よし、じゃあ行くか」

野営地を後にして森を歩く。時々現れるゴブリンを倒して武器を回収して、また歩き出す。お小遣いがどんどん増えていく。

「しかしこの森もなかなか広いな」

後ろを振り返ったりと周りを見ながらぼやく。多少切り開かれてはいるが、やはり林道といった雰囲気《ふんいき》はなく、油断すればすぐに遭難《そうなん》だ。遊歩道的な石畳《いしだたみ》でもあればいいんだが……。

「この森は縦《たて》に長い。縦断するなら大変だが、横断するのであれば楽な方だ。それに、もうすぐ森を抜けるはずだ。予定通りならな」

凝った肩に手を当てながら腕をグルグル回してダニエラが言う。僕も鞄を背負い直しながら休まず歩く。

すると気配感知に何かが引っかかる。

「うん？　魔物か？」

「いや、これは人だな」

後方から人らしき気配が迫ってくる。そういえばこの旅で人には会わなかったな。タイミングの問題だろうか。なら此処で会うのもまたタイミングというものだろう。

「結構な速度で来るな……本当に人か？」

怖がりな僕は腰に下げた鋼鉄の剣に手をかける。いつだって危機感を持つのが旅のコツだ。

「いや、よく感じてみろ。もう一つ反応があるだろう？」

そう言われて集中してみる。ふむ……確かに人らしき反応に重なって何かもう一つ反応がある。

「これは？」

「馬だな」

ダニエラが言う。なるほど、森の中を馬で駆けているのか。しかし何で森の中を？

「ダニエラならもっと早く気づいていただろう？」

「まぁな。アサギの修行のために黙っていただけだ。気づけたのは偉《えら》いぞ」

ダニエラ先生のスパルタ修行だ。これが盗賊《とうぞく》だったらどうするんですかね……。

「緊急の場合か、或《あ》いは盗賊か……それは会ってみないとわからない。だが、一人だ。それならば盗賊の線は薄い」

しかし油断なく腰の細剣に手をかけるダニエラ。もしかしたら一人でも襲ってくるかもしれないもんな。

身構える僕たちの耳に何かが力強く地面を踏みながら走ってくる音が聞こえてきた。ふむ、確かに馬だな。段々と近づいてくる馬とその馬に跨《また》がる人の姿。はて……僕の見間違いでなければ見たことがある人物な気がするのだが。しかしもし、その人物が僕の想像通り、予想通りの人物ならば僕は一刻も早く此処を離れたい。

「ダニエラ」

「しっ」

小さくそう言って人差し指を口の前に立てるダニエラ。話を聞いてほしい。

「ダニエラ」

「何だ」

「逃げよう」

「何で」

「いいから」

『何なんだ』と苛立《いらだ》ち混じりに僕を胡乱《うろん》げに見やる。早く走って逃げよう。きっと面倒《めんどう》なことになる。

焦《あせ》りながら馬の来る方面を見る。あぁ、ほら、もう……元気に手なんか振ってるじゃないか。

「アサギく——ん！」

あの気安い声が耳に届く。

「何故《なぜ》彼女が……？」

「絶対面倒くさいやつだこれ」

片手で顔を覆《おお》いながら溜息を吐く。もう間に合わない。

「アサギくーん！　おまたせ！」

元気いっぱいな声が頭上から振ってきた。手をどけると其処には馬に跨ったフィオナさんが満面の笑顔で僕を見ていた。

□　□　□　□

「待ってませんけれど」

「やだなぁ、冗談だよ」

温度差のある会話だが此処はフィラルドから約5日分離れた森の中だ。いつもの気安いフィオナさんと話すギルドではない。

「どうしてこんな所に？」

「そりゃあアサギくんを追いかけて来たんだよ！」

「よし、そろそろ行こうか、ダニエラ」

虚ろの鞄を背負い直して歩きだすと後ろから馬に乗ったフィオナさんがついてくる。本当に何でこの人此処にいるの？

「実はスピリスに人事異動の通知が来たんだよね」

聞いてもいないのにフィオナさんが話し始めた。歩きながら耳だけ傾ける。

「アサギくんたちが出て3日後だったかな……今なら間に合うかなってギルドが保有してる中で一番優秀なハーフユニコーンに乗ってきたんだよ」

「ハーフユニコーン？」

ユニコーンなら聞いたことがある。ハーフって何だ？

「普通の馬とユニコーンの間の子を家畜《かちく》化させた馬だよ。普通の馬より優秀なんだよ！」

ドヤ顔でペチペチとハーフユニコーンを叩くフィオナさん。言われてみると確かによく見る馬車馬とはちょっと違う。見た目としてはスレンダーで美しい。日本で見たサラブレッドとそっくりだ。目は深い紫色だ。魔物の要素だろうか。ユニコーンの親戚《しんせき》のくせに角《つの》はなかった。角なしだ。

なるほど、このハーフユニコーンの体力と脚力で僕たちの5日分の旅路を2日で走破してきたのか。そう考えるとこの馬が優秀だというのも頷ける。

「でもまさかもうスピリスの目の前まで来てるなんてね……楽しい旅を期待してたのに……」

「楽しい旅でしたよ。昨夜はオークを討伐しましたし」

「オーク!? 何で!? ガルドたちが遠征して討伐したはずじゃん!」

あ、やっぱりガルドたちが討伐遠征に行ってたのか。僕の予想は合っていたようだ。

「その討《う》ち漏らしだ。それが流れ流れてこの森まで来たということだ」

ダニエラが説明してくれた。フィオナさんがうーむ、と腕を組んで考え込んでいる。

野営地から出て半日、そろそろお昼だ。ちょっと小腹が空《す》いたかなと腹を撫でていると馬上のフィオナさんが『あっ!』と声を上げた。何事かと見上げると前を指差している。それに釣られて前を見ると木と木の間から草原が見えた。ダニエラを見やると頷いて微笑《ほほえ》む。どうやらあれが出口のようだ。

逸《はや》る気持ちを抑えて、でも少し早歩き気味で出口を目指す。だんだん差す光の量が増えていく。木漏《こも》れ日を抜けて一瞬、強い光に目を細めるが、それもすぐに慣れて目の前の光景をじっくりと眺《なが》める。森の先の草原、スピリスへの道。ちょっとした丘が折り重なる、なだらかな起伏のある平原だ。視界を遮《さえぎ》る物は何もなく、風が茂る草を撫でていくのがよくわかる。あれも精霊さんの仕業《しわざ》なのだろうか。

ゆっくりと空気を吸う。森の湿った空気とはまた違う爽《さわ》やかな空気だ。森の雰囲気も好きだけれど、こんな平原も好きだな……。

「さて、そろそろ行こうか?」

ダニエラがポン、と僕の背中の鞄を叩く。少し浸《ひた》りすぎた。恥ずかしい。

進路を確認すると遠くに町が見えた。いや、町と聞いていたが最早《もはや》都市だ。大きな防壁がある。よくは見えないが高さも結構ある気がする。

「あれが『平原都市スピリス』だよ」

フィオナさんが指差して教えてくれた。やっぱり都市だった。

「平原都市か……前に来た時は平原の町だったと思うんだが」

ダニエラがポツリと呟《つぶや》く。

「前っていつ頃の話？」

「故郷を出てすぐだからまぁ、60年と少し前ってところかな」

ダニエラが頬《ほお》を掻きながら拗《す》ねたように僕を睨む。見られても困るんだが。

「それだけあったら都市にもなるわ」

「ほら、行くんだろう？」

お返しにダニエラの背中をポンと叩いて歩きだした。ゆっくりと平原への坂を下りながら振り返るとダニエラとフィオナさんが此方に歩いてくるのが見える。なんか一人増えたけど、スピリスまで賑《にぎ》やかになりそうだ。

第八章 ◆ 平原都市スピリス

暖かい日差しの中、取り留めのない会話を続けながら平原を歩く。こんな気持ち良い日に草の上に寝転がったら速攻で眠れそうだ。フィオナさんもハーフユニコーンから降りて歩きながら時々欠伸《あくび》をしている。

ふと視線を右に逸《そ》らすと野兎《のうさぎ》が走っているのが見える。蝶々《ちょうちょ》を追いかけているのをジッと見ていると目が合った。一瞬止まった兎が慌《あわ》てて逃げて茂みの中へ飛び込む。その様子が可笑《おか》しくてクスクス笑っているとフィオナさんが『何笑ってんの―？』と脇腹《わきばら》を肘《ひじ》で突いてくる。それを適当にあしらってもう一度、兎の消えた茂みを見やる。するとガサガサと茂みが揺れて先程の兎が顔だけ出して僕を見る。隣を歩くフィオナさんを肘で突いて兎を指差す。

「あはっ、可愛《かわい》い」

「美味《うま》そうな兎だな」

ダニエラは相変わらず残念だ。でも最近はそれもダニエラの魅力と思えてきた。屋台前で出会った仮面の女性、一緒に屋台飯《やたいめし》を食べ、筆頭たちに絡《から》まれて、そして冒険者仲間になった人。

変な縁《えん》もあるもんだなとしか思っていなかったが、実はよく見ると其処《そこ》ら辺にはいないレベルの美人だ。髪は短めだがサラサラと風に揺れる様《さま》は絵画から飛び出してきた美術品を思わせる。切れ長の目は普段はきつい印象があるが目は口ほどに物を言うとはまさにダニエラのためにある言葉で、実に表情豊かな目だ。可愛いもの、美味《おい》しそうなものを見た時の目はキラキラと輝いていて、思わず僕も頬《ほお》が緩《ゆる》んでしまう。

今も兎を見る彼女の目はキラキラと輝いている。果たしてそれは可愛い物を見る目か、美味しそうな物を見る目か……。

「あっ……」

ダニエラが残念そうな声を上げる。兎が再度茂みの中に隠れてしまったからだ。ふとキラリと光る物が視界に入る。ダニエラが短剣を手にしていた。彼女の目には美味しい物に映っていたらしい。本当に此奴《こいつ》は残念な美女だな……。そりゃ兎も逃げるわ。

再び歩き出す。スピリスに行けば美味い飯なんていくらでもあるだろうに。気づくと頬が緩んでいた。

昼時だろうとは思うがどれくらいで都市に着くだろう。太陽を見上げようとすると僕たちの周りを影が覆《おお》う。しまった、雲が出てきてしまったか。さっきまで雲ひとつなかったのにな。

もしかして一雨来るのだろうかと空を見上げる。そしておかしなことに気づく。辺《あた》りを影が覆っているのに雲がない。

「なんだ、これ……」

「どうした、アサギ」

「空がおかしい」

釣られて二人も顔を上げる。僕も再び顔を上げて目を細めて真上をジィ、と見る。


その空には大きな何かが飛んでいた。


「おいおいおいおいおい何だあれ!!」

流石《さすが》に動転して上空を指差す。二人は言葉を失っている。しかしフィオナさんがいち早く我を取り戻し、叫んだ。

「ワイバーンだよ!! 逃げて!!」

ハーフユニコーンに跨《また》がり、声を上げる。

「に、逃げるぞダニエラ!」

僕も走りながら振り返ってダニエラに声をかける。

が、彼女は放心したように動かない。

「ダニエラ!? ダニエラ!!!」

僕の声にビクン、と体を震わせて此方《こっち》を見る。その目の端に涙が浮かんでいる。

「あ、アサギ……ドラゴンが……」

震える手を僕に伸ばす。もしかして前に話してくれた竜種のスタンピードの……トラウマか!?

それに気づいた時、足元の影は最初より広がっていた。ガバッと顔を上げるとはっきりとワイバーンの姿が目に飛び込んできた。逆光だがその翼竜《よくりゅう》は完全に僕たちのことを視認して襲《おそ》おうとしているのが見えた。

ダニエラは動かない。動けない。どうするか悩んだが、それも一瞬だ。こうなったらもう、使うしかない。

走り寄り、ダニエラを抱きかかえる。

「ア、サギ?」

戸惑《とまど》う声が聞こえるが今は無視だ。集中して脳内にいつもの4分割画面をイメージする。

《器用貧乏》だ。更《さら》に奴《やつ》からの贈り物を同時発動する。

「頼むぞ、ベオウルフ……！」

《森狼の脚《あし》》の行使。脳内のイメージ通り、僕の両足を銀と翠《みどり》が混ざった風が覆う。腰を落とし、大地を踏み締め、一気に走り出す。瞬間、景色を全《すべ》て置き去りにする。いきなり高速道路に来たみたいな速さだ。一瞬でフィオナの乗るハーフユニコーンに追いつく。

「急げフィオナ！　スピリスまで全速力だ！」

「アサギくん速くない!?」

悪いがスピード調節が難しくて並走してやれない。僕はハーフユニコーンを追い越して走る。背後から迫る圧迫感のある気配。僕たちを見逃してくれる気はないらしい。振り向くとフィオナがすぐ後ろを走り、ワイバーンが上空から滑空してくるのが見えた。ハーフユニコーンもやる気満々にフンスと鼻息を立てながら僕を見る。対抗心からか、グンと速度を上げた。

僕は放さないようにダニエラをギュッと抱き締める。するとダニエラも僕にしがみつく。がっちり抱えながら僕は未《いま》だ遠くに見えるスピリス目がけて、更に速度を上げた。

足元から吹き上げる銀と翠の風が僕の髪を揺らす。これだけの速さを出しているのに不思議と向かい風は穏《おだ》やかだ。これも森狼の付与《ふよ》の力だろうか。

「頑張れー！　ポシュルー！」

後ろでフィオナさんがハーフユニコーンを応援しているがそれは名前なのか。あんな綺麗《きれい》なハーフユニコーンがポシュルか……い、良い名前だね！

「ダニエラ、大丈夫か?」

チラ、と抱きかかえるダニエラに視線を落として声をかける。ギュッと僕の服を掴《つか》む手は震えている。が、

「あぁ……平気、だ」

まだ怯《おび》えてはいるが先程のように放心した様子はない。このままスピリスまで逃げたいが、

一つ問題がある。

あの平原都市にワイバーンを相手取る程の防衛機構があるだろうか。あのワイバーンが流れのワイバーンならアウトだ。僕たちは災厄《さいやく》を引き連れて来訪することになる。

だがこの辺りに時々でもワイバーンが出ることがあるなら？

前方にだんだん大きく見えてきた防壁を見る。３～４メートルはあるだろうか。立派《りっぱ》な壁だ。

あれがワイバーンのための防壁なら最高なんだが。

「ゴガアアァァァァアアア!!!」

背後から翼竜の咆哮《ほうこう》が聞こえてくる。流石に竜の咆哮は肝《きも》が冷える。背中を冷たい汗《あせ》が流れるがしかし、足を止めることはできない。

「大丈夫か！　フィオナ！」

「だいじょーぶー！　だけど怖すぎるー!!」

この状況でそれだけ言えるなら安心だ。ワイバーンの本気の速度がどれくらいかわからないが、ハーフユニコーンと《森狼の脚》の速さには追いつけないようだ。

「もうすぐスピリスだ！　あの都市はワイバーンを退《しりぞ》けられるか!?」

後ろを走るフィオナさんに尋《たず》ねる。空からの強襲にもいち早く対応したギルド員なら、あの都市の防衛力も知っているかもしれない。

「だいじょーぶ！　真《ま》っ直《す》ぐ走ってー!!」

わかった、と肩越しに振り向いて頷《うなず》く。ハーフユニコーンがフンスと鼻息荒く、僕を追い越そうと速度を上げる。そしてワイバーンとの距離は開いていく。

「ダニエラ、何か、鏑矢《かぶらや》みたいなのはないか？」

「すまない、鏑矢は……ない。あの都市に知らせるのだろう？　なら……」

ダニエラが震える指先で矢筒から一本の矢を取り出す。

「閃光矢《せんこう》だ。これなら……」

「射《い》ることはできるか？」

そっと尋ねるとダニエラは小さく首を縦《たて》に振る。

「此処《ここ》で放てなくては、意味がないからな」

辛《つら》そうに眉間《みけん》に皺《しわ》を寄せながらダニエラが言う。僕はダニエラをしっかり抱えながら、何とか鋼鉄の剣を鞘《さや》に仕舞い、ダニエラを改めて抱きかかえる。ダニエラが軽くて良かった。

そしてダニエラが死生樹《シセイジュ》の弓を持って平原都市上空へ向ける。その弓にそっと閃光矢と思われる1本の矢をつがえる。きっと名前の通りに閃光を放つ矢なんだろう。準備ができたことをフィオナさんにも伝える。

「今から都市に僕たちがいることを伝えるために閃光矢を射るから光に気をつけて！」

「りょーかい!!」

フィオナさんがギュッとハーフユニコーンの首に掴まって「大丈夫だからね」と囁《ささや》いている。

それを見たダニエラは小さく頷き、ギュッと弓矢を握る手に力を込める、そしてギリギリと弦《つる》を引き絞《しぼ》り、放つ。真っ直ぐに平原都市方面に飛んだ矢は目測だが僕たちと都市との中間地点辺りの上空で強い光を放った。都市の衛兵《えいへい》はもうワイバーンに気づいているだろう。これで僕たちにも気づいてもらえるはずだ。

「流石ダニエラ先生。ばっちりだ」

「ん……アサギくんが優秀な生徒だからだよ」

冗談を返すくらいには落ち着いているようで安心だ。少し頬が赤いが其処だけ心配だ。

後は走るだけだ。《森狼の脚》の行使による疲労はない。後できっとやばいくらい疲れるパターンかもしれないが今は気にしていられない。ハーフユニコーンもあとどれくらい走れるだろうか。フィラルドからあの森まで飛ばして来たからそれなりに疲労は溜《た》まっているはずだ。

だんだん都市がはっきりと見えてきた。高い高いと思っていた防壁の上にはよく見るとバリスタが設置されている。あれでワイバーンを撃退するんだろう。これなら突っ込んでも大丈夫そうだ。慌ただしく兵士が走っているのも見える。

都市の玄関である門からは衛兵隊がどんどん出てくる。先頭に立った人が頭上に上げた槍《やり》をグルグルと振っている。此処に走って来いということだろう。その衛兵を中心に隊が二つに分かれる。その間を行けばいいんだろうか。フィオナさんを見ると頷かれる。やっぱり走り抜けるしかないんだろうか。

しかしこの《森狼の脚》のまま走り抜けるのは拙《まず》いんじゃないか……？

「ダニエラ、このスキルを見られるのは拙い。此処まで走っておいて今更《いまさら》かもしれないけれど……」

「あぁ、確かに……私もそろそろ君のお陰《かげ》で走れる。あの丘の手前で私を放して君はハーフユニコーンに掴まっていくんだ」

「そんなことできるのか……？」

だんだんコツが掴めてきたのでちょっと速度を落とす。フィオナさんと並走して手短に相談すると、

「なら二人とも乗っちゃいなよ。ポシュルならだいじょーぶだから！」

とのことだ。ハーフユニコーン凄《すご》い。

「ゴガァァアアアアア!!!」

背後のワイバーンが再び吠《ほ》える。未だ追いつけないことへの苛立《いらだ》ちがその声音《こわね》に含まれているのがわかる。とはいえ、どんどん此方との距離は縮《ちぢ》まっている。それが実に怖い。だが僕は優しくないので追いつかれてはやれない。

ダニエラがハーフユニコーンに手を伸ばす。何をするのかジッと見ていると魔力が注がれるのが見えた。恐らく風の魔法だろう。ハーフユニコーンが一瞬、僕を追い越す。負けじと追い抜き、追い越されを繰り返していると最後の丘の麓《ふもと》に来た。此処で少しだけ衛兵隊からは見え

なくなる。

丘を駆け上がるハーフユニコーンにダニエラを乗せて僕も乗ろうと手を伸ばす。馬上からダニエラが僕の手を摑み引っ張ってくれて、僕もハーフユニコーンの上に乗ることができた。尻《しり》の方で実に危なっかしいがもうすぐ都市に着くので我慢《がまん》だ。

ダニエラが僕の腕を摑んで自身の腰に回す。摑まれということだろう。ならば行為に甘えてしっかり摑まる。ふむ、この状態ならば攻撃もできるだろうか。此処まで走らせてくれたワイバーンへのお礼が必要だ。

「見てろよぉ……一発お見舞いしてやる」

「アサギ？」

ダニエラが此方《こちら》を見て首を傾《かし》げる。その反応に僕は悪戯《いたずら》を仕掛けるガキのような笑みを返す。

ハーフユニコーンが丘を登りきり、下りに入った。あと少しだ。壁上のバリスタがしっかりとワイバーンに向けられているのも見えた。

僕は空《あ》いた手を後方に伸ばす。紺碧《こんぺき》の氷魔法によって作ったのはオーク戦でもお世話になった『氷剣』だ。あの時と同じように氷剣の切っ先をワイバーンに向けて生成した。時間がないがじっくり狙《ねら》いをつける。

「もうすぐ着くよ！」

フィオナさんが声を上げ、ポシュルが最後の丘を下る。そしてワイバーンが両翼をはためかせ、丘を飛び越えたと同時に僕は紺碧の氷剣を射出する。それは真っ直ぐ、狙い通りにワイバーンの左目へと吸い込まれる。射出の威力《いりょく》に向かってくる速度を上乗せした一撃は氷剣の根本まで突き刺さるという結果をもたらした。

「ゴギャァァアアァァアァァァ!!!」

突然の激痛に翼の操作を誤ったワイバーンが地に墜《お》ちる。豪快に草原を抉《えぐ》りながらスライディングしてくるが勿論《もちろん》、速度は落ちるので僕たちには届かない。僕は衛兵隊に向かって新しく生成した氷剣を見えるように振る。

「おおおおおおお!!!!」

力強い声だ。ビリビリと空気を震わせる鬨《とき》の声。僕たちはその声に包まれながら衛兵隊の間をすり抜ける。先程、槍を振っていた衛兵がその槍をワイバーンに向けて一際大きな声で号令する。

「撃てぇぇぇぇぇぇぇい!!!」

バツンバツンと最大限まで張りつめた弦が矢を放つ音が頭上から聞こえる。バリスタが放たれる音だ。同時にワイバーンの悲痛な絶叫が聞こえる。背後の戦闘など眼中にないハーフユニコーンことポシュルは、ついに一瞬も速度を落とすことなくスピリスへと飛び込んだ。

□　□　□　□

「よーしよしよしよしぃ……」

門からほど近い防壁の裏でフィオナさんがハーフユニコーン『ポシュル』くんを愛《め》でていると戦闘が終わったのか、衛兵隊が戻ってきた。そのうちの一人が僕たちのことを見つけて槍を持ち上げる。周りの兵に何らかの指示を出してから駆け寄ってきた。手にした槍から、先程の先頭の兵だと気づいた。

「いやぁ、大変でしたな！」

「どうも、助かりました」

差し出される手に手を伸ばすとガッチリ握手される。ちょっと痛い。

「あのワイバーンを墜とした一撃は素晴らしいものでした！　ちらっと目に留めたところ、魔法での攻撃に見えましたが？」

言っていいものなのか一瞬考えたが、《森狼の脚》がバレるよりはいい。バレてないよな？

「氷魔法ですね。左目に叩《たた》き込んでやりました」

「なんと！　狙いにくい場所に真っ直ぐ当てるとは……確かに顔の傷は酷《ひど》かった。あの一撃なくしては我々もワイバーン討伐《とうばつ》などできなかったでしょう。あなたはこの平原都市の英雄と言っても過言ではないですな！」

「いやいや、過言ですよ。僕はしがない冒険者ですから」

やばいやばい。どんどん持ち上げられる。

「そうですかな？　あの一撃は並大抵《なみたいてい》の冒険者にはできますまい」

「たまたまですよ。僕も逃げるのに必死でしたので」

「まぁ、そう仰《おっしゃ》られるのであれば……」

渋々《しぶしぶ》と言った感じだがどうにか落ち着いてもらえた。危うく平原都市を救ったヒーロー扱いされるところだった。僕みたいな深夜アルバイター兼冒険者には荷が重いってもんだ。ダニエラが魔法を隠す理由はこういうところにもあるのかもしれない。《森狼の脚》、隠してて良かった……。

「あぁ、失礼しました！　私、この平原都市西地区の防衛を預からせてもらっています。名を『ハロルド』と申します。以後、お見知りおきを」

「これはご丁寧《ていねい》にどうも。隊長殿でしたか。僕はアサギといいます。よろしくお願いします」

今度は此方から伸ばした手をハロルドがガッチリ握った。やっぱり痛い。

「そちらのお嬢さん方もお疲れでしょう！　此処はどうでしょう、都市一番の宿をご案内させていただいても？」

「あー、金銭的にそれほど裕福でもないので普通の宿でお願いします」

「はっはっは！　いやぁ、英雄殿を最高の宿にと思ったのですがこれは失礼しました！」

頼むから英雄はやめてくれ……。

僕たちはハロルド直々《じきじき》の案内で普通ランクの宿に案内してもらった。道だけ教えてもらえればと言ったのだが頑《がん》として譲《ゆず》ってくれなかった。衛兵隊長、熱い漢《おとこ》である。

「では私は此処で。何かあったら詰め所までどうぞ！　私の名前を出して頂ければすぐに案内させるよう伝えておきますので！」

「何から何までご親切にありがとうございました。では、また」

ハロルドが伸ばした手を最後は負けん！　とガッチリ握った。ハロルドがニヤリと笑うと握る力が増した。痛い。衛兵隊長、負けず嫌いである。

僕はハロルドが通りに消えていくのを見送ってから二人を振り返る。

「さて、どうする？　案内してもらったしこの宿にしばらくお世話になろうと思うけれど」

問いかけるとすっかり調子を戻したダニエラがうむ、と頷く。いつの間にか例の仮面をつけていた。いつの間に。

「見た感じ、フィラルドの宿と同じ水準に思う。私は此処で賛成だ。あのハロルドという男、なかなか良いところを教えてくれたな」

建物を見上げながらダニエラが言う。確かに、冒険者にはちょうど良い感じだ。豪華《ごうか》過ぎるわけでもなく、でも汚いわけでもない。実にちょうど良いレベルの宿だ。

「あたしはギルドに顔出さないと。それにアサギくんたちとお泊《ま》りしたいけれど、ギルド員の宿舎があるから別々かなー」

「そうですか。ではまた」

「え、なんか他人行儀過ぎない？　さっきはフィオナって呼んでくれたのに！」

「緊急事態でしたから。じゃあこれで」

荷物を持って宿に入ろうとしたら後ろからがっしり捕まえられた。視線を落とすとがっしり腹に腕が回り込んでいる。

「ワイバーンから一緒に逃げた仲間でしょー！　気安く呼んでよ！」

「これからはギルド員と冒険者の仲でしょう？　気安いですよ」

ズリズリと引き摺《ず》りながら前へ進む。

「うぐぐ……仲間はずれは嫌だよぅ……」

「はぁ……放してくれませんかね」

「いーやーだーー」

助けてくれと視線でダニエラに訴えかける。ダニエラがそれに気づくと溜息《ためいき》混じりに頷く。

持つべきものは仲間だね！

「アサギ、これだけ仲良くなろうとしてる相手を無下《むげ》にするのか？」

「えっ!?」

フィオナさんの仲間かよ！

「そうだよアサギくん！　仲良くしようよ！」

「アサギ」

　ダニエラがジッと見てくる。視線を落として脇腹越しにフィオナさんを見るとちょっと涙目で見つめられる。はぁ、もう、そんな目で仲良くしようと言われたら断れないじゃないか……。

「わかった、わかりました！　僕が悪かった！　放してくれ！」

「仲良くしてくれる？」

「するする！　仲良くするから放してくれ！」

　そう言うとフィオナさ……フィオナが僕を解放する。ガシガシと頭を掻《か》く僕の前に回り込んで嬉《うれ》しそうに笑った。その笑顔だけ見ればなるほど、ギルド内での人気の高さも頷ける。ちょっと小柄なのも庇《ひ》護《ご》欲《よく》を掻き立てるといえば掻き立てる。まぁ僕にはそういう属性ないけど。荒くれ冒険者にはオアシス的存在だろう。まぁ僕は荒くないのでオアシス的存在にはならないが。ま、仲良くするくらいならいいか……他の冒険者に妬《ねた》まれ、絡《から》まれる要因だと思って壁を作っていたが、もし絡まれたら逃げりゃいいか。さっきみたいにダニエラを抱っこして。

「ありがとね、アサギくん！　それにダニエラさんも！」

「あぁ、アサギはこういうところが頑固《がんこ》だからな。いざという時は私を頼るといい」

　ダニエラ先生は僕の味方だと思ってたんですがねぇ……。

「じゃあそろそろギルドに行くね！　アサギくんたちも来るんでしょ？」

「あぁ、荷物を置いたら顔出すよ。クエストとか見たいし」

「りょーかい！　じゃあ待ってるね！」

そう言うとポシュルの手綱《たづな》を握って通りに消えていった。ふぅ……漸《ようや》く宿に入れるな。

「入るか……」

「ふふ、疲れた顔をしているぞ？」

「疲れた顔にしてるんだよ……」

木製の扉を押し開けて宿へ入る。中は少し薄暗い。間接照明か？　オシャレな宿だな……ね、
値段の方は大丈夫だろうか。

「すみません」

「いらっしゃいませ」

カウンターに控《ひか》えていた初老の男性に声をかける。シルバーの綺麗な髪色は白髪交じりの金髪といった感じだろうか。すらっと背筋の伸びた姿勢が老練な執事《しつじ》を思わせる。

「僕と彼女でしばらくお世話になりたいのですが」

「宿泊ですね、畏《かしこ》まりました。何泊なさいますか？」

「一先《ひとま》ずは一週間で。良かったらその後は延長します」

そう言うと老紳士が予定を書き込んでいく。

「ではお客様のお眼鏡《めがね》に適《かな》うよう努めさせていただきましょう」

ダンディな笑みを浮かべて彼は言う。僕はもうそれだけでずっと此処でいいんじゃないかと

思ってしまう。格好《かっこう》良すぎる。こんな風に年取りたいなぁ。

「私、この宿を経営しています『ヨシュア＝グラスフィン』といいます。お名前を伺《うかが》っても？」

「僕はアサギ＝カミヤシロです」

「私はダニエラ＝ヴィルシルフだ。よろしく頼む」

「ありがとうございます」

名前を聞くとそれも書き込む。必要事項を書き終えたヨシュアさんはこちらに向き直って礼をした。

「では改めましてアサギ様、ダニエラ様。当宿、『銀の空亭』へようこそ。誠心誠意、務めさせて頂きますので、どうぞよろしくお願いいたします」

『銀の空亭』は3階建てである。正確に言えば地上3階地下1建てだ。地下に共同浴場がある。今回の宿も風呂付きということで僕の中で満足度は鰻登《うなぎのぼ》りである。

部屋は最上階である3階に決まった。部屋は別々だ。事故が起きないとも限らないしね！

平和なパーティー環境を作ることこそ長生きのコツなのだ。

ダニエラとは部屋の前で別れて1階の食堂で落ち合うことが決まっている。色々あって少し遅めの昼食をとることになった。それから街へ繰り出し、寄り道しながらギルドを目指す。場所はヨシュアさんに聞いている。ガイドブックがカウンターで売られていたのでそれも購入済みだ。お上《のぼ》りさんにガイドブックは付き物というわけだ。

さて、荷物の整理はこんなもんでいいか。此処、『銀の空亭』は通りに面しているのでこうして窓を開けると眼下にはスピリスの町並みが広がる。

「はえぇ……でっかい町だなぁ……」

平原に広がる都市、スピリス。町に大きな凹凸《でこぼこ》はない。なだらかな、起伏のない平野部に築かれた都市。運動不足気味な人でも安心の町だ。

とにかく、広い。フィラルドに比べればそれはそれは広い町だ。そうすると実は運動不足気味の人には優しくないのかもしれない。流石、都市と言える。都会だ。

……っと、いつまでも窓から阿呆面《あほづら》を晒《さら》している場合じゃない。食堂での待ち合わせがあるんだった。５分前行動が僕のモットーだ。

部屋の鍵《かぎ》を閉めて階段を下りる。所々に置かれた置物は僕にはわからないが、恐らく高価なものだろう。万が一ぶつかって壊したりしたら弁償《べんしょう》だ。古代エルフの武器を売って足りるならいいが。いや売る気はないけれど。

ちょっと置物から離れながら下り、エントランスを横切って食堂へと入る。食堂と言うか、レストランだな。『春風亭《はるかぜてい》』のような大衆食堂といった感じではない。あれはあれで好きだったけれど、こういう雰囲気《ふんいき》も悪くない。しかしなんだ、服装が気になってくるな。

実は今も服装は基本、コンビニの制服だ。森を駆け、魔物と戦い、洗濯に次ぐ洗濯でボロっちくなってはいるが、どうにも捨てられない。戻れない日本への最後の糸のような気がしてどうも駄目だ。替えの下着やシャツなんかはあるがこのワイシャツとネクタイ、黒を基調とした制服が僕の一張羅《いっちょうら》だ。破けた場所を縫い、時には安い端材《はざい》でパッチワーク的なものもしてみたり。しかしそろそろこの世界のちゃんとした服に袖《そで》を通すしかないか……良く言えばヴィンテージ、悪く言えば見窄《みすぼ》らしい。なんだ、虚《うつ》ろの鞄《かばん》に対する感想と一緒じゃないか。

よし、決めた。ギルド寄る前に服買おう！

「アサギ、入り口の真ん中に立たれたら入れないいんだが？」

「お、ダニエラ。すまんすまん。飯食うか」

後ろからダニエラが声をかけてきた。自身のファッションに気を取られすぎて気づかなかったぜ……。

食堂改め、レストランの食事は実にお上品で、それでいてガッツリと腹に溜まる良いメニューだった。これにはダニエラ先生もニッコリだ。今は食後の休憩《きゆうけい》ということで席に座っている。昼食時から外れているので人も疎《まば》らだ。

「ふぅ、お腹《なか》いっぱいだな……腹ごなしに散歩するか」

「あぁそうだ、ダニエラ。服を買わせてくれ」

「服？」

そう言うとダニエラがふむ、と腕を組んでしげしげと僕を見る。て、照《て》れるじゃねぇか……。

「そういえば最初からその異国の衣装だったから気にはしなかったが、よく見るとボロボロだな。まさか最初からそういう服だったわけではないだろう？」

「勿論だ。最初は綺麗だったんだがな……日々の冒険の犠牲《ぎせい》になってしまった」

「じゃあこの辺で良い服でも買うか。アサギもこの旅でレベルが上がってランクも上がるだろうし、装備も全部変えてしまおう」

えっ、もうランク上がるの？　なんて顔をしているとダニエラが苦笑しながら言う。

「オークも倒したから少しは上がっているはずだぞ？」

「あぁ、忘れてた。ワイバーンが濃すぎて記憶から抜けてたわ」

すっかりオークを2体倒したのを忘れていた。ふむ、久し振りにステータスでも見てみるか。

と、いつもの文句を唱《とな》えた。

◇　◇　◇　◇

名前：上社《カミヤシロ》　朝霧《アサギ》
種族：人間

職業：冒険者（ランク：E）
LV：36
HP：344／344
MP：318／318
STR：138　VIT：132
AGI：399　DEX：171
INT：142　LUK：15
所持スキル：器用貧乏・気配感知・森狼の脚・片手剣術・短剣術・槍術《そうじゅつ》
所持魔法：氷魔法・水魔法・火魔法
受注クエスト：なし
パーティー契約：ダニエラ＝ヴィルシルフ
装備一覧：頭－なし
体－革《かわ》の鎧《よろい》
腕－革の小手
脚－なし
足－革の靴
武器－鋼鉄の剣

－鋼鉄の短剣
装飾－なし

◇　◇　◇　◇

「ふむふむ……魔法系ステータスの上がりが凄いな」

「最近、よく魔法を駆使《くし》してるからな。使わなかったステータスを磨《みが》いたことで滞《とどこお》っていたのが伸びたんだろう」

なるほど、そういうこともあるか。ならもっと使ってみるか。しかしそれにしてもＡＧＩの伸びが半端ないな……そのうち残像とか見えだしたりしてな！　ハハハ！

「ところでダニエラの方はどうだ？」

「ん？　私か？　ステータスオープン。ふむ…………レベルが70を超えているな」

「お、凄いじゃないか。おめでとう」

「ありがとう。いや、でもこれでも低い方なんだ。エルフは寿命《じゅみょう》に比例して経験値が入り難《にく》い。それに加えて今まで一人旅だったからな、戦闘もそれほど積極的にしてきたわけでもない」

そういえばダニエラの歳《とし》は２００近いんだっけ。すごいなぁ。どんな感覚なんだろう。

「まぁ、それでもめでたいことには変わりないしな。あとでお祝いでもしようぜ」

「いいな。美味い物が食いたい」

今食べたところでしょうが！

□　□　□　□

レストランを後にして、スピリスの町に出た。ガイドブックによるとこの通りはメインストリートらしい。お上りさんである僕はガイドブックと睨《にら》めっこしながらのお散歩だ。目的地の服屋は一つ入った通りにあるそうなので、入り口だけ見逃さないように歩く。

町並みは明るい色のレンガ造《づく》りだ。ビビッドというよりはパステル寄りの柔らかな色合いが目に優しい。草原の緑と合う気がしないでもない。自身の美的感覚は信用できないが。

「いい町になったな……以前来た時はもっとこぢんまりとした田舎《いなか》の農村だった。いや、農村よりは発展してたっけ……どうだったかな」

遠い記憶の彼方《かなた》なのでダニエラ先輩は思い出すのに必死だ。僕はそんなダニエラを見て頬が緩む。

「む、何を笑っているんだアサギ。失礼だろう！」

「いえいえダニエラ先輩、僕ァ向こうの大道芸人を見て笑ってるんですよ」

「ぐぬぬ……！」

悔《くや》しげに眉根《まゆね》を寄せるダニエラを見て笑いながら肩を叩き、町を歩く。実に平和だ。こうして平和な時間の後は波乱が待っているのが主人公の運命である。が、この世に主人公補正は存在しない。僕も主人公ではないのでそんな些事《さじ》は気にする必要がない。賑《にぎ》やかな町の角を曲がって服屋に行くだけで一体何があるというのか。そんなにいちいち事件が起こっていればこの世は地獄だ。心の安らぐ場所などないに等しい。

さぁ、この角を曲がって少し歩けば目的地だ。僕の脳内ナビも『目的地付近に到着しました』と勝手に案内を切り上げている。さぁ、服を見に行こう。

と、何故《なぜ》か壁にぶつかった。クッソ痛《いて》ぇ……此処は通りじゃないのかよ！　と、苛立ち混じりにガイドブックから顔を上げる。すると壁と目が合う。おかしいな……疲れてるのかな？

「おいにーちゃんよぉ、痛ぇじゃねか！」

「壁が喋《しゃべ》った……？」

「あぁ!?」

壁かと思ったら人間でした。ウェルカム、事件。

□　□　□　□

さて、僕は今現在、何だか荒っぽいおっさんに絡まれている。服屋に行こうと通りの角を曲がるまでは良かった。お上りさんである僕は『銀の空亭』で入手したガイドブックと睨めっこしながら道を進んでいた。時折顔を上げて周りを確認していたが、曲がることに必死で前方不注意だった。全て僕の自業自得《じごうじとく》だった。

「……というわけなんですよ。本当にごめんなさい」

「なんだにーちゃん、この町初めてなのかよ！　だったら言えよなぁ、おい！」

豪快に笑った彼は僕の肩をバッシバッシ叩く。叩かれる度《たび》に身長が縮《ちぢ》む思いで耐えながらぺコペコと頭を下げる。

荒っぽいおっさんは僕が何処《どこ》に行くのか聞いてきたので服屋の名前を告げると店先まで案内してくれた。なんだこの人、普通に良い人じゃないか。またぞろテンプレかと思ったがそれは大きな大きな間違いだった。やはり主人公補正などないに等しい世界だ。

「よぉ、俺ァ『ピンゾロ』ってんだ。このスピリスで冒険者をやってる。にーちゃんと其処のねーちゃんも見たところ冒険者だよな？　何かあったら声かけてくれや！」

「わざわざありがとうございました。僕はアサギ。こっちはダニエラ。また何かあったらよろしくお願いします」

「おいおいおい、冒険者同士でそんな畏まった言い方はやめてくれ！　鳥肌《とりはだ》が立っちまうぜ！」

わざとらしく腕を擦《こす》るピンゾロを見て思わず吹き出した。それもそうだな。なんたって僕たちは泣く子も黙る荒くれ冒険者だ。

「わかった。ありがとな、ピンゾロ」

「おう！　じゃあまたな、アサギ、ダニエラ！」

ピンゾロは手を振りながら通りに戻っていった。いやぁ、一時はどうなることかと思ったが特に何もなくて本当に良かった。しかし『ピンゾロ』ねぇ……賭博《とばく》とかすごい強そう。サイコロ投げたら全部ピンとか。

ピンゾロが去り、打って変わって通りは静かになる。僕はふと後ろで先程から深夜の駅前く
らい静かにしているダニエラを振り返る。

「なぁ、ダニエラ」

「なんだ、アサギ」

僕はずっと気になっていたことを聞く。本当にずっと気になっていたがなかなか聞くタイミ
ングが摑めなくて聞けなかったことだ。

「僕が初対面の人と話してる時さ、静かだよな」

「うぐっ……」

漸く聞けた。聞けただけで何だか達成感がある。

ダニエラはこういう時、ずっと静かだ。気配を消しているともいえる。ダニエラはまるで喉《のど》
に何かが詰まったような苦しげな顔をした。

「その……えーっとだな……」

「うん」

「なんというか、あー……得意では、ないんだ。あの、話すのが」

「僕とは普通に話してたじゃないか」

「き、きっかけさえあれば余裕なんだ！　話題さえあれば！」

「そ、そうなんだ……」

ブンブンと腕を振りながら『誤解だぞ！』と目で訴えかけてくる。だが誤解でもなんでもない。ダニエラ先輩はコミュニケーション能力に問題を抱えてる系女子だった。

「その、アサギと行動を共にするようになるまでは殆《ほとん》ど特定の人間と一緒にいることもなかったし、必要最低限の会話で十分だったからな……こう、距離感？　のようなものを掴むまで少し時間がかかるんだ」

少し俯《うつむ》き気味に、時々チラチラと僕を見ながらまるで怒られた子供のように話すダニエラになるほどなーと相槌《あいづち》を打つ。長く生きている人は何事も経験豊富と思う僕ではあるが、生き方次第《しだい》では突出した経験がある一方、逆に経験が浅いこともあるのか。一つ賢《かしこ》くなったぞ。アサギはまたレベルが上がった。

「まぁ僕と普通に会話してくれるなら何も問題ないな。さっさと服屋行こうぜ」

「あ、アサギ？　私は経験値を積む努力を惜《お》しむつもりはないぞ？」

僕の袖をクイクイ引っ張りながら言うダニエラに適当に相槌を打ちながら服屋へ入る。

店名は『ゴブリン'sブティック』。店名どうにかならんのか、彼奴等《あいつら》が着てるのボロ布だぞ。と思ったがガイドブックによれば評判は良いらしい。若向けの服屋としてはこのスピリスで上位に入る人気だという。ただし、一部の界隈《かいわい》でだが。

店内は少し暗めだ。入り口付近はまるで店の前の人間を威嚇《いかく》するかのようなどこかゴシックな装飾がなされている。其処を過ぎればすぐに服が並ぶコーナーに辿《たど》り着く。ふむ、なかなか素敵《すてき》な服が並んでいる。現代日本でも通用するレベルだ。ただし、原宿《はらじゅく》とかそっち方面で。

まさにこの店の服はゴシックやパンクといった若者の名状《めいじょう》しがたい何かを形にしたような服ばかりだった。僕には合わない。若者じゃないし、そもそも僕はこう見えて大人しい人格だからな……。しかし人気店ということと右も左もわからない身としてまずは此処、と決めてやって来た次第だ。

「ダニエラ、僕にはちょっと合わな……ダニエラ？」

「えっ!?　あ、何だアサギ！」

ダニエラが手に取っていたゴシックロリータな服を慌てて棚に戻す。お陰で服はグシャグシャだ。

「ほほう、ダニエラ先生はそういう服が好みと……」

「ば、馬鹿《ばか》！　この私がこんなヒラヒラした可愛い服を着るわけがないだろう！」

可愛い服とか言ってるしチラチラと目が服にいってるし説得力は欠片《かけら》もない。

「お客さんさぁ、店内で騒ぐのやめてくんない？」

あまりに騒がしかったのか、奥からのっそりと現れた店員が面倒《めんどう》くさそうに溜息混じりに言う。その姿はパンク・ロック！　といった感じで、髪はピンクで耳と鼻がチェーンで繋《つな》がっている系女子だ。実は割と好みでもあるジャンルの女子だ。その髪は地毛なのかな？

「すみません、連れがその服を気に入ったみたいで」

「アサギ!?」

「へぇ、そういうの好きなんだ。良いんじゃない？　安くしとくよ」

「ではそれを一着ください」

「アサギ!!」

「まいどー」


トントン拍子《びょうし》に話は進んで今現在、僕は店の外で顔を真っ赤にしたダニエラに締め上げられている。

「アサギぃ……お前は、お前って奴は……!!」

「ぐるじぃ……たすけて……たすけて……」

「ふん！」

ブン、と地面に向かってぶん投げられる。慌てて受け身を取る僕は普段の鍛錬《たんれん》に感謝する。

危うく明日までおねんねするところだったぜ。

「ふぅ……店に入ってあんなに騒ぎ立てて何も買わずに出るのは失礼だろう？　僕には合わない感じだったから已《や》むを得ずその服を買っただけじゃないか」

「已むを得ず……？」

「そう、已むを得ず、だ。買うしかなかった」

「買うしかなかったのか……」

「そうなんだ。だから貰《もら》ってやってくれよ」

そう言うとダニエラが渋々といった感じで服の入った袋をギュッと抱える。そして僕をキッと睨む。

「し、仕方ないから貰ってやる！」

「そうそう、貰ってやってくれ。そうした方が服も喜ぶ。着てくれるともっと喜ぶぞ？」

「そ、それは……追い追いな」

赤い顔を背《そむ》けながらボソッと呟《つぶや》く。まぁなんだ、日頃の感謝とかそういうのも含まれてるのだが言わなくてもいいことか。と、ダニエラの緩んだ口元を見ながらそう思った。

さてさてさて、ダニエラの服は決まったが僕の服が決まっていない。コンビニの制服から異世界ファッションデビューを果たさないとギルドへ行けない。いや別に行ってもいいのだけれど。

『ゴブリン'sブティック』の前でガイドブックを開く。此奴さえあればどうにかなると信じてページを捲《めく》っていると、男性向けの服屋がこの近くにあることが判明した。しかも防具屋と提携《ていけい》しているらしく、決めた防具に合わせてインナーやアウターなんかを決められるらしい。それなりにお値段は高くなってしまうらしいが、防具も新調する予定だったので、これはまさに渡りに船だった。

「ということでどうだろう、この店なんだが」

「ふむ、さっきの店のような威嚇的な店構えでもないし、良いんじゃないか？」

と、『ゴブリン'sブティック』からもう一度戻ったメインストリートを横切り脇道《わきみち》に入って最初の角を曲がった此処、『肉球《にくきゅう》防具店』の店前でまずは外観をチェック。此処はメインストリートの真裏で、表では『肉球服飾店』の看板《かんばん》を掲《かか》げている。服が欲しい人はメインストリートから、防具が欲しい人は裏路地から、という形だ。荒くれ冒険者は服屋に入るのが恥《は》ずかしいようだ。

店名の『肉球』がどうにも気になるが、まぁとりあえず中に入ろう。

「すみませーん、防具見たいんですけれど」

「いらっしゃいませー！　肉球防具店へようこそ！」

店の前のカウンターにいた人に声をかけると元気な声が返ってくる。ふむ、対応は良し。と、深夜アルバイターは店員目線で品定めする。

「そちらの男性のお客様の防具でよろしいでしょうか？」

「はい、新調したいのでおすすめとかあれば」

「そうですねー……お客様は軽鎧《けいがい》を装備してらっしゃいますので、そちらで探してみましょう！」

促《うなが》され、店内を進む。軽鎧コーナーにはそれはまぁいろんな鎧が置いてある。鉱石由来《ゆらい》や魔物由来。厚い布製なんかもあって幅広いジャンルに心が躍《おど》る。

その中で一着のTシャツが目に入る。ガラスのケースに入ったそれは『どう見てもただのシャツじゃね？』なんて商品だ。だがそのケースの前にかけられた値札には目が飛び出るような値段が付いている。０の数が他のものより３つは多い。

「あぁ、この商品はですね、付与魔法がかけられているのですよ。ＡＧＩ２倍。ＡＧＩ上昇の重ね掛けに成功した世界にたった一つしかない装備なのですよ、これは」

とんでもないシャツだった。えぇ……そんな貴重な物をこんな場所に置いていていいのか？

「ふふ、今週末に行われるオークションに出品されるんですよ。流石に高価過ぎて、言い方は悪いですが売れ残りなのですよ。それに警備と監視はばっちりですよ。そういった魔法がこのケースにかけられてますから」

「なるほどなぁ……世の中にはいろんな装備があるんですね」

「世界は広いですからねぇ」

二人して高価なTシャツを眺《なが》める。これ着れたら僕のＡＧＩが天元《てんげん》突破しちゃうな。

「お客様」

「はい？」

不意にかけられた声に視線を店員に定める。ニヤリとした笑みを浮かべている。嫌な予感しかしない。

「試着、してみます？」

「何を馬鹿な……逃げられたら捕まりませんよ？」

「その点はご安心ください！　監視、追尾《ついび》、遠隔《えんかく》操作。その他様々な防犯・防衛魔法がシャツ本体にもかけられているので何処へ逃げても装備者を半殺しにしてシャツだけ回収することが可能です！」

「そんな物騒《ぶっそう》なもん着たくねぇよ！」

思わず素《す》で突っ込んでしまったがきっと許してくれるはずだ。こんなもん手軽に着られるアイアンメイデンじゃねーか。ひょっとして馬鹿野郎なのか？

「私も別に誰も彼も無差別におすすめしているわけではないですよ？　お客様は誠実な人間だと私は見抜きましたので」

「んな適当な……」

「いえいえ、適当ではないのですよ。私、これでも商売人なので」

そう言ってパチリとウインクする店員。男のウインクなんて何の有り難みもないが、そう言うのならまぁ、理に適《かな》ってはいるのか？　本当はどうかわからんが。

「ダニエラ、どうする？」

「うん？　アサギの装備になるかもしれないんだから着てみたらいいじゃないか」

「ならねぇよ高《たけ》ぇよ……」

だがまぁ、相方《あいかた》がそう言ってるんだし、着てみてもいいか……防犯・防衛魔法がめちゃくちゃ怖いが、これも経験だ！

「よし、着ましょう」

「流石お客様！　ではステータスカードをお預かりしますね」

ちゃっかり唯一《ゆいいつ》の身分証明書を担保《たんぽ》にしてきやがった。何だかんだ言って抜け目ないな、この人。


ということで試着室で件《くだん》のシャツを着てみた。ふむ……着た感じは普通の肌触りの良いTシャツだな。綿１００％って感じだ。その上から制服、革鎧を装備して試着室から出た。

「ではお客様、通りの方へどうぞ」

と、店員について外に出る。防具屋側だ。おやつ時の裏路地は少し人通りが少ない。これならぶつかることもなさそうだ。

「ＡＧＩ上昇の魔法は、少々魔力を流していただくだけで発動します。少し人払いをしますのでそのままお待ちください」

そう言うと店員が辺りの人間に試着のことを告げて通りの端に寄るよう声をかける。周りの人間は目の色を変えて僕を見る。どうやらこのデモンストレーションは恒例《こうれい》行事のようで、宣伝効果もあるようだ。注意喚起によって逆に人が増えてズラッと横に並ぶ。路地裏の店の２階から顔を出す人たちもいる。何だか恥ずかしい。

「ふぅ、ではどうぞ！　此処から真っ直ぐ走ってください！」

人払いという名の宣伝を終えた店員が戻ってきたのでダニエラに声をかける。

「多分、とんでもないことになるからフォロー頼む」

「任せろ」

一言で済ませるダニエラがえらく頼もしく見えた。よし、安心して効果を試せるぞ。

「じゃあ行きまーす」

片手をヒラヒラと振って周りに宣言して大地を踏み込み、走り出すとともに魔力を流す。

途端《とたん》に景色が消えた。一瞬で観客の列の端まで来てしまった。やっぱ2倍はチートだよなぁ。

通りの人はまだ防具屋の方を見ている。僕の側《そば》の人はいきなり現れた人間に目を白黒させている。

と、遅れて突風が裏路地を吹き荒れた。振り返った僕をも巻き込んで風が駆け抜けてゆく。いろんな物が風に飛ばされていき、所々で悲鳴が聞こえた。それも長くは続かず、すぐに裏路地は凪《な》いだ状態に戻る。そして何事かと辺りを見回していた人が僕に気づいたようで指を差して「おい、彼処《あそこ》！」と叫ぶ。すると防具屋付近の人たちも気づいたようでこっちを見た。愛想《あいそ》笑いを返して軽く走って店前へと戻った。

「いやぁすみませんね。思ったより速くてビックリしました」

「いや……ビックリしたのはこっちなのですが……」

風に吹かれてボサボサになった髪の下で呆然《ぼうぜん》とした表情をしていた店員がポツリと零《こぼ》す。

「アサギ、皆、呆然としてるぞ」

クックックツと笑うダニエラ。僕の素のＡＧＩの高さを知っているからこそ彼女は笑う。その声に我に返った観客はざわめき、そして歓声へと変わった。

「うおおおお！　すげぇえ!!」

「おいお前、彼奴《あいつ》が消えた瞬間見えたか!?」

「やべぇ、初めて人が消えるのを見たぞ……」

「あの突風ってまさか彼奴が原因か？　ありえねぇだろ！」

「やばいもん見たなぁおい！」

「かっけーぞぉ!!」

様々な声が降りかかる。拍手《はくしゅ》やら口笛やら、まるでお祭りだ。変に目立つのは苦手だが、唯一自慢のＡＧＩで目立つならちょっと愉悦《ゆえつ》を覚えなくもない。ヒラヒラと手を振って愛想笑いを振りまいてやるとボリュームが1割増しになった。

とりあえず店に戻って今すぐにでも着替えたい。多分、防犯・防衛魔法の発動キーである魔道具を握って呆然としている店員がいつ誤爆するか不安で不安で仕方ないからな。

しかし少しの疑問がある。本当にこのシャツ、ＡＧＩ２倍なのかな。僕がダニエラと同じレベルになった時、本当に僕はこの速さを身につけているだろうか。自分のことは自分が一番わかってる……とは言えないのが異世界だ。だけど、なんとなくではあるし確証もないのだけれど、このシャツ、少し違和感があった。

□　□　□　□

「お客様は素晴らしい！　このＡＧＩ２倍付与インナーはまさにお客様のための装備！　さぁ、どうぞ納めてください！　あぁいえいえいえいえ、お金なんてとんでもない！　あの瞬間を目《ま》の当たりにできただけで私は幸せです！　果報者《かほうもの》です！　歴史的瞬間の目撃者です！」

なんてご都合展開など勿論あるわけもなく、さっさと脱いで再び防犯ケースに収まったＴシャツを後にして僕たちは軽鎧コーナーを歩いていた。店員はちょっと呆《ほう》けていたが試着室から出てきた僕がTシャツを渡したらハッと我に返り、慌ててケースに戻していた。このTシャツが誰の手に渡るかはわからないが、本当に凄い物だ。願わくば善人の手に渡ってほしいものだ。

さて、目の前には様々な軽鎧が並んでいる。一般的な革の鎧。魔物の皮を使った鎧や、魔物の毛で編《あ》んだ鎧。特殊な魔法を付与した衣類なんてのもある。その中で僕が目をつけたのは魔物の皮で作った鎧と、魔法を付与した衣類だ。

「お客様が選ばれたこれらの商品、普段の値段は高いですが、今の時期は少々値落ちしております」

「ほう、それは何故です？」

「実はこの装備類に使われている素材、竜種なのですが」

『竜種』という言葉に我関せずと店員が用意した椅子《いす》に座っていたダニエラがガタンと音を立てて立ち上がる。

「竜種だと？」

「え、ええ……小規模なスタンピードが北の町で起こったのですが、それが竜種だったそうで……幼体ばかりだったそうです。その場には運良く勇者と呼ばれる人がいたそうで、全て討伐して素材が市《いち》になだれ込んできたのです」

「竜種のスタンピード……」

ダニエラが複雑な表情で椅子に座り直す。小規模とはいえスタンピードはスタンピードだ。

幼体ばかりというのがどうにも気になるところだが、もっと気になる単語が聞こえた。

「勇者ですか？」

「はい。お客様はご存知ないですか？　王都が抱える勇者『ヤスシ＝マツモト』を」

「ヤスシ……マツモト……？」

おいおいおいおい……どう聞いてもそれ、日本人じゃないか！

「アサギと似た雰囲気の名前だな。同郷か？」

「いや……どうだろうな……」

ちょっと心臓が高鳴り過ぎて何も考えられない。耳の奥でドクンドクンと脈打つ音が聞こえる。この世界に来て初めてだ。初めて日本に関する話を聞いた。

「お客様？」

「あ……あぁ、すみません……そう、安くなってるんですよね。具体的な値段はどうなってますか？」

「そうですね。此方の革装備はアイスドラゴンの幼体で構成されています。火炎系魔法から身を守り、氷系魔法の威力が増します。お値段は金貨40枚。衣類はウィンドドラゴンの毛で編まれています。風に愛されしウィンドドラゴン生来の力で風魔法の威力が上がり、さらにＡＧＩが上昇します。さらにさらに、付与魔法としてＡＧＩ微上昇が付与されています。お値段は金貨60枚になります」

幼体で、その上、素材が溢《あふ》れていて、それでもこの値段か……安くなっていると聞いて期待したが見事に裏切られた感じだ。すぐに出せる値段じゃないのがなんとも歯痒《はがゆ》い。

「魅力的な装備ですが、すぐには手が届かない値段ですね……」

「普段はこの8倍はします。今は相場が崩《くず》れて価格崩壊《ほうかい》が起きていますが、それもいずれは修正されて正規の値段になります」

実に歯痒い！　もっと狩って素材流せよマツモトヤスシ！　いや、しかしそれはできないだろう……そもそも希少《きしょう》素材を一気に市場に流すなんて相場を混乱させるだけだ。値崩《ねくず》れしてしまえばそれを扱っている商人の売上がガタ落ちし、勇者といえども恨《うら》み辛《つら》みの対象となってしまう。きっと勇者マツモトはその辺の考えが浅いのだろう。高校生くらいだったりしてな。

閑話休題《かんわきゅうだい》だ。今は装備のことが大事だ。あれやこれや考えている間も続く店員のセールストークにどんどん追い詰められていく気分だ。買わなくちゃという強迫観念すら起こりそうだ。

しかしこんなことで借金なんてしていられない。ダニエラに借りるのもノーだ。パーティー仲間での金銭の貸し借りは関係崩壊の入り口だ。

「あー、欲しいんですけれど……諦《あきら》めましょう。とても手が出ない。その辺に金策が転がっているなら別なんですけれどね」

「そうですか……残念ですが、押し売りは良い商売人がすることではないですからね。多少の値下げでしたら応じることはできるのですが」

その言葉に僕の耳がピクリと反応する。

「……ちなみに如何程《いかほど》になります？」

「そうですね。全品合わせて金貨１００枚のところ、先程の見事な宣伝の感謝として合計金貨80枚まで値下げしましょう！」

ふむ……此処は頑張りどころか。この商談、全力で臨《のぞ》まざるを得ない。

「あのデモンストレーションで今度のオークションは大成功間違いなしでしょうねぇ」

「……そうですね。噂《うわさ》が噂を呼んで大盛況になるのはまず間違いないと思いますね」

「そうすると、あの服の出処《でどころ》となるこの『肉球防具店』は大繁盛《はんじょう》間違いなしとなるわけですか」

「お陰様で、売上は伸びるでしょうね……」

「……」

「……」

お互いの沈黙に空気が止まる。ジリ、と汗が背中を伝う。

「60」

「!?」

「60まで下がるなら僕はどんなことをしてでもこの装備を全て買い上げることを此処で誓《ちか》いましょう」

「60は流石に……お客様のお陰なのはわかりますが……」

「60から一歩も引きません。そのうち正規の値段に戻った時はさらに売れにくくなるでしょうね」

「ぐっ……！」

「今のうちなら確約できますよ？」

「な…75！」

「いいえ、60です」

「くぅ……！　し、しかし此方も商売です！　値落ちしているとはいえ、60じゃあ売れません！」

だろうな。竜種フル装備を金貨60は赤字に違いない。なので僕は妥協《だきょう》する振りをする。

「……じゃあいいでしょう。僕は冒険者です。旅もしています。各地でこの店の宣伝もしましょう。『この素晴らしい装備はスピリスの名店、肉球防具店で買った』と！」

「そ、それは魅力的ですが……！」

「その宣伝効果も踏まえて考えてください。確約していただけるなら65枚までは払いましょう！」

「う、ぐぐ……」

今現在の収支と、今後の宣伝効果により生まれる利益を必死に頭の中で計算しているのだろう。額《ひたい》に汗を浮かべながら目を瞑《つむ》って熟考している店員。が、それも長く続くことはなく、カッと目を見開いた店員が僕を見て一言、叫んだ。

「売った！」

僕は満足げに微笑《ほほえ》み、手を差し出す。店員も手を伸ばし、ガッチリと握手。此処に竜種フル装備セット金貨65枚の商談が成立した。いやぁ、良い商談でした。

□　□　□　□

「で、アサギ。金貨は用意できるのか？」

「ダニエラ、できるかできないかじゃない。するんだ」

現在、僕たちはギルドを目指して歩いている。商談は成立し、売約済みとして保管してくれることになった。なので、後は僕たちで金策をして金を集めるだけだ。

「そうは言うがな……今の持ち金はいくらなんだ？」

「えーっと……金貨2枚と銀貨が60枚くらい」

とは言ってもこれはパーティー資金だ。僕だけのお金じゃない。

「お前……どうするんだ……」

ダニエラが手で顔を覆って頭を振る。溜息も吐いて呆《あき》れに呆れているのがひしひしと伝わる。

こ、こんなのどうにかなるさ！　ちょっと熱くなり過ぎたかもしれないが僕だってやる時はやる男だ。約束は必ず守る。装備は手に入れる。あの森で必死こいて乱獲《らんかく》しまくれば一人でも十分稼《かせ》げるはずだ。オークなんかがまた流れてきてくれればボーナスアップだしな。

「これだけでかい都市なんだ。それにオークの討伐証明も持ってるんだ。どうにかなるさ！」

「どうにかなるといいがな……」

はぁ、ともう一度溜息を吐きながら腕を組んでジト目で僕を見るダニエラ。

「わ、悪かったと思ってるよ……ちょっとヒートアップし過ぎた。反省する」

「まったく……私がいて良かったな。ん？」

呆れ顔から一転、わざと下から覗《のぞ》くようにダニエラが見つめてくる。

「ど、どういうことだよ」

「アサギ一人なら難儀《なんぎ》していただろう。だが此処には君一人じゃない。私がいる。分担で稼げば収入は2倍だ」

「！」

手伝ってくれるっていうのか……！　ダニエラにはしばらく休暇《きゅうか》をとってもらおうと思ってたんだが……。

「いいのか？　僕の身勝手なのに」

「パーティーなんだ。手伝わせてくれ」

クスリと微笑んでダニエラが僕の肩を叩く。良い仲間ってのは、こういうことなんだろうな……。嬉しいことだ。もう迷惑をかけないようにしよう。よし、そうと決まったらギルドへ急がねば。良いクエストがあるかもしれないからな！

「ありがとう、ダニエラ！　愛してるぞ！」

「ばっ、ばばば、馬鹿なんじゃないのか!?　何言ってるんだ!!」


結局、僕は異世界ファッションデビューを果たすことなくギルドへと来ていた。でもまぁ売約済みだし？　後はちゃっちゃと仕事こなせば竜種装備セットは僕のものだ。現在の所持金は金貨2枚と銀貨60枚と銅貨が６００枚くらい、かな。まぁパーティー資金なんだけど。ちなみに銅貨は１００枚ずつ纏《まと》めて袋に入れて虚ろの鞄に収納してある。銀貨に変えてもいいが、其処は元コンビニ店員。端数《はすう》のお金がないと落ち着かない。

つまりあと金貨65枚だ。計算が合わないって？　だからパーティー資金だって言ってるでしょうが！

「流石は平原都市のギルドと言ったところか……広くて綺麗だ」

「冒険者の質も良さそうだ。あの大剣使い、なかなかの腕があると見た」

二人してお上りさんよろしく、キョロキョロと見回していると一人のギルド員が声をかけてきた。

「ギルドは初めてですか？」

「此処のギルドは初めてですね。フィラルドから来ました」

「あら……では貴方《あなた》がフィオナの言ってたアサギ様ですね。そしてワイバーンを倒した」

何か知らんがもう話が通っているらしい。しかも僕がワイバーンを倒したことになっている。倒したのは衛兵隊で、僕は一撃入れただけなんだが。

「アサギ様のことはフィオナから聞いています。よくしてやってくれと。そしてワイバーンに関しましてはつい先程、西地区担当衛兵隊長のハロルドが来まして『ワイバーン討伐の最大の功労者はアサギという冒険者なので、討伐報酬《ほうしゅう》は彼に』と」

「えっ」

あの人何言ってんだ!? 僕は飛んでるところに氷剣をお見舞いしただけで、あとの削《けず》りや止《とど》めは全て衛兵隊の功績だろ！

「ハロルドが持ち込んだのはワイバーンの爪《つめ》8本、ワイバーンの牙《きば》24本、ワイバーンの翼膜《よくまく》2セット、ワイバーンの逆鱗《げきりん》1枚、ワイバーンの心臓1個になります。此方をアサギ様にと」

そう言ってギルド員さんは目録《もくろく》を僕に差し出す。確かに今言った内容がリストになっている。最後に『これら全ての品をアサギ殿に』とまでご丁寧に書いてある。

「いやしかしこれでは衛兵隊から不満が出るでしょう。自分たちの功績を一介《いっかい》の冒険者に全て掠《かす》め取られるだなんて」

だってそうだろう。ワイバーンだぞ？ 竜種だろ。正確には翼竜種という亜流《ありゅう》らしいが、腐っても竜種、それを討伐できた功績と業績は立派なものに違いない。それを僕みたいなのが総取りなんてしたら不満が募《つの》るに決まっている。矛先《ほこさき》がハロルドに向かったりしたら最悪だ。

「実はこの品目がワイバーンから取れる全ての素材ではありません」

「そうなのですか？　でもレア素材でしょう」

「一番、需要《じゅよう》があるのは鱗《うろこ》と皮です」

あ……そういえばその２つが載《の》っていない。

「でもその２つでも十分とは言えないでしょう？」

「其処は足りない分はハロルドが自身の財布から出すとのことです。今頃は酒場でしょう」

クスクスと笑うギルド員さん。あー……酒を自費で奢《おご》るのね……。

「じゃあ、貰ってもいいんですかね……」

「ええ、素材自体は保存魔法にてギルドで保管していますので、受け取る場合は『報酬引渡』のカウンターでこの目録を出して頂ければ」

「わかりました」

いきなりワイバーン素材を貰うなんてな……今度詰め所でハロルドに礼を言わなければ。

目録を受け取った僕はダニエラと『報酬引渡』カウンターに来た。休日なのかフィオナはいなかった。

「すみません、このオークの討伐証明を換金してほしいのですが」

「オークですね。畏まりました。ではステータスカードを」

オークの牙6本とステータスカードを渡す。勿論、ダニエラのもだ。

「それとこれを」

ついでに目録もカウンターに置く。

「拝見します。…………はい、アサギ様ですね。目録に記載されている素材の引渡でよろしいでしょうか」

「はい、おねがいしま――」

「アサギ」

「……なんだ？」

コミュ障《しょう》のダニエラ先輩が珍《めずら》しく割り込んできた。なんぞや。

「ワイバーンの素材は換金しないのか？」

「…………あっ、その手があったか！」

素材を貰うことばかり考えてたが、貰う素材を換金すれば目標金額に大きく近づくんじゃないか⁉

「この目録の素材、換金したらいくらになりますかね？」

「えーっと、今の相場ですと……申し訳ございません、品数が多いので調べて参ります、あちらの席でお待ちください」

後方に置かれた椅子を確認する。

「わかりました。よろしくお願いします」

「はい、承《うけたまわ》りました」

カウンターから離れてダニエラと共に椅子に座って待機する。することもないし暇《ひま》だな……。

それにしてもダニエラの発想には脱帽だな。と、その話をする。

「いやー、流石ダニエラだな。換金なんて考えもしなかった」

「折角《せっかく》貰う鮮度の良い素材なんだ。売れば良い金額になるだろうな。そもそも貰っても使い道がないだろう？」

「あー……レア素材が沢山《たくさん》だぜとしか考えてなかった。収集癖《へき》とかあるのかな」

「ふふ、アサギは変な癖《くせ》を持っているな？」

変とは失礼な。珍品《ちんぴん》コレクションは立派なサブカルチャーなんだぞ。サブカル系の女子にモテるんだぞ。

「他にも変な癖はあるぞ？」

「えー、なんだよ」

「よく髪を掻き上げているだろう。何か考え事をしている時はよくやっている」

「え、知らなかった」

「ふふ、隣で見ているとよくわかる。掻き上げると綺麗な黒い瞳《ひとみ》が見えるんだ」

はー、よく見てんなぁ…………見過ぎじゃない？　はっは、さてはほの字か？

「ダニエラもやっぱりエルフだけあって綺麗な目だよな。透き通るような翠は高評価だ」

「あぁ、この目か。《新緑の眼》を持つと色が変わるんだ。生まれた時は皆と同じ白金色《しろがねいろ》だったらしいが、幼《おさな》い時に発現してな」

ぽつりと呟き、遠くを見るように虚空《こくう》を見つめるダニエラ。その翠の瞳が見ているのは過去の故郷だろうか。

生まれた場所、家族、友達。全てをなくした彼女を見ていると、よくわからない感情が込み上げてきた。何だろう、酷く胸を締めつけられる。同情か？　それとも……。

「アサギ様、お待たせしました」

その声にハッとしてダニエラの横顔に固定していた視線をカウンターに戻す。其処には先程のギルド員がいて僕を見ている。そうだ、相場の確認とオーク討伐の報酬だ。

「オークに関しましては今回、討伐クエストが発行されていませんでしたので、素材相場から換金した金額のみのお支払になります。よろしいですか？」

「はい、それでいいです」

「畏まりました」

目の前に出されたトレーには金貨が３枚と銀貨が60枚。意外と高レートなんだな。やっぱ人類の敵みたいなところあるからかな。

「では続いてワイバーン素材の相場です」

お、きたきた。此処大事よ。ゴクリと唾《つば》を飲み込んで、耳を澄《す》ませた。

「ワイバーンの爪が1本銀貨50枚、ワイバーンの牙1本銀貨50枚、ワイバーンの翼膜が1セット金貨3枚、ワイバーンの逆鱗1枚金貨10枚、ワイバーンの心臓1個金貨25枚となります」

えっ、嘘《うそ》でしょ……聞き間違いじゃないよな？

「しばらくワイバーン討伐が成されませんでしたので、素材が高価格になっております。先程の目録に記載された素材内容から、換金しますと金貨57枚になります」

「……」

思わずダニエラを振り返る。どうしていいかわからなくてだ。ダニエラはその切れ長な目を細めて笑った。それだけで僕はこれが良い結果なのだと確信できた。

「是非《ぜひ》、換金してください」

「承りました。ではもうしばらくお待ちください」

ギルド員さんはそれだけ伝えるとまた奥に引っ込む。僕は覚束《おぼつか》ない足取りで再び椅子まで歩き、深く沈み込むように座った。

「ダニエラ……夢じゃないよな」

「何言ってるんだ君は……現実だ。しっかり貰ってこい」

肩をポン、と叩いてくれたダニエラ。はぁぁと深い深い溜息を吐く。まさかワイバーンの素材がこんなにするなんて……オークの報奨金と合わせれば金貨60枚と銀貨60枚だ。あと金貨4枚と銀貨40枚で目標金額まで到達してしまう。これは絶対にハロルドに、いや、ハロルドさんに挨拶《あいさつ》せねば。

しばらく呆けているとギルド員さんが僕を呼ぶ声がした。椅子から立ち上がった僕の足取りは先程とは大違いで、まるで羽が生《は》えたような軽さだった。

おさらいしよう。金貨57枚。ワイバーン素材の換金額だ。金貨3枚と銀貨60枚。オーク討伐の報奨金だ。これらを合わせた金貨60枚と銀貨60枚。これが今回の報酬だ。ちなみにオークの報奨金に関しては、ダニエラからの了承を得て今回の購入資金に当てさせてもらうことになっている。今度体で払わないとな。

そして僕の新装備予定のアイスドラゴンの革鎧。鎧、籠手《こて》、靴、それと脛当《すねあ》ての4種で値段は金貨40枚。ウィンドドラゴンの衣類。インナー、ズボン、フード付きのポンチョの3種それぞれに付与魔法がついて合わせてお値段金貨60枚。これらの合計金貨100枚が僕の交渉《こうしょう》で値下げしてもらった金額、金貨65枚が、僕の目標金額だ。

つまり、残り金貨4枚と銀貨40枚が必要なわけだ。適当にグラスウルフ辺りを根絶やしにしてしまえば稼げる額だ。が、そんなことをしてしまえばそれらを稼業《かぎょう》にしている方々から非難の嵐だ。フィラルドではそんなこと考えもしなかったけどな。此処は都会だから気をつけた方がいい。

地道にクエストをこなすのが無難だろうな。そしてそれもダニエラが手伝ってくれるので作業は半分になる。だからと言っておんぶに抱っこになるつもりは最初からないので、頑張って稼ぐつもりだ。

というわけで、だ。僕は今、クエスト板の前にいる。各種クエストが貼《は》られた掲示板だ。其処に貼られたいくつもの紙を見て吟味《ぎんみ》する。

「ふむ……やっぱ討伐クエストが旨《うま》いか」

グラスウルフ、ゴブリン、まだ見たことはないがコボルトなんてのもいる。犬頭の魔物だな。ファンタジー通りであれば、だが。

「おお？　なんだこれ」

一枚のクエストが目に入る。内容は『ワイバーン討伐依頼』だ。ワイバーンなら倒したんじゃ？　と思い、よく読んでみる。

「なになに……『本日昼過ぎに討伐されたワイバーンの番《つが》いが目撃された。これの討伐を依頼する。』……ふむ、番い、ねぇ」

あの討伐後に周辺捜査をしたところ、南西の森の中に巣が見つかったらしい。その森は僕たちが抜けてきた森だ。ダニエラが言うには森は縦に長いそうだが、見たところ僕たちが通ってきた所から南に行った地点に巣があったそうだ。怖すぎる。しかしオーク同様、どっかから流れてきたんだろうか。まぁ僕には荷が重い。此奴の討伐は強い人にお任せしよう。

　ということで僕にできるのは詰まるところ、雑魚《ざこ》魔物の掃討《そうとう》だけだ。ちょいと野宿してグラスウルフとゴブリンを討伐しよう。

　クエスト板からゴブリンとグラスウルフの討伐クエストの紙を千切《ちぎ》り、クエスト発行カウンターに行く。今はもう慣れたやり取りでクエストを発行してもらう。と、其処でギルド員さんに声をかけられた。

「そういえばアサギ様はレベルが36に達しましたので、ランクD、通称『橄欖石《カンランセキ》』に昇格できます」

「橄欖石ですか」

　所謂《いわゆる》ペリドットか。感慨《かんがい》深いなぁ……鉱石から宝石になったわけか。

「お願いしてもいいですか？」

「はい、承りました。では少々お待ちください」

　またまた椅子で待機だ。ボーっとしているといつの間にか消えていたダニエラが戻ってきて隣に座った。

「何処行ってたんだ？」

「ちょっと屋台」

　さっき食べたじゃん……。

「そうそう、ランクが上がったんだ。ランクD、橄欖石だそうだ」

「もうDランクか。早いものだな」

「そうなのか？」

「あぁ。ちなみにレベル50まで橄欖石だ。そして51から70はランクC、柘榴石《ザクロイシ》。私もレベルが71になったのでさっきランクアップしてきた。ランクBの翡翠《ヒスイ》だ」

柘榴石、ガーネットか。橄欖石から柘榴石までは長いんだな。レベル上げてランクを上げるのもいいかもしれないが、まずは基礎ができなくちゃだ。地道な努力が生き抜くコツだ。

それにしてもダニエラは先を行くなぁ。追いつきたいが、追いつきたくない。そんなジレンマ。

さて、その後は特に何もなく僕のランクアップも終わる。ダニエラは一度、宿に戻るらしい。

「僕は森で野宿して稼ぐことにしたからこのまましばらくは別行動だな」

「ふふ、折角宿を取ったのにアサギはそんなにも木の上が好きなのか」

「別に好きで木の上にいるわけじゃねーよ！」

なんてやり取りもあったが、お互いの無事を祈り合いつつ5日後、宿の前で会う約束をして別れた。そのまま僕は野営するので食料その他の買い込みだ。屋台の美味そうな匂《にお》いに惹《ひ》かれながら食料を買い、鍛冶《かじ》屋でゴブリン製の武器を買い取ってもらう。これで野宿費用はプラマイゼロになった。此処はフィラルドより鉄製品の需要があるみたいで買取額もなかなかの値段だった。だがそれも野宿費用で消えたので、装備獲得の代金に上乗せすることは叶《かな》わなかった。

　これで野宿準備は整ったので僕は西門から町を出た。こんな時間に……と門番が訝《いぶか》しんでいたが、相方らしき門番が許可を出してくれた。昼間の方ですよね？　と聞かれたので、多分、そう。と答えた。あの隊の中にいたんだろう。適当に挨拶をして通してもらった。


　夕日が綺麗な草原を歩いて森を目指す。《森狼の脚》で走り抜けた草原は歩けばそれはそれは長閑《のどか》な場所だ。昼間のワイバーン騒動でグラスウルフたちも逃げ出したのか、気配はない。実に静かだ。虫の声が耳に優しい。

　しばらく歩いていると森が見えてきた。日はとっくに暮れている。振り返ると平原都市が明るく輝いているのが見えた。眠らない都市といったところだろうか。対して僕は眠る場所を探している。勿論、木なんだが。それももう視界に捉《とら》えた。森に行けば蔓《つる》もある。が、僕も文明人。実はロープなんて物を購入しました。鍛冶屋のワゴンセール的コーナーに鉤爪《かぎづめ》も売っていたので、それも購入した。多分これ、手につけて戦う系の装備だと思うんだけどまぁ、今は僕を木に縛《しば》る道具に過ぎない。これを使った戦法も《器用貧乏》を使えば確立できるだろう。それも追い追いだ。

　と、森に到着した。まずは飯《めし》だ。テキパキと準備は進む。これも旅慣れた証《あかし》か。とりあえず焚《た》き火だ。これがないと始まらない。暖と明かりだ。燃え移りそうな草や枝を避けて焚き火場を作る。避けた草と枝を火口《ひぐち》に使い、集めた太めの枝に火を移す。これで完了。途端に周辺が明るくなる。次は周辺散策だ。何か危ない物や使える物がないか確認する。ふむ、見たところ視界を邪魔するものは特にない。使える物も、特にない。つまらん。

野営地に戻って焚き火の側に座る。はぁ、あったけぇ……。虚ろの鞄から取り出した屋台飯を食いながら今後の計画を立てる。殲滅《せんめつ》、撃滅、皆殺し。おっけー、終了。

ふぅ、腹も満たしたのでそろそろ寝よう。理想としては風呂に入りたいところだが此処は森の中なので贅沢《ぜいたく》はできない。ということで大人しく樹上野宿だ。ガッシガッシと木を登る。相変わらず見晴らしは良い。少し近くなった空にはお星様が煌《きら》めいている。雲もなく澄んだ夜空だ。今頃、ダニエラは何してるんだろう。まぁ彼奴も冒険者で年長者だ。僕なんかより上手《うま》いことやってるんだろう。二人で稼いだ金から金貨4枚と銀貨40枚を抜いたらあとは山分けしよう。宴会でもしたいなぁ。なんて、色々夢想していると眠気が襲ってきた。縛ったロープに緩みがないかを確認し、吊《つ》るした虚ろの鞄から毛布を取り出して被《かぶ》る。明日は朝から狩るぞー。と、僕は眠気に身を委《ゆだ》ねて意識を手放した。明日に期待。

□　□　□　□

「んが……ぁあ、朝か……」

朝日が森を照らしているのを見ながら段々意識が覚醒《かくせい》していくのを待つ。はぁ、相変わらず自然の風景は美しい。此処は日本のような人工物の溢れた世界じゃない。だからこういった自然風景は好きだ。国立公園みたいな場所には行ったこともないしな……。よし、大体目も覚めてきた。僕は自身を縛っていたロープを解いて木と枝に絡めて結ぶ。それを頼りに地上へ降りた。今夜も此処で野営だから、このままでいい。ただし道具類は虚ろの鞄に詰めて樹上だ。いない間に魔物とかに漁《あさ》られたらたまったもんじゃない。持って行かれたりしたら最悪だ。ラッセルさんから貰った大事なヴィンテージ品だ。

必要な道具だけ別の鞄に詰めて背負う。飯は干し肉を歩きながら齧《かじ》る。あんまり腹いっぱい食うと動きにくい。良く嚙《か》めば満腹感は得られるってダイエット番組で言ってたからこれでいいはず！

よし、武器持った。荷物持った。大事なものは木の上。火もちゃんと消えてる。いいね！では南には向かわないようにして、出発だ！

あとがき

初めまして。紙風船《かみふうせん》と申します。

この度は『異世界に来た僕は器用貧乏で素早さ頼りな旅をする』を手に取っていただき、ありがとうございます。

僕がこの作品を書くまで、およそ小説というものは読むものでした。そんな僕がある日突然書き始めた作品が偶然に偶然が重なって日間ランキング1位になり、多くの人の目に触れ、沢山《たくさん》の感想をいただき、受け入れてもらえたんだと気づいた時には書籍化の話が進んでいました。

激動の夏を乗り越え、様々なことで目が回る年末年始を越えて、２０１８年6月22日、僕が人生で初めて書き起こした小説が本となりました。本を作るという知識が全くない僕にいろんなことを教えてくれた編集様に感謝するばかりです。慣れない仕事で詰めが甘く、後出し後出しで情報を伝えてしまい大変な迷惑をかけてしまったこちも様には頭が上がりません。

多くの人の手によって出来上がった《器用貧乏》を、どうかＷＥＢ版共々、よろしくお願いします。では、また。紙風船でした。

紙風船

ダッシュエックス文庫

異世界に来た僕は器用貧乏で素早さ頼りな旅をする

紙風船

2018年6月27日　第1刷発行

★定価はカバーに表示してあります

発行者　鈴木晴彦
発行所　株式会社　集英社
〒101−8050　東京都千代田区一ツ橋2−5−10
03(3230)6229(編集)
03(3230)6393(販売／書店専用)03(3230)6080(読者係)
印刷所　凸版印刷株式会社
編集協力　法貴仁敬(RCE)

ISBN978-4-08-631251-6 C0193